草迷宫

［日］泉镜花 著

李振声 译

四川文艺出版社

果麦文化 出品

草迷宫

对面小沼泽里窜出条蛇来，

八幡富贵人家的，小女儿，

时而伫立，时而计谋，

手拿两串念珠，

脚穿黄金鞋，

口中吆喝着"这般叫！""那般叫！"

刚走进山坳里……

一

　　三浦那边，大崩塌过的地方，被人唤作"妖魔居住的地方"。

　　叶山一带的海岸，让一道屏风截成两爿。樱山的下襟，俨若一头陌生野兽，跃入海中。海滨的一侧是富贵人家的后花园，从逗了一直延伸至森户、叶山，夏天洗海水浴淹死在这一带的，就数这儿最多。

安居[1]季节，酷热异常。云峰跟冰雹烤炙后，正待化作火粉，带着焦煳味，噼啪作响着朝地面劈头打来似的。炎炎烈日下，倏忽冒出一群男女，都不敢让人相信真会是人，赤身裸体，混作一团，浮游在连绵起伏的海浪之上。足以把金银铜铁赫然熔成一片白炽的云霄，似乎哪儿裂了道缝，传来了嘶哑的喊声："游在海里的，快回家去！"

听说，就因为这声诅咒，漂浮在海上的人群，便"咕噜"沉入海中，四周只剩下一片白色泡沫。

还有个年届十七的少年，患了胸膜炎，特地来这儿疗养。因为担忧身体，他便自行钻研起了病理学，早晚用体温计自测体温，温差零点几都做有精准记录。一日三餐的食量，也都事先过好秤。秋日的傍晚，海浪拍打着空无一人的海滩时，他便挽起裤管，裸露白皙瘦腿，趷脚一步一顿、歪歪斜斜地走去。一边像每天做功课似的活动着身子，一边愤愤然朝大海高傲地咂着嘴，道："啊，真让人烦闷！"

刚这么一嘟囔，便听到头上方的山崖那儿传来了古怪的声响："好替你父母尽孝去啦！"

听说就因为这喊声，那少年的烦闷有增无减。

一来二去，"那儿可是魔崖"的传说，近来便风传得越发厉害起来。当地人只要见到有不知情的人攀上这大崩塌过的山崖，农民便会挂着锄柄，船夫则会站在船头，大声喊道："赶紧下来！危险！"

说实话，这曾经天崩地裂般崩塌过的山崖，形状有如倒伏

1　佛语，又称坐夏，指阴历四月十六日至七月十五日。这三个月间，僧人一般闭门修行，不外出。——译者注（如无特别说明，本书脚注均为译者注）

在那儿的一口药碾子，耸立在绝顶之上的峭壁巉岩，就算不是魔崖，也俨若骑跨在没有马镫的马背上一般，待踩着硬是从那儿凿出的、仅能容得下脚跟或脚尖的凹坑，攀缘而上，从断崖朝下觑上一眼，但觉人会被山麓的白浪摇曳着坠了去。

一边的海湾，波浪正静静涌向富贵人家后花园那儿的海岸，忙碌中透着悠闲，还不时响起鸡的啼鸣和振翅声。仅仅隔着恍若切削而成的一道山岩，另一边的太平洋，则滔天巨浪恍若狂牛，"呜呜""嗷嗷"怒吼着，缓慢而骇人地击打着三崎大道外的那片港湾。

就这么从右向左，眼睛略略错动一下，心境和感觉便会随之骤然一变，二者迥然相异的程度，绝不亚于鸢尾花盛开的八桥[1]之于月夜下的武藏野[2]。白帆恍若海鸥翔舞在海湾里，吐着黑烟的龙则奔竞在洋面上。

光凭这，便足以让人头晕目眩了，可脚下还得跨过一道剑刃似的山岩。攥着松枝，恍若拨开海面，人被悬在了浪尖上。松树一攥便急剧摇晃，仿佛随时会被连根拔起。攀上崖顶，止不住直喘粗气，刚才还是一身热汗，转眼间便让从不停息的海风吹得打起了寒噤。

虽则如此，可这道殊胜美景的名声，却也未见因此而稍受折损。天崩地裂过后的山岩表层，春夏秋冬依然会有姹紫嫣红的

1　地名，日本名胜之一，位于今名古屋附近，以景色迤逦著称，《伊势物语》中有描述。

2　地名，位于今埼玉县川越以南至东京府中一带，直至明治初年仍处在未开发的自然状态。国木田独步成名作《武藏野》，即以描述武藏野清新自然之美而为人所推崇。这里显然是以其荒旷、带有野性的自然之美而与绮丽秀美的八桥相对举、比照。

更迭交替，仍还会有藤蔓交织、爬山虎攀缘，也会有昼颜、龙胆竞相绽放，待到芒草穗子为秋风所披靡，自然还会有皎洁月光前来辉映。啊呀呀，瞧它那身影，就仿佛正待脚踩湛蓝碧波、纵身跃上水天一线间的人岛山似的。青铜狮雕像般的面影，定然出自巨匠之手。酷似牡丹花饰的美丽花衣，俨然是在称颂它那赫赫威仪。涌向山麓的潮水化作一地碎玉，被日光映成金黄，被月色映成银白，时而震怒，时而肃杀，恍若造物主的利爪一般。

二

小次郎法师云游修行，来到相州三崎[1]，此时正途经秋谷海岸。

他见道旁有家挂着苇帘的茶屋，便踅了进去，稍事憩息。从这儿往太平洋一侧望去，只见百来米远的前方，刚才提到的那道天崩地裂过的山崖，恍若狮子王的肚腹，兀然突立在海面上；白浪径直扑向崖脚；江之岛和富士山，则跟隔着帘子画在那儿似的。茶屋老媪从长嘴白铁壶里斟了碗粗茶，装在不知已用了多少年头的嵌花木盘里，满得都快溢了出来，替法师端了上来。

摆放长凳的地头本来就局促，这会儿因为斟茶，歪歪扭扭的壶嘴里冒出的蒸汽便一团团披靡在了法师前胸，一阵凉风吹来，又飒地化作凉雾，法师的僧衣袖子，也便蹭擦着苇帘，朝茶屋外小松树那边翻飞了去。

因为顿觉神清气爽，法师都没顾得上打开手里攥着的名古屋

1　相州，地名，日本古时相模国的别称，位于今神奈川县辖区的大部；三崎，地名，位于神奈川县东南部三浦半岛端头，为一渔港。

折扇，任它折叠着，随手搁在了刚从肩头卸下的一前一后两个小包袱的白布褡裢上，折扇上记着他一路云游的里程。

"好茶！"他猛地喝了一大口，"啊，真香！这茶好！"说着微微一笑，"好喝。顺便，那个看着好像也很好吃，给我来上两三个吧。"

"好嘞，是这糯米团子吧？跟您说吧，这是乡下人自己做的。虽不太甜，可皮儿馅儿，都是用的最地道的糯米和赤豆。"梳着小小丸髻的老媪将团子装在洁净的小方盘里，乐颠颠地端了过来，将折扇搁在长凳上，一只手仍端着粗茶茶碗，腾出来的一只手正待撮起团子。这当儿，冷不防地传来了"咻咻"的古怪声音，像有只蝉，在含混不清地啯鸣。

法师循声望向门口，冲着大崩塌过的崖头长凳的端头，出现了个人，手抓着那儿的竹柱，大敞着胸，粗条纹土布单衣脏兮兮的，腰带松松垮垮的，架在脖子上的脑袋缠了跟酱油里渍过似的布巾，头发长得都掩住了耳朵，是个肤色黧黑、人高马大的壮实小伙。他眼睛里好像没什么神采，下意识地大咧着嘴，耷拉着厚实的下唇，东张西望地打量着这其实别无长物的茶屋。这会儿才下午两点多，对乡民说来，正是船夫农夫忙于手中活计、脚下来去匆匆的时辰，看他那模样，准是附近一带游手好闲的懒汉。小次郎法师虽没怎么去在意他，可还是因突如其来的笑声而吃了一惊，于是目光在这小伙脸上和盘子里的团子之间来回逡巡了一遍。

"说真的，婆婆，还真是看不出来，你这么会捉弄人。"

"说什么呢？"

"哎呀，我是说这团子，你瞧，分明是用泥巴黏土搓揉出来的不是？"

"尽说些不着调的话。"老媪板起脸来，抬头瞪了一眼，额上一时间聚满了皱纹，"你怎么能说这种话？罪过罪过。好歹我也是吃斋拜佛的，就算吝啬得再怎么一毛不拔，也不至于会用泥团子来糊弄人家出家大和尚吧？"

见有人这么实诚地在维护自己，小次郎法师不由得觉得有些抱愧。

"什么呀，您快别这么较真，犯不着。他多半是在您这凉快了会儿，恢复了元气，才跟您开起了玩笑。虽说是玩笑，可出门在外，又有什么事没经见过？不是说骏州[1]那边卖阿部川年糕的，便是用木头雕成年糕模样，装在盘子里招待客人的吗？所以方才见到我正要吃这团子，他便也……"

说着他看了那人一眼。那小伙正抬头望着什么地方在那儿发愣，天空中连只鸟影都见不到，可他还是一个劲儿地抬头望着。

"冷不丁被他这么一笑，哈哈，我也几乎都要以为，这团子是错拿了招待客人用的那摆样子的团子模型。"

"嗯，嗯，不，我说您呀……"

老媪利索地拍了下系着围裙的膝头，凑近过来，压着嗓门，说道："他这人是个疯子，真的。"说完又独自点了点头。看样子，一旦跟她打听起来，她会很乐意告知你其中的原委细故。

三

小次郎法师从斜刺里打量着那小伙的脸。他仍仰着脸，就好像挂着苇帘的茶屋的檐头，有只蝙蝠飞去了天空似的。

1　地名，旧时骏河国的别称，位于今静冈县中部。

"是吗？疯子？我还以为是聋哑人哩。长这么一表人才，人又年轻，好可惜啊！"

"跟您说吧，他这是遭报应啦。"老妪那口吻，就跟勘破了罪孽和报应却又奈何不了它们似的。

"或许是让什么给附了体吧？也或许是厌倦了这人生在世的？"法师这么说着，又啜了口粗茶，攥起圆圆的茶点，送至嘴边，一边瞥了那若无其事的人一眼，似乎还真有通天眼这回事哩，只见那人眼中迅捷地闪烁出光来，像是发现了什么似的嚷道："哎呀，这下可要咬到石头了。"

小次郎再次吃了一惊。

"他竟又说了这话，老婆婆。"

"嘉吉你这死讨债鬼！小祖宗！好啦，快给我一边去吧！"老妪没去搭理那小伙本人，只是冲着他映在沙地上的朦胧身影，责备似的这么嘟囔道。

海潮泛着光亮，天空这时却有些阴沉。

法师也低头望了一眼，随着天色黯然，那身影似乎也变暗了。

"也许该匀他一份。说不定他是在馋这糯米团子。那念头怪瘆人，真要变成石头，可不是闹着玩的。"

"这疯子不馋嘴，您不用替他操心。他说石头，怕是因为还记得些平日的事，知道我总会送些石头给客人，所以才会像刚才那么说。他不是还说了团子是泥土揉捏成的这话？也是因为这缘故。我就跟您说吧。"老妪说着，一边捧起法师脱下后倚在脚边的桧笠[1]，将它重新摆放在包袱上，一边用目光示意法师朝苇帘外望去。

1　一种用切削打磨过的桧柏树皮编制而成的斗笠，晴雨兼用。

山岩彼此绾结着，恍若大刀劈斧削凿出的金刚力士，将大海踩踏在脚下，兀然突立在那儿。隔着眼前一丛倾颓的竹丛，六座一模一样的山岩，仿佛六道屏风，正待从月光下绽露出它们幽蓝的面容。松树稀疏，隐约可见，万千波浪缀成坚不可摧的铠甲，战袍衣袖则为飞沫所遮掩。

"您来时路过那儿，可曾好好打量过？"

老媪背转过身，半蹲着，稀里哗啦地用火箸捅捅旺炉中的炭火，这才不偏不倚地把铜壶给搁了上去。

"虽说和您大和尚一点都不相干，可您朝那边望去，天崩地裂过的山崖尽头的那边，就是凸了出去的那道山岩。"老媪直起身，用手指去，可随即"哎哟"了声，一只手忙捂住了半蹲下去的那腰，"喏，就在那儿。"

波涛涌来，击打着那岩角，旋即迸裂四散，恍若风铃碎成一地。

"那山岩叫'求子石'，周边还咕噜咕噜生出了好多石子，大大小小，应有尽有，都是别处根本觅不到的。有跟螺钿、围棋一般小的，也有跟供在神佛前的供饼差不多大的。要说最大的嘛，只怕一个人都搬动不了。有锃光溜圆的，也有扁平些的。扁平些的呢，正好可以叠一块儿。说是两个叠起来，诚心诚意拿去供在佛龛、神龛前，那些本来不见子嗣影儿的人家，哎呀，还真是神了，一个个挨肩儿便来到了人世。

"想要求子石的人多了去了。如今这年头，人心眼儿也都变小啦。我跟您说吧，竟有人拿了去压在屋顶草棚上，或者两人合计着扛回家，腌萝卜时当压缸石。所以到了眼下，一时半会儿的，都很难找得到了。

"好多人兴冲冲地大老远赶来捡这石头，结果却落了个扫兴

8

而归。就因为这，我才在这附近开了这家茶屋，瞅着早晚落潮时，去捡上些，权当这儿的土特产，给客人送个人情。见我这老婆子总是在殷勤地进呈这石子，大家也便都知道了有这事，于是有个叶山那边过来玩的，看样子是个读书人，便这么跟我说：'奶奶，我不跟您求子，我来求您给我个母亲。'哎呀，这不是在捉弄人吗？就因为这类事经见得多了，才会有嘉吉这样的疯子，只要一见到有客人吃我端出的点心，便不管三七二十一，搬嘴嚼舌地说那是石头做的。"

四

"这么说，老婆婆您是隐居在这安享清福，想必膝下早已孙辈满堂了吧？"小次郎法师听着老媪絮絮叨叨说话，觑了眼求子石那边，这么问了声，似乎有些心不在焉。

老媪边张罗着边说"再替您斟上些茶吧"，又端上茶盘来，随后便将茶盘倒扣在膝上，突然间沉默下来，神情落寞似的垂着头。

"也不知怎么的，不瞒您说，我都活到这把岁数了，却连孙儿影子都没见过一个。只有我和老爷子俩，守着雨天的清寂和行灯[1]的薄寒，担忧日后无依无靠，备觉世事渺茫，人生无常，故而格外能够体谅那些想要儿女之人的心思。这不，求子石也便任由他们一颗颗拿去供在了神佛前。

"长年累月这么着，村里人便在背后议论我们，说是'子嗣

都送了人啦，难怪他俩一辈子都没个儿女的'。可就算落得如今这结果，那也是我们诚心诚意想做的事，心里至少还是欣慰的。"老媪语气虽带着些愤愤，可脸色柔和，不见一丝攒眉不舒的迹象，只是温顺地微笑："高僧您若是迎娶了新娘，那我同样也会呈送您一颗求子石。"

"这话也说得太没边了！要是这团子都能由石头变成，那我干脆就在这村里劝募布施、教人皈依佛祖得了。只可惜我是个四处漂泊、居无定所的云游僧。不过方才听您这么说，那您两口子，日子可是过得有些孤单冷清啊。"

"是咧是咧——啊不，虽说当着您高僧面说这话像是在奉承似的，可为佛祖弘法，普度众生，我们俩真是万分欢喜。像我这么个人见人嫌的老婆子，仍还有人愿意上店里来歇下脚，也好让我斟上杯热茶，忙这忙那地热闹一番，再天南海北地扯上些闲话，顺带着把日子给马马虎虎打发了。"

"啊，喂……"老媪说着，又忙着去招呼起屋外过路的客人来，"快请进来歇下脚吧。"

河床为草丛所掩，清冽河水后面的地面上，闪出把车辘辘大小的洋伞来，红白相间的纹饰，恍若夏日蝴蝶扑扇着翅翼回旋在山边。那是位三十岁上下的人妻，洁白绑腿下蹬着双草鞋，一袭碎白花纹的单衣，挽起袖子的手里撑着那把招人耳目的洋伞，另一只手拿着手帕，正挡在额前遮隔着晃眼的阳光。

走在身后担着行李的，是她丈夫。蔺草编的帽子堆垛在后脑勺，条纹衬衣大敞着，裸露着膀子，腰间插了把红团扇，手上脚下裹着护臂护腿，俨然是避免暴晒的装束。

妻子冲茶店老媪微微颔首致意，绾束起的鬓发颠颤着，急着赶路似的从茶屋前径直走了过去。

疯子嘉吉双手扳住屋檐,隔着绽了线的胳肢窝,朝那腰带结绾在身前的细腰瞟了一眼,然后踉踉跄跄着,离开苇帘,一下蹿出十三四米,尾随在那人妻身后,踩着小碎步,跣足走在沙土路上。

只见他忽地从土黄色尘埃间蹿起,脑袋朝人妻伞下探去,蹭着、黏着,看着就跟传说中人高马大、伸长脖颈的秃头妖怪似的。

"咦嘻嘻,咦嘻嘻嘻。"

"喂!可不兴你这么胡闹哟!"老媪踮起脚尖,规劝道。

规劝声和笑声,几乎同时灌进了小次郎法师的耳朵。

就在这时,做丈夫的突然吆喝起来:"修油纸伞洋伞啰!换伞面伞骨啰!"嗓门大得惊人。吆喝声越过蝉鸣,在空无一人的四下里回响着。

他未作片刻停歇,担着行李前插上去,将这不知好歹的小伙从自己妻子身边挤开,斜着眼狠狠瞪了他一下,随即便加快了脚步。那小伙被落在了后面,磨磨蹭蹭地,曳着长长的倒影。

"您也都瞧见了,他呀,就是这么个不让人省心的人。"

法师默然目送他们离去,这当儿,海上似又传来三番四番的涛声,时断时续,钝重击打着断崖,仿佛在和松涛轮番较劲似的。就在这一转眼间,那把红白相间的洋伞已离开老远,一下变得像手鞠那么小,与人头错杂在一起,眼看着就要走进天空中去。那儿路旁连间草屋都没有,就这么几个点儿,缓缓挪动在崩塌山崖的半山腰。

五

"哎呀!他们去了崩塌山崖的那边,都见不到人影啦。

"下了山崖，那边刚好是海滨。刚才那疯子，便是在那儿喝醉了酒，倒在地上。对了，他叫嘉吉，这可是咱们秋谷村最不让人省心的讨债鬼哩。

"天天喝得烂醉，也不好好干活，在本分过日子的人眼里，一点都不像是个脑子正常的人。可就是这样，也不知怎么回事，到了过年他也会跟人一起庆贺，盂兰盆会也总是和人一起忙这忙那，倒也看不出哪儿疯了，就好像村里天天在过节，只知道闹着玩，他也就是有这毛病。可今年一开春，他也不知发了哪门子慈悲心，竟自告奋勇地跑去三浦三崎[1]那边，替一家酒馆当店伙，工钱分文不取。

"说话间到了初夏，店老板便吩咐将清酒装上船，我跟您说呀，也不算多，就三桶，一个船夫，加上嘉吉，来给叶山这边一家小店送货上门。

"这边好多乡民渔夫都跟他熟，刚好赶上从三崎那边回这边叶山、森户老家，半路上见了，便招呼说，给搭个顺水船吧，船上不是正好有空地儿吗？也难怪，谁让这一路上连渡口和埠头都找不到一处呢？'喂！喂！'他们就这么从海边的崖上还有礁石的松树下，用阪东腔招呼他，结果硬是塞了五个人进来，一共七个，就这么条小船。

"这些人里边没个正经人，全是些得了便宜便卖乖的主儿。船只顾一路疾行，人忙着信口开河，海上风平浪静，一众人边闲聊笑话，边犯起了困。嘉吉这讨债鬼，枕着船中间一根横木，伸腿仰面躺下，呼噜打得山响，酣睡了过去。

"一路上倒也没遇上激流险滩。酒桶飘散出阵阵醇香，海面

1　地名，位于神奈川县东南部、三浦半岛端头的一个港口。

又平静得连章鱼都想浮上来。都搭上了这顺水船了，好歹也得在船上醉上一回！其中一个说笑似的这么一说，马上便有人接着他话茬提议道，怎么样？赌上桶酒好不好？放开了喝，谁输酒钱归谁出！这个好玩！来就来！

"这帮人，拿着烟管吸嘴便能在酒桶上凿出个洞来，就这么大模大样地开了个口子。我跟您说呀，他们还问那船夫：'船老大，可有空着的饭盒？'说着，把七歪八裂都已不成形了的一只木饭匣，在海里稀里哗啦漂洗了下，用手指蹭刮下残留在木匣外的酱油渍，放嘴里舔着，然后挨个传递开去，哄闹着喝了起来。

"随后便当人面，解开钱包系纽，脱下小袄，赌了起来。那船老大自然也不好再默不作声。"

"想必是出来喝止、劝阻他们了吧？到底是船老大，名副其实，就该是船上拿主意的。"

见法师一脸正色这么说，老媪眼神里不由得稍稍流露出些怜悯，就好像是在说，瞧你，虽已是出了家的，可终嫌少不更事了些。

"您呀，也太菩萨心肠啦。以为写上船老大这几个字，就千真万确，自然该替那船做主。可谁承想，做了最没边的事的，偏偏就是这船老大。"

"他怎么了？"

"见那五人都挤挨成骰子点儿模样，他便也忙着收起船帆，一头挤了进去。"老媪微微一笑，看了法师一眼。

法师有些不解："为何要收起船帆呢？"

"这会儿顺风顺水，再张挂着船帆，岂不一眨眼工夫就到叶山了？得让小船跟海蜇似的，慢悠悠浮游在海上，那才好赌个尽兴呀。

"他要的是这个。真是造孽，嘴里还哼着喜庆的小曲，'四海平安，风调雨顺，枝头不闻鸣禽聒噪，盛世好年景'，学了点皮毛就在那儿哼哼的，一边吆喝着：'一锤定乾坤！'便这么赌开了。船板底下若是地狱，那这船板上，一时也便成了凶神恶煞厮杀鏖战的战场。"

"船老大也和他们合穿一条裤子？真不敢相信还有这等事。"法师小心捧着重新斟得满满的茶碗，苦笑着说道。

"再说了，我跟您说吧，这帮人……哎呀，您不妨去海上朝岸边打量下试试看，但凡岩石低洼些的地方，都会随处散落着许多贝壳，那都是当作陶壶用来盛放骰子的。一个个凹坑呢，只要不是蟹洞，一准便是掷钱赌输赢时砸出来的。虽说稀松平常，一点都不稀罕的事，可那会儿，对了，对嘉吉说来，还不跟让海怪给附了身似的？'喂喂，给搭个便船吧！给搭个便船吧！'他们让船傍近岸边，就这么从岩石上、松树下冒了出来，一闪身便跳上了船，一个个都跟中了邪、着了魔似的。"

六

"嘉吉这讨债鬼就跟被魔住了似的，睡得死沉死，。虽说从小听惯了涛声，可待船头绕着弯拢近岸边礁石，松风刮得船身摇曳起来，嘉吉身上觉着凉，便醒来了。哎呀，您道怎样？睁眼便看到了这一出。

"船又没行上山去，围坐着赌上一把的，又都是平日里赌惯了的一帮家伙，酒桶里的酒就这么咕嘟咕嘟直往外倒，在那儿轮番哄饮着，可把嘉吉给吓坏了。'喂！你们这帮浑蛋！'他跳了

14

起来，跟金刚似的叉开双腿，踩在刚才起身时差点被他弄倾覆了的船底上，跟吼叫似的呵斥道。

"'你别吼啊。'

"'别这么大声嚷嚷，好不好？喂，我说嘉吉，虽说你眼皮底下的这几个人都欠了你几文几厘钱，可这酒却是你老板的，不是你的，对吧？先让我们这么赊着，回头再跟你结清，别那么绝情。等押上去的赌钱都凑齐了，再买上它一桶，只怕你也就不会这么吼了。只要换了钱回去，你们老板才不管你把酒卖给了谁哩。'

"'那倒也是。要说还真是这么回事，啊呀，倒也是挺在理的哩。'

"'酒是给了钱就不会有事，可船老大哟，这船怎么办？'嘉吉问道。船夫拳头里攥了把零碎钱，杵得比裹着头巾的头顶还要高，心思全都扑了赌博上，口中嚷嚷着：'投了个单儿！投了个单儿！你说什么？船？对，船。'

"嘉吉便嘟囔了声'那好吧'。于是手握船橹，吱嘎吱嘎地，跟让幽灵船给曳了去似的，作势摇起船来。可酒香扑面而来，他到底没能忍住。

"他先是让那赌得手气正顺的主儿给灌了一匣酒，喉头咕嘟咕嘟作响着一气喝了，见他仍大张着嘴，那人便道：'来，再来上一匣！'又给斟上了。嘉吉呢，只是唠叨了好几遍：'回头结账时，扣去我喝的份。'您瞧，这时他脑子还挺清楚。

"'我可是幡随院长兵卫，是不是？我请你喝酒，莫非还要跟你收钱不成？这种抠门话，你给我少来！'这家伙赌赢了，神气活现。

"'这饭匣递来传去的，大伙儿都嫌麻烦，不如干脆用这个盛酒。'嘉吉说着，杵过一把满是污垢的长柄勺子来。一众人也便老实不客气地拿了过去。那个神气活现的主儿呢，便又在一旁撺掇：'嘉吉你一只手，对了，就这么摇着船橹，还有只手呢，就用这洗马时舀水用的大勺子，舀着这酒，咕嘟咕嘟喝他个痛快！'

"酒桶都已开了封，也就犯不着再心疼。他一下气壮如牛起来，气度大得就跟海里冒出来似的。'再来上勺酒！投了个双儿！喝了庆贺下！酒钱我包啦！'

"'南无阿弥陀佛！骰子菩萨天灵盖光焰万丈！'有人跟着奉承道，于是他便凑向尽是污垢的长柄勺子又喝了一勺，别人越撺掇他便喝得越来劲，摇橹节奏全都被打乱了，船还不得大摇小晃？'这可不行！骰子都摆不稳啦！'

"'行啊行啊，嫌我摇不好船，那你替我来摇啊！'嘉吉蛮不讲理地就把那话给盆了回去，不过还是绕过那崩塌山崖的端头，把船摇进了港湾。

"谢天谢地，进了港湾，不就跟一脚踏进了铺着湛蓝榻榻米的房间里似的？悬着的心总算松弛了下来。'给酒钱！趁输赢还没见分晓，先把钱押我这儿！'嘉吉这讨债鬼，刚放下船橹的手里又攥起了酒钱，还以为他会把这钱塞进怀里去，可谁知就这么着，他另一只手里还操着那把尽是污垢的勺子，又一头扎进了赌徒堆里。

"'哎哟喂，这讨债鬼，这下可是惨了，倒不如投海死了，一了百了。您看他这回输得，八辈子都别想翻得了身！'

"输了又输，哎呀，整整一桶酒的酒钱，本该拿去交给店老板的，竟输得个精光。输急了，便破罐子破摔，又是把骰子点数错数成了十，又是觉得一众对手足有五十个脑袋，随后竟觉着连整个港湾也都轱辘轱辘旋转了起来。'好吧！你说船该怎么摇我就怎么摇，要杀要剐也都随你！'待嘉吉叉开双腿、仰面躺倒在了那儿时，他差不多已喝下了足有一斗的清酒。就这么七个脑袋，四斗一桶酒，竟都被打发了。酒桶搬上岸时，他们估摸着会很沉，便双手架着，吆喝了声'嗨！'一起发力，谁知都跟折了腰似的，一个个朝前倒栽了去，酒桶也便'哐啷'砸在了地上。嘉吉趁势一轱辘倒下，早跟死人没什么两样了。

"这之前，船吱溜溜转悠在人称富贵人家庭院的那片海湾的当儿，活脱脱就跟电影里那遇难船只漂浮在听不到一丝风浪的海面上似的哩。一众人正敞着怀，大咧咧盘腿坐着，胸毛腿毛让晚风飒然拂过，不禁打了个寒战，这才稍稍清醒了过来。长庚星已悬在空中，巨岩嶙峋的崖头也微微暗黑下来，挡在了眼前，让人心里有些发瘆，一众人不由得重新系紧兜裆布，并拢膝头坐直了身子。船老大跟鸟叫似的，口中'嚯——咿，嚯——咿'喊着号子，把船拢近海滩去，一边趁势揍了胡乱躺着的嘉吉那家伙。嘉吉蓦地爬了起来，虽说都喝光了那桶酒，可倒也醉酒不乱性，只是有些气馁，又颓然倒在了那酒桶右边。就这模样，跟您说吧。"

七

"仰面八叉着，呼出来的气就跟在喷着火似的，酒气从身子里渗溢而出，打在沙砾上，都凝成了露珠。虽说夜晚凉爽，叵耐是招引来了蚊子和苍蝇。

"这讨债鬼，任你拳打脚踢，都休想叫得醒他。

"'闹成这样，免不了跟咱也有些瓜葛。'有个还有些力气的男子，提议帮上一把，船夫也掺和着。一众人都还没醒过酒来，就这么脚下打着趔趄，将剩下的两桶酒，抬着送去了那家小店。

"嘉吉怎么办呢？都醉成这样，也只好当作货物，装上船，打发回家了事。可船老大只想撇清干系，说：'他又不是死尸，只是喝得烂醉的大活人，半路要醒了，问起来，我这岂不是要吃不了兜着走？'便挂起船帆，隐没在了海上雾霭的深处。

"就算嘉吉有千万条说辞，可眼下烂醉如泥，根本无法回去见他老板。于是众人合计着，还是先送他去秋谷的父母那边。可是这单货呢，您也都见了，他是个人高马大的男人，再说又这么一头栽倒在地，用撬棒都撬不动，这可如何是好？一众人或者'扑哧扑哧'抽着烟，或者打着喷嚏，或者用脚跟搓捻着叮咬小腿的蚊子，将烂醉如泥、活像条大鲨鱼的嘉吉，涌浪般裹卷在中间，却久久拿不定主意。就在一筹莫展的当儿，正赶上有人拉着货车路过，原来是藤泽从那边赶了一天路过来，正顺着眼前这大道，往人称富贵人家庭院那边的海岸去。

"他花白脑袋上裹了条暗红的头巾，绾了个两端翘棱的结，恍若螃蟹的前螯，光泽湿润却又挟了股威势。左胳膊折着扭着似的，蜷曲在腰窝那儿，手指、掌心虽还能打开、攥起，可臂肘却像被黏住了，无法伸缩，跟铜铸似的。若要问起个中细节，那也只好说都是自作自受！早些年，他在一家小饭馆里喝得醉醺醺的，便狗嘴里吐不出象牙来，口吐狂言嚷嚷着'去给地府点上盏夜灯'，还跟人借了盏灯笼，乡间走夜路用的，带有井栏里横了只木瓜的家纹的那种，照着牡蛎壳铺成的小路，鼻子里哼着小曲，就好像地面在崩塌似的，脚下不时趔趄，去了还是安政年间那场大地震给震了出来的、早已成了陈年旧迹的那地头。正兴冲冲走着时，却有一股困意袭上身来，他嫌灯笼提着累赘，便把它挂在胳膊肘上，双臂交叉着抱在了胸前。'咦，好像是鬼怪哩？你，到底是鬼火还是钱妖啊？快现出原形来！'他醉眼蒙眬地刚沉下眼瞅了那灯笼一眼，便颓然倒在了道旁树丛下，一个劲地打起了呼噜来，就跟有只叫不出名儿的秋虫在地里嘶鸣着似的。这海呢，一挨近到崩塌山崖海，便跟换了副脾性似的，从太平洋上刮来的海风吹倒了蜡烛，灯笼随即燃成一团火焰，就仿佛渔火全都被从海上招引了来似的，烧灼着胸毛，可把老爷子吓得不轻。'哎哟，这畜生！莫非是阴曹地府里杀出来的火焰车，这么猴急的？'说着扭住鬼怪，倒在地上打滚，熄灭身上的火，性命总算无虞，可当时被烧得不轻，落下了一身伤。虽说也已活到了六十有七，可后来却一直是残着的，从此也便得了'残手蟹宰八'的诨名，成了秋谷当地有名的活宝。这老爷子便是我家那当家的。"老媪说着，微笑起来。

仿佛庆贺似的，小次郎法师朝老媪欠身行礼，恭贺道："我说呢，原来是府上老人家啊。"

"您快别这么客气。他呀，人虽任性，没做成件正经事，可托您的福，身体倒还算硬朗。可人家说了，最不喜欢和抬头不见低头见的乡邻讨价还价做买卖的。这不，宁愿翻过叶山，趁着白昼，去大老远的田越、逗子那边，拖着残了的肩膀，背着竹篓，把海螺、万年鲍[1]、开了片的刺鲅，还有沙丁鱼串儿什么的，都给捎了去，也好赚上些用来沾酒的小钱。那时候呢，我跟您说呀，村里原先的村长是世代都是大户人家的鹤谷喜十郎老爷。"

老媪恭敬有加地说出了那人的名讳。

"他跟我们还是近亲哩。他府上要些什么，我们便都会替

1　一种类似鲍鱼的海螺。

他上东海道藤泽那边去采买。差不多每个月都会去上一次，各类必需品，盐啊、酱油啦，小至灯芯这样的物件，都会一车车替他送上门去。

"横滨的嫌太洋气，三崎的品质次了些，凑合着在邻近周边采办，多半会懊恼上好一阵子，所以斤两足、做工好的货，从早年起，就一直只在上藤泽那边去进，价钱公道、划算。再说大户人家，买东西又格外讲究。"

老媪很健谈，跟手里绕着长线团似的，慢慢悠悠絮叨着，随后自己喝上口茶。

茶屋门口，也已好久不见有行人过往。

八

"'喂，是宰八吧？老爷子，您要回村的话，顺便把这人给捎回老家，好吧？还真是赶巧了，哎呀，幸好遇见您这货车。'他们说道。

"我家老爷子一看，是嘉吉这讨债鬼，就跟刚才跟您说过的那样，喝得烂醉如泥。

"'都一个村的近邻，答应你们就是了。只是我这手，都废成这样了，就是想装上他也都装不了啊。你们替我把货挪挪，腾出点地方来，好把他给装上。'我家老爷子吩咐道。

"'挪什么呀，老爷子？就这么架上面不就行了吗？'说话间，一人抬头，一人抬脚，不就正要把嘉吉这讨债鬼抬上车吗？

"让我家老爷子给拦住了。'慢着！车上一大半的货，是我替鹤谷老爷去采办来的棉花，怕被酱油坛、石油罐压坏了，这才搁在了最上边。都是新棉，正待用来替喜十郎老爷做一身松软暖和的棉衣、棉裤，可不兴让这成天浸泡在酒里的怪物给躺上去撒野，得轻轻挪开，重新找个地方搁着才行。'他一边说着，一边憋着劲，无法屈伸的手紧攥着拳头。

"'那太麻烦啦，就这样吧！'你看，都是些干粗活、耐不住性子的主儿不是？说着，他们便用车上的捆货绳把嘉吉拦腰捆起，横绑在货车一侧，只要没碍着车轱辘滚动就行。

"'他又没付你车钱，就算半路上掉了，也赖不到你头上。回头见！快回家去吧！'说着还啪啪啪地鼓起掌来。这一来，且不去说赌输了还是赌赢了，光是喝下的那份酒钱，岂不就先给蠲免了？大伙谁也没在这上面损耗一文半厘，心下一爽快，便哼起了烟花柳巷里的淫荡谣曲，一个个撩起后衣襟，裸露着腿肚子，相随着做鸟兽散了。

"我家老爷子呢，'嗨'的一声铆足了劲，把车轭重新扛上肩膀，残了的那只手摁住，单凭前胸，拉起了那货车来。这儿见不到几个行人，海岸边到处绽放着沾了露水的牵牛花，闪闪烁烁地，老爷子奋力把货车拽出这地头，随后'嘎吱嘎吱'地上了大道。

"从叶山到崩塌山崖，是一长段缓慢的上坡道，过了这儿，便一路都是下坡道。待货车蹦蹦跳跳着，'骨碌骨碌'地来到了我这茶屋门口时，只听到嘉吉这讨债鬼一迭声嚷嚷着：'喂！给我枕头！拿个枕头给我！'

"'胡扯什么呀！这讨债鬼，做大头梦哩！你以为我是青楼里油头粉面的卖春女？'我家老爷子口中嘟嘟囔囔叱骂着，连头都没回下，只想赶紧拉车赶路。"

"他这是在做着什么梦吧？"

"岂止是做梦？我跟您说吧，他还嚷嚷起来，好像就要被勒死似的。'难受死了！难受得都快要流鼻血啦！眼花缭乱！把我脑袋扶高些！哎呀，你这到底是要怎样？快！要杀要剐，船要怎么摇，都随你！'

"他这是仍在说着梦话哩。嘉吉这讨债鬼，还以为仍在船上哩，瞧他那模样。

"他是腰间捆着的绳子松开了，脑袋蹭到了路面，眼看着就要一头栽倒在地上。这也难怪他会，哎呀，一个劲嚷嚷着难受。

"'你不就整天巴望着能长醉不醒吗？我胳膊不好使，你就再忍上会儿吧！'说着，老爷子又摇摇晃晃拉起车来。'我快死啦！要死人啦！救命啊！快，把船拽上岸！'嘉吉口中喷着火似的，大喊大叫。"

"不是在这屋里。"老媪边望着苇帘外，边说道，"就是从昏黑的屋檐下，浪头刚好到不了的地儿，一下闪出把雪白团扇来，就跟阴历初三的新月，被从高高绾起的漆黑发髻上摘了下来似的，低悬在那儿，就这么遮挡着脸，隐隐约约一袭和服，身姿清丽颀长，下摆透着粉蓝，是个女子，美得叫人毛骨悚然！

"她步履轻盈地来到了路边，唤住我家老爷子，问道：'这车上拉的，是个犯人吧？'

"'车上拉的都是吃的用的，刚买来的，快别说那不吉利的话，怎么会是拉着犯人呢？'听我家老爷子这么一分辩，那女子便说了声：'看着挺可怜，一定不好受吧？'于是取下团扇，横衔在口中，就跟衔了根轻盈羽毛似的。

"这时她转过身，这么偏斜着脸，背对着我家老爷子。"

老媪从法师面前稍稍背转过身子，仿佛是想让人揣摩下朦胧月色下那女子的一番风情似的。在遮断了日光的苇帘的荫翳里，老媪的后颈显得格外白皙。

法师敏捷地将膝头挪近行李那边。

"然后呢？"

"对，她垂下双手，两只白皙的手掌合在一起，托住了都已耷拉在车辖辘最下面那几根辐条间的嘉吉的脑袋，把它抬了起来。或许是太沉了吧，她拼命拧着身子，肩膀也好像一下瘦削了许多。"

九

"'过来照料下吧，快把他解下来。'她说。

"'治这讨债鬼就得这么狠着点心，说不定还能让他出上点虚汗。别去理他，讨厌鬼！'我家老爷子摇摇裹着头巾的脑袋，刚这么回了她一声，她马上便又问道：'你们这是要上哪儿去呀？'

"这一路上和这讨债鬼没少怄气，我家老爷子正窝了一肚子无名火不是？被她这么一问，便没好声气地回道：'送他去秋谷明神神社那边，就是俺们那边供奉的土地神那儿。'

"'那就由我来接收吧，你送到这儿就行了。'

"'你是谁？'

"'我是明神的侍女。'女子回道。

"海风飒飒作响着吹了过来，浪都击打到月亮了。月光将摇曳着的苇帘投影在女子衣袖上，恍若格子条纹一般，雪白的肌肤也被映得晶莹剔透。周遭不见有一个人影。抬头望去，白云就跟飞翔在空中的白鹭似的。只听得'哗啦'一声，一波海浪打了过来。

"老爷子悚然一惊，连声应道：'那好！那好！'人一下变得柔顺了许多，待解开绳子，都快蹭到地面的嘉吉那身子便从货车上滚落下来。女子放下托着的双手，把嘉吉的脑袋平放在了地面上。

"嘉吉双腿啪嗒啪嗒乱蹬，胳膊僵滞着，痛苦得快把车轱辘辐条踹飞了。

"'好啦，送这儿就行了，你回吧！'那女子就好像会碍着她似的打发着我家老爷子，老爷子没料想到会这样。

"这有什么好意外的？谁让他是这么个倔脾气的老爷子来着？嗬嗬，嗬嗬。"

"不，不，虽则只是在听您讲这事，可我总觉得，她对老人家这么刻薄，怕是有意为之。她见了老人家这么照料那醉汉，无法三缄其口，似乎良心上觉着不安。"

"是哩，她不是还开玩笑似的说了，自己是明神的侍女？看着嘉吉这么被绑在货车上，这不明摆着是在欺负他吗？明神呵护子嗣，向来一视同仁，容不得任何歧视和偏心，也难怪就连她都见不得嘉吉被这么处置。

"我家老爷子忙分辩道：'我本来拉的是棉花，把这讨债鬼当作货物绑车上的不是我。'话一出口便被她给怼了回来：'好啦！你先上那边去吧！'

"'好什么呀好？真是的，不把事情给说说清楚，我这心里可消受不了。你真要是明神贴身侍女的话，那就给我听好了。要我这上了年纪又断了胳膊的人，跑去照料那年纪轻轻的醉鬼，能照料得过来吗？莫非明神也会脑筋糊涂成这样？那边倒好，慈悲得心心念念要我去照拂那混账家伙，可这边呢？却又吝啬得都不愿给我家老太太哪怕一个子孙。那也罢了，若是命里注定无子，我也认了。可我让灯笼烧成残疾的那会儿，除了眼睁睁看着，谁又见他吱过一声？要是我这胳膊还能管用，就算把他绑车上，我也不至于这么铁石心肠，非倒栽着他不可。咱们可是头回见，没想到在你眼里，我竟成了不知有多残忍似的，这让我心里很不是滋味。'

"说着他猛地摇晃着裹头巾，喏，就这样。

"'快回吧！'她都不给个接话机会，径直撺你走。

"'不行！不把事情说清楚……'我家老爷子仍不依不饶。

"'走吧！'

"法师您瞧瞧，她就这么撺他走的。

"团扇遮脸，雪白的手伸向身后，似乎正作势，连货车带老爷子一并撺去了路边。白皙手指摁住车轱辘辐条，哎呀，就跟棉屑挂在纺车上似的，在月光下就这么推撺了一下，车轱辘便骨碌碌转动起来，冲着我家老爷子身后，这不是眼看着人就要被压在车肚下了吗？"

"啊呀！"

法师瞠目结舌，一时间屏住了呼吸。

"老爷子被吓坏了，一边跟小乌龟浮水似的，在空中比画着手，一边让自己拉的货车顶着后背，就这么跟跄着被推撺了开去，只够惊叫上一声'啊呀'的工夫，人已被推撺到了村口。然后呢，似乎是自己顺着这铁锅拎铠模样的大道，绕着弯，跑到了明神神社树林里那石阶下。

"不过您也都见了，这一路是斜着往下溜去的，虽说不上是条下坡道，可车却走得飞快，就仿佛味溜一下就滑到了那儿。我家老爷子吼了一声，好不容易才在石阶下收住了脚步，可那辆破车仍带着惯性，在碎石上嘎嗒嘎嗒空转着车轱辘，车身好像也一个劲地在蹦跶着哩。

"抬眼望去，头上方全是黑黢黢的树林。我家老爷子说了，他呀，那会儿身子都直打着战。"

十

"老爷子他生来便是个死心眼儿。我跟您说呀，月夜里，远远望去，能找到影儿的，除了堆压在苇棚柱脚边的小石子就在您身后那儿，我把它们搁那儿后便回家去了。除了这，便只有这长凳的影儿了。

"甚至能望到崩塌山崖那边。只见那女子的身影，看着比蛛网上的蜘蛛都要小，晶莹剔透，似乎正沿着山脚，蹑手蹑脚地踏过恍若淡墨涂抹出的草地，往回折返。

"'我倒是想看个究竟，她又如何处置这嘉吉？'

"我家老爷子打定了主意。

"想必您也知道，从明神神社石阶再往前走，货车便来到了三崎大道旁边的一条小道上，随后就是村口了。老爷子把车拉到了那儿。这边村风安详恬静，一见到车上货物张贴了'鹤谷先生专用'的签条，自然也就都不敢染指。

"我家老爷子说，他就跟趴在地上躲着似的，回到了家里。后来村里人都笑话他，说：'喂！就算你再躲着，你那油光锃亮的脑袋和暗红的裹头巾，在月光地里又哪能藏得起来呢？你呀，那会儿早已中了她的邪，虽还留了条性命，可在月影下，就跟变成了有着两只大红前螯的螃蟹似的。'

"老爷子听他们这么说，气得直瞪眼，喷着唾沫呵斥道：'行

啦行啦，快给我打住！怪叫人瘆得慌的！'

"真是让您见笑了。都活了这么把年纪，那女子要你走人、一边去，那你就别再去揽这事儿，不就行了？"

听到老妪这么说，法师皱得皱眉头，说："我可没在笑话他。那她还对老人家做了什么出格的事没有？"

"对老爷子她还算高抬贵手，没再找麻烦。"老妪满脸谦恭诚恳地说，"幸好老爷子平安无事，今天他还上鹤谷老爷家地里干活去了。"

"这么说，只有那个叫嘉吉的遭了殃？"

"那也是他自找的。起先那会儿，我跟您说，她还好心好意（真是可惜了这么好的东西），亲手拿出一剂芬芳、清凉得就跟咬着水晶似的解酒药，还替他递上过药的清水，就是从这提桶里舀的。"

老妪说着回头看了眼身后。那该是上供时用的提水桶吧？隔着苇帘，就搁在一丛石竹花下的背阴地里，桶箍上——多半从那天起便一直这么着——虽张挂着注连绳[1]，可还簇新着。

"她舀来水，让他喝下。待嘉吉醒过酒来，便吩咐他道：'你要觉得误了老板的事，没脸回去见他，那就用这个去偿还他的酒钱吧。'说着，又拿出件了不得的宝物来。

"我跟您说呀，像是颗珠宝！翠绿、光润，美极了！

"我家老爷子躲在草丛里，偷偷张探着他那蟹眼，这时不正好看个正着吗？

"她就这么攥着，恍若正攥了只很大的萤火虫，指尖被稍稍映成幽蓝，白皙的手掌仿佛通体透明似的。

1　日本人喜庆祭祀时张挂在门前檐下或器物上的稻草绳，有吉祥之意。

"这珠宝天生就该拿在她这样的人手上，那才叫合适，是不是？接下来，哎呀，那光泽一下便消失在了嘉吉掷骰子的掌心里。

"随后呢，她似乎拔下发簪，微低着头，嗯，自然是团扇掩住了脸，重又把它轻轻插在了漆黑秀发的前端。她脚下穿着的也不知是草鞋还是雪屐[1]。就这么随同月光一起，跟波浪和缓起伏着似的，唰唰唰走远了。

"看着这一幕，我家老爷子又吓得打了个哆嗦。'您瞧，说是明神的贴身侍女，只怕是在逗我玩哩。多半是从叶山那边谁家别墅里偷偷跑来的吧？'我家老爷子这么猜想着。

"'都走反啦，这不是在往秋谷那边走吗？咦，怎么回事？'老爷子觉得好生奇怪。可奇怪的事还不止这一桩。

"嘉吉这讨债鬼呢，真不敢相信（愿我佛慈悲，怜悯我等众生，竟还会有这种事），只见他攥过珍珠，趁着醉意，起先还只是嚷嚷着'我得知恩图报''想请教下芳名''且容我一睹芳容'，呶呶不休地黏糊着她，她也便忍着一路走去；后来竟大声吼起谣曲来，多半是夜间上织布场他姐姐那边去，走在田间小道上大声哼唱的那种，里边都是些让人学都学不来的胡话。到了最后，他越发肆无忌惮起来，又是扯拉衣袖，又是伸出手去，从身后紧紧搂住她。

"我家老爷子都吓出了一身冷汗。哎呀，这都还没完呢，随后又跟和服下襟被嘉吉的草鞋给钩住了似的，就这么一边让嘉吉搂抱着，一边拖曳着他，朝前走去。法师您瞧，竟还有这等骇人听闻的事。"

1　日本人走雪地时穿的一种牛皮底草鞋。

"太不像话了，竟然又做出这等事来。"小次郎法师一脸愠怒。

十一

老媪口气中透着一股子颇擅鉴人的神气："这人哪，瞅上眼长相，差不多便清楚该是个什么人。

"不管是神是人，她呀，才不是嘉吉几句花言巧语便会被说动了去的那种。受了人家这份恩德，本该拜谢都怕来不及，可你倒好，在人家背后做出这等举动，不遭报应才怪。你若是恶人，还不赶紧起愿发誓、洗心革面？

"他倒也并非天生的恶人，只是乏人管教，稀里糊涂混日子，今日有酒今日醉。芒草、芦苇、女郎花，在他眼里全都一个样。

"他只知道'女人头发长'，见了便跟公狗发情似的。人家送他珠宝的恩德，敢情都被他等同于新出嫁的姐姐在灌木丛前掰给他的半个豆沙馅糯米团吧。哎呀，她凡有好吃的总会替他留着一份，他一准是觉着自己生来便该让人这么护着疼着，所以才会这么缠住人家不放。

"即便女子长着天女般的美貌，可让人跟苍蝇似的一路叮住不放，想必也会心气郁结难耐。

"顺着去路看去，说是草莽丛生的一条羊肠小道，还不如说是枯裂的一道岩缝更合适些。"

老媪仍坐着，连欠下身子的间隙都没留下，紧挨着法师，继续说道："一路过去，前边岔开后，往上攀去的那条道便是山里通往秋谷的近道。虽说不通车马，可连我这佝偻着腰的老太婆，晚上打烊后，将糕点、果物还有别的货物装进包袱背在背上，手里提着烧水铁壶，在晚霞里曳着长长的影子，都能轻松回到自己那小屋。

"那女子就往那边走，和服下襟任由山风拍打着。

"我家老爷子觉着蹊跷，探出半个肩膀，正待看个究竟，不料这时那身影已离开海，一下出现在了高处，似乎去了山腰那儿。哎呀，莫非嘉吉又对她做了什么出格事？

"只见她突然转过身，迅捷扬起掩在脸上的团扇，斜劈着，朝嘉吉半边脸上狠狠抽打过来。

"'哎哟！'嘉吉惊叫一声，跳了起来，在地上连滚带爬，就这德行，往隔着五十来米一段路的我家老爷子这边，飞也似的逃了过来。

"老爷子毕竟老了，正大气不敢喘上一口，身上直冒冷汗，这时更是让嘉吉一声'哎哟'给惊吓得跌了一跤，便'哇哇'乱叫着，从山脚下蹿了出来，和嘉吉'咚'地撞了个满怀，一下撞开足有两米来远，随后又一起摔倒在路中央。法师您瞧，够丢人现眼的不是？

"两个人，还不都着着实实摔了个屁股蹲儿？

"'干什么哪？你这浑小子！'老爷子他又是气恼又是吓得魂不附体，口中瞎嚷嚷着。嘉吉呢，早已疯了似的，眼睛瞪得滴溜溜圆，死死盯着我家老爷子宰八的脸，语无伦次着：'妖、妖、妖……'

"'嗯？嗯？'

"还以为他要说：'妖怪！'可他还没说完整，便霍地站起身来，又'啪嗒啪嗒'着往回跑了十来步，随后便耷拉着脑袋一头栽倒在地。哎呀！

"我家老爷子又被吓了一跳，刚站起身，便膝头一软，又瘫倒在地，直喘着粗气，因为又气又急，一时间连大海的波涛都听不到了。就这样，那女子任凭涌动的大海在耳边喧嚣着，独自寂然地顺着山上那条近道，朝秋谷那边走去，一边和着路旁铃虫的鸣叫，唱起了谣曲来。她的嗓音就跟洒落下来的晶莹露珠一般，圆润动听。

> 这是上哪儿去的小路呀，
> 小路呀？
> 是上明神神社那边去的小路呀，
> 小路呀。
> 且让我借过一下，让我借过一下。

"听着她的歌声，我家老爷子心里一阵爱怜，一阵凄寂。

"那歌声渐渐远去。山的上方缀着白云，望去就跟裹了层薄薄的棉花似的。歌声传去的前方，'唰'地凭空下起一场骤雨，落在了海面上。歌声随后绕到山背后去了，越走越远。

"刚才他不是还见到了那轻柔得跟兔毛似的白云来着？还想着过会儿说不定就会有一场雨，却又偏偏没太当回事，这下可好，眼看着一车货物就要被淋湿，我家老爷子这才慌了，赶紧往回跑，一边使出蛮劲曳着货车，一边冲村头小店喊，让人帮着照应下嘉吉这讨债鬼。

"老爷子说，也不知怎么回事，总觉得那谣曲声，啊呀，就好像十年前、五十年前，曾经在哪儿听到过。他这么说时，那声音仍在耳边回响着。

"就好像在回避着什么似的，他也没有再跟我细讲这事的虚实。而嘉吉呢，便是从那会儿起，整个人变得这么反常、古怪了。

"啊呀，随后这谣曲也便在这一带风传了开来，就连小孩子家，也没见有谁教过他们，不知从哪天起，就都唱起了那谣曲来。"

十二

这是上哪儿去的小路呀，

小路呀？

是上秋谷村去的小路呀，

小路呀。

且让我借过一下，

让我借过一下。

谁来了都不让过，

不让过。

"好像就是这么唱的吧。

"那会儿学校里教的全是些跟人板着脸说教的歌谣，'乌鸦呱呱叫'啦、'池中鲤鱼吃麸皮'啦。所以您瞧，小孩子们才会跟着唱起了那女子唱的谣曲，就是刚才唱的那种：

这是上哪儿去的小路呀？

是上秋谷村去的小路呀。

"孩子们就这么用这叫人听着心里好生哀伤和凄清的尖细嗓音，异口同声地，只要一见了面，便相随着一起唱了起来。不过近来倒是好久没见有人唱起了。人们说，这谣曲就是老爷子那天晚上听到的。然后呢，也没见有谁教，便这么流传开来了。

"还有呢，哎呀，这谣曲本来是这么唱的：

　　这不是上明神神社去的小路吗？
　　且让我借过下吧。
　　闲逛的不让过。

"没错，本该是这么唱的，对吧？可不知不觉地却给唱成了：

　　这不是去秋谷村的小路吗？
　　谁来了都不让过，
　　不让过。

"喏，就像这样。还不光是这样。小孩子傍晚在那边闹着玩时，还一个劲儿地模仿起了那场景，真是要命，哎呀，也不知道是怎么了。

"他们一个个摘来芋头叶片，抠上三个洞，两个是眼，一个是嘴，大咧咧地戴在脸上。叶片有大有小，留着苍白细长的筋纹，看着既像狐狸，又像姑获鸟[1]，反正都跟陌生的怪物似的。有的叶片上还留着虫儿啃咬过的瘢痕，活像生了癞疮或痘疤的鬼魂。他们面罩挤挨着面罩，脚下趔趄着，山前山后，灌木丛前，又是山口，又是山麓，就这么一路游荡着，一边口中唱着刚才唱的那谣曲，三人一伙，五人一群，远不止只有这么一帮

1　传说中的鸟名，相传为死于难产的产妇所化生，正月夜现身，其声似小儿哭泣。

两帮的。

"闹得凶了，便有人捋下玉米穗子当尾巴，嘴里叼着野木瓜，还摘了茄子当灯笼，在昏暗小道上瞎转悠，一直折腾到天色都黑了。

"最让人揪心的，是他们手拿小石子，跟打竹板似的，'噼噼啪啪'打着拍子。待那谣曲渐渐铭刻于心，大伙四散着回家时，有这么个孩子，一边'噼噼啪啪'地击打着石子，一边发问道：

这回敲了几下钟？
敲了四下钟！

"另一个孩子随即又'噼噼啪啪'拍打着石子，'五下''六下''九下''八下'地数开了。

这回敲了几下钟？
七下钟！

"一帮孩子，就跟事先约好了似的回道：

糟了，妖魔要来啦！

"然后这么笑闹着，一哄而散，全都跑得不见了人影。

"大伙都说看着这一幕，心里有着说不出的难受和凄凉。就好比盂兰盆节，看着一大众亡灵在那儿来回游荡着，忍不住又是气馁又是沮丧，似乎马上便会被拽回地狱去。

"'唱歌得让人开朗、高兴才是！这都是在唱些什么呀？'

34

"听说学校里的老师也都这么斥责孩子。可要是叱责上几句便能拦住他们的话，那这些上学的孩子也就不会再淘气逃学，跑去钓蜻蜓、爬树什么的啦。斥责从来就没能拦住过他们。

　　"家里做父母的叱骂得更凶。脾气火暴的还放出狠话：'闯祸坯！冲额角头！不，噃鼻头！戴着芋艿叶面罩的凹面瘪嘴的小畜生！看我不守在小道边，拽住你狠狠揍上一顿！'之后就守在路边，等着他们过来，从头到尾扫视一遍，只见高的走在头里，矮的跟在后边，脸上齐刷刷戴着芋艿叶面罩。或许是错觉吧，黄昏薄暮中，连和服的条纹、款式，也都成了浑茫一片，就是让他们去大户人家的大白墙面站着，怕也都难以分辨得清谁是谁家的孙子、崽子和野丫头。

　　"他们不约而同，都像被妖魔附了体，让阎罗王给差遣了来似的。做父母的见了这情形，手足无措，都急成了热锅上的蚂蚁。村里人聚在一起便觉着气恼，有的双手抱住膝头，有的手支腮帮盘腿而坐，纷纷抱怨：'咄咄怪事！真是少见！从没想过竟会有这等事！'都有些忐忑不安。

　　"鹤谷喜十郎老爷也夹在这中间，叹了口气，深深担忧着。"待再次恭敬地提及这个姓氏，老妪朝四下里打量了一番。

十三

　　仿佛已结识了十年的老熟人似的，老妪朝法师赠近，压低着喉咙，说道："您听这童谣：'这不是去秋谷村的那条小路吗？谁来了都不让过。'喏，就是这首。"

　　老妪目不转睛地看着小次郎法师，见他颔首认可，这才点点头，继续说道："是吧。在这秋谷村，要说大户人家——那种有着灰泥墙库房、大白墙还有瓦屋顶的，我们这儿可找不出一家来。不过，就好比提及太阁爷便马上会想到丰臣秀吉公，说到黄门一准只认水户，啊呀，称得上宅邸的，我们这儿也就只有鹤谷家了。

"可一处是主宅，还是村里盖得最早的宅子。另一处呢，是喜十郎老爷盖来当作隐居别墅用的。

"反正有钱，像是连廊里开满紫藤花，西洋窗前养只鹦鹉，样本就搁在眼前，还不是想怎样便怎样？不过喜十郎老爷做人很老派，说是：'我这种庄户人家，本是不配盖别墅的。'正好立石村这边有个破落世家，连带地皮一起在出售老宅，光是屋瓦就差不多值一千两[1]不到点，大黑柱更是两人才合抱得过来。虽说是平房，可轩朗高敞，足有十来间屋子。于是老爷照单买下，装上牛车拉了来。别墅的背后紧挨着大片森林，连黑漆大门也都掩映在树丛深处，就跟盖了座巨大寺院似的。刚好儿子喜太郎东京学成归来，于是老两口把家业托付给他，隐居到这边来了。

"去年夏天吧，少爷喜太郎在东京时，曾承蒙他们照应过的一家昔日名门，家里的小姐说是暑假想去外边走走，散心养病。

"'海滨虽热闹些，可她嫌车马来往，尘埃太大，想找个清静些的地方。见这儿住屋绰绰有余，觉得很合心意，想在二老隐居的这处别墅租上三间屋子，自然还会带着两个女仆一起过来。'儿子跑来跟他们这么一商量，他们便回说：'既然我们说了是来隐居的，那就等于声明从此和俗世了无关系。搬回本家那边去，只怕又得重陷世俗纷扰；留这儿吧，让人和我们这上了岁数的一

1　日本旧时货币单位。明治时代起，一两大致相当于一日元。

起住，想必年轻小姐也会觉得憋闷。年轻人得跟年轻人待一起。你还是带她上本家那边去。权把三伏天当作过年吧，一起玩玩和歌纸牌什么的，家中儿媳想必也会很乐意。'到底是父母啊，真该感恩哩。

"于是呢，他们匀出几间本家屋子来，让那大小姐住。那天傍晚，她坐着人力车来了。都说长得美翻天了，可从来也不让我们打个照面，家中男女下仆也都像是被封了口。这么藏着掖着，该是有缘故的不是？

"那大小姐，肚子大得好像都快要掉下来了！"

"嗯？那不是有孕在身吗？这像什么话？莫非跟那儿子有染？"

"您还真没猜错。于是，您猜怎么着？来了还没到半个月，便惹出场大风波。喜太郎少爷的夫人，不是也要临盆了吗？

"本家有个老仆，已老得干不了活，就打算这么留着替他养老送终，名叫仁右卫门，诨名'苦虫'。他哭丧着脸，跑去见隐居的老东家，眼神呆滞地搓着烟卷，说：'是啊，这可是从前传下来的老话。家里要有两个女人一块儿生孩子，不管谁生在前头谁生在后头，总有个产妇会遭难的，得事先拿个主意才是。'喏，他便是这么说的。

"喜十郎老爷抱着胳膊，就是灾年歉收也都不曾见他有过这么愁眉不展的时候。'先不说遭难不遭难，总不能为了疼爱自家儿媳，就让人家临盆的小姐卷铺盖走人，这么不近情理的话我可说不出口。只是不能喧宾夺主，让出本家，把儿媳接到这隐居别墅米，那是会对不住祖宗牌位的。还是我们老夫妇俩搬回本家，腾出这处隐居别墅让那小姐暂住吧。'于是老夫妇便走出那道黑漆大门，又重返俗世了。

"便这样，这对隐居老夫妇再度操持起鹤谷家业来。"

"得知儿子做下了这等伤风败俗的事，他们想必会把他逐出家门吧？"

"您听我往后说。喜太郎少爷随后也死了。前前后后，从这道黑漆大门里，竟抬了五具人尸出去。"

"五具人尸？"

"是啊，是啊，您看看。"

"谁跟谁？都有哪几个？"

"第一个抬出去的，便是那上这儿来疗养的小姐。生下孩子后，可怜见的，就断了气。刚乱作一团没多久，到了第七天，那少奶奶不是也要生了吗？

"分娩延误了两个时辰，哎呀，遇上难产啦！痛得死去活来，从卯时[1]熬到亥时[2]。

"村里早已混乱得像是遭了场火灾模样，可本家宅邸里边却是一片死寂，似乎只能隐隐听到些念经和咳嗽的声响。"

十四

"他们让算卦先生来算了卦，说是有冤魂在作祟。'可不能败给这阴魂！咱们得反击！护身刀开道，闯进那别墅产房去！'算卦先生这么合计着，便撩起破旧和服裙裤左右两侧开口处，一跃而起，摩拳擦掌着，六个人攥住了褥子的四个角和左右两侧，小

1　旧时时刻名，约为现在的早上六时。
2　旧时时刻名，约为现在的晚上十时。

心翼翼地把仍躺在褥子上的产妇抬上了担架。

"走在头里的便是那算卦先生，衣襟上插了驱魔辟邪的幡条，占卦筮竹的上半截裸露在那装筮竹的长布袋外，看着就跟腰间插了把小刀似的。手里那盏锈迹斑驳的马灯，映着占卜时用的算筹，照着乌云密布、又闷又热的田间小路，他就这么摆动着大手，一路走去。

"老爷子仁右卫门走在少奶奶嫁妆的后面，肩上扛了把刀柄镶有螺钿的长刀，边走边摆弄那刀柄。最中间是抬产妇的担架，喜太郎少爷戴着帽子，脸色苍白地陪伴在边上。身后是持明院的和尚，身穿绯红袈裟。然后是男女下仆，一个个落了后边。接生婆早已抢在头里，奔跑着上漆黑大门那边去张罗产房了。

"难得见到路上出现这么一拨子行人，突然间，萤火虫又冲着躺在担架上的病人聚集了过来。虽然萤火虫跟苍蝇似的烦人，可她人样儿长得美，心眼儿自然也就跟别人不一样些，只见她忘情地，就跟小孩子似的伸出手去，是想捉个萤火虫来察看个究竟吧。

"她的手往上抬去，可你我也都听说了，她只是抓了个空，那苦恼的样子让人不忍心看一眼。

"不是都说了？'纵然如此，也绝不能输给那作祟阴魂！'只见她使劲支撑着，眼泪滴落至仰躺的枕头，白皙脸颊上秀发披拂，倒也见不出有明显消瘦的迹象，一口白牙紧咬着发梢。我们平日里不是很熟吗？我便守在灌木丛边，上前攥住担架和她说道：'少奶奶，您可得撑住啊！'她轻轻应了声'好的'，还冲我微笑。待他们过了桥，去了对岸，天色越发变得幽暗，就在那棵榛树下，众多的萤火虫翔舞在夜空中，闪闪烁烁着，影影绰绰地映照出了石竹花的花影。刚才那会儿，少奶奶的面庞不也是这么让萤火虫给映着的吗？一想到这，我忙闭上眼，一个劲地替她祈福。"

老妪的说话声似乎一时间凄寂了下来。

"传来了寺院的钟声。"

"南无阿弥陀佛。"

"可怜见的，初产那个晚上，便遇上了这事。

"说来都叫人心里好生难过。上黑漆大门这边来，本是送少奶奶进产房。可那间屋子，和上这儿来散心养病的那名门小姐临盆的屋子，不正是同一间吗？啊呀，也难怪，难产的少奶奶好像说了这话：'啊，这儿已躺了个裹着蓝头巾的，还是往边上挪一挪吧。'

"'咱可不能向它示弱！得压过它一头才是！'一众人不依不饶着，硬是把褥子给安置在了那儿。也许是沾了夜露受了凉吧，少奶奶越发虚弱了，可这时就是去叫医生也已来不及了。

"'你也真是叫人不省心！'神情恍惚中，少奶奶死死地攥住枕头，'嗯'了一声，就在大限将至的那一刻，哎呀，这才把孩子给分娩了下来。连声啼哭都没听到，母子俩便共赴了黄泉。

"太惨了，看来是被这飞来横祸给击蒙了，天刚放亮，喜太郎少爷便去了屋后，投井自尽了。

"井水后来虽已换过，可总让人心里瘆得慌，您说是吧？是哩，还有谁会去喝这井水？就连井栏也早已湮没在了绿茵茵的狗尾巴草丛里啦。

"每隔上七天、十天，仁右卫门老爷子啦，还有我家宰八啦，便会去一趟。一开始因为年轻人害怕，都不敢挨近这宅邸，便让上了岁数的他俩过去，又是打开挡雨窗板，又是曳起天窗，好让屋子晒晒太阳、通通风。至于这间屋子呢，哎呀，自从嘉吉神志错乱地做了那事的那时起，就连什么世事都经见过的上了岁数的人，只要透过那片阴森森的树林朝黑漆大门里窥上那么一眼，也都会脚下打着战，再也不敢朝前挪上哪怕一寸。

"'那天明神侍女发簪上闪着蓝光的珠宝，敢情多半也就是这萤火虫吧？'就在人们悄然风传着这猜测的当儿，脸上罩着抠出眼睛、嘴巴洞眼的芋芳叶片的一帮小孩子，便脚下趔趄着走了过来。您听，他们嘴里不正唱着那谣曲？

> 这不是去秋谷村的那条小路吗？
> 谁来了也都……

"对吧？一旦人迹不至，自然只有荒草在那儿疯长，您说是吧？后来这处黑漆大门别墅也就荒废在了那边。喜十郎老爷似乎只想保住秋谷本家这边人迹不断。'这人哪，虽不清楚都到了什么时辰，不过看样子，鹤谷家的气数差不多都已到头啦。'他翻来覆去这么念叨着，头发一下全白了。老夫人也贤惠，看着叫人好生心疼。

"哎呀哎呀，不知不觉就和您说了这么久的话。也差不多到时辰了。啊，这会儿该是那些人见人厌的芋芳叶片，唱着谣曲一路走来的时候了。"

老媪四处打量了一番。海浪的色泽此时已变得灰蓝。

周遭一片阒寂，刚才合上双目、凝神谛听着的旅僧，仿佛从梦中惊醒了过来，他扬起脸，透过苇帘，将大道前后扫视了一遍。日头坠至西天，不用抬头便已能望见。

"您讲的这些事深深打动了我，我都听得出了神。不知不觉，路上行人也影影绰绰了。世间诸多烦恼，皆为执迷虚妄所生。老婆婆，托您的福，贫僧我长了不少见识，真是感激不尽。"

十五

"法师您这是准备再上哪儿去呀？"见旅僧拽起包袱，老媪也便跟着站起身来，这么问道。

"本来想今天路经镰仓赶去藤泽的，可这会儿，只怕叶山都快点上灯了。哎呀，才这么一说，森户那边松林里，已能看到星星点点的灯火了。"

"噢，这一带您还都熟。"

"还没出家时就知道，所以都没打算再游览下镰仓，只想顺着东海道往那边赶，可现在怕都已经来不及了。只怪我修行不足，夜间让我露宿在树下或石上，可是件苦事。"法师微微一笑，随后说道，"那就先上镰仓那边去歇下吧。"

"这……这都怪我，太不像话了，不知不觉说了这么久的话，啊呀，都耽误您赶路了。"

"不，哪儿的话，该我说声谢谢才是。听您讲那些事，就跟聆听高僧大德谈经论道似的。

"我可没在骗您。您也看到了，我虽是个云游僧，可行旅中也有舒心自在的快乐，一路上有蝴蝶、蜻蜓做伴，出家时洒落在黑色袈裟衣袖上的泪水已然干去，譬若朝露一般的无常俗世自然也都被丢弃在了忘川河里。不知不觉，有时甚至还会把唱颂佛祖尊名也都怠慢了，刚才那会儿不就是吗？我跟您实说了吧。

"说实话，我上这儿来时，过了秋谷明神神社那片森林的

42

石阶，来到向阳处一块麦地，在那儿见到过一个挺出众的女孩，十八九岁的样子，肤色洁白，友禅印花呢织带绦系着和服袖子，头上蒙了块手帕，正走进麦地。

"我一边走着，一边回过头去，从桧树皮斗笠下探出下巴，半闲聊似的跟她打探道：'这儿可有什么好玩的去处吗？'

"'有呀。海滩那边就有个叫产子石的去处。'她便这里那里地，带着几分当地人的自豪，很热心地告知我这附近都有哪些名胜，还指路给我看，说是沿着这石阶一直走去，穿过麦地后，便能见到产子石了。

"'不管这产子石有多闻名遐迩，光凭男人怕也生养不了小孩吧？小姐您说是不是啊？'见我在偷眼窥着她隐在麦丛里的岛田髻，她便笑了，笑声清脆，透着股子傲气。我也太丢人了，竟起了这等轻浮之心。

"刚才听您讲嘉吉这些事，我还在暗自庆幸，他总算还没太疯狂。可听着时，心里仍害怕得直打战。

"后来不是说到了黑漆大门别墅吗？我一听便被拽了进去，心情沮丧到了极点，便虔诚地悄然念起佛来。

"在接下来的修行途中，我也会一直替这几位年轻人念诵佛经、超度亡灵。躺在简陋小客栈的枕上，一合上眼睛，便会感觉到他们的身影，历历如在眼前，于是便越发虔诚地想替他们念诵佛经。

"您给我讲的这些，老婆婆，都称得上是'善知识'，就是听上一整夜，我也不会有倦意。

"您讲得太打动人了，我就这么一直听着。屋外有四五个过路客，似乎怕打扰到您，只是朝茶屋这边瞥了一眼，便径直走过去。有个白发老婆婆，好像是邻村的，包袱系在腰间，穿着草鞋，撩起下襟，手拄拐杖，看样子跟您挺熟，在那边招呼了您一声。见你光顾着和我说话，没留意到她，便笑嘻嘻地走开了。

"我也听得正出神，不想让人打断您，便在边上佯装没看见。实在太耽误您店里生意了，抱歉之至。"法师言罢，将折扇搁在腿上，双手支向两侧，恭恭敬敬地朝老媪叩首致礼。

老媪左顾右瞻着，仿佛不知该望向哪儿才好。"和法师您萍水相逢，真乃因缘殊胜，老身感激不尽。"她这么深深仰慕道。

"按说，村里的大户人家鹤谷老爷家和我家还多少沾些亲带些故。虽有些难以启齿，可法师您今晚好像都还没有定下落脚地。那我便推荐您上那边去替亡灵祈求冥福，这样那样地做些佛事，也好让他们早日往生净土。"老媪倒也干脆，和小次郎法师这么提议道。

"哎呀，您刚才不都这么做了？又是自揭说话如何不够检点，又说修行途中打算替亡灵念佛诵经。您不就是这么个心里急着赶路、说话特别实诚的人吗？

"就连修行途中头发长了都顾不上修剪，让人越发觉得您道行高深，忍不住便想恳求您移步黑漆大门别墅，去替那些亡灵祈求冥福，您肯答应吗？

"……

"您要是肯答应，还不知鹤谷家会有多高兴哩。"

十六

鹤谷家老仆，诨名"苦虫"的仁右卫门，没料想会有个头上长有犄角、手提包袱的人影出现在小河边的草地上，跟游魂似的。

"喂！是宰八吧？"

"啊。"宰八这么应了声，仍在那儿走着。胳膊早已不听使唤的"螃蟹"宰八，脚蹬粗粝草鞋，拘板地踩踏在同类洞穴的上方。他肩上背了个葱绿色大包袱，包袱皮上印有白鹤翔舞的家纹，里边装着被褥，看着就跟战国时代苦于生灵涂炭，正慌不择路在逃难的人似的。

"怎么？说是你见过那个年轻人，这会儿正落脚在黑漆大门里，捡到了个手鞠？那是在哪儿？"

"就在你走去的那前边，不是有棵长得挺茂盛的杞柳吗？就那儿。"

"嗯。"

"就在那树下。年轻人的帽子破旧得连帽檐都耷拉了下来，就在那儿。"

说话声中，树叶后面便有萤火虫飞出，三三两两的，随后便混淆在了星辰间，再也无法辨认。山脚下，河流曳出一抹清浅白光。

那河流恍若一道云霞，溟溟蒙蒙，萦绕着绿茵茵的稻田还有村子，寂然无声地流淌着。

"就这儿！就是这地方！"宰八说着止下了脚步。再往前，待一眼便能望见黑漆大门那儿的森林时，秋谷那边早已该入夜了，那边天色可要比这边黑得早。脚下有个影影绰绰的黑影，在朝前挨近过来，似乎正待袭向河堤低凹处的草地，宰八见状止下脚步，他一停，两人都停了下来。

宰八身后又来了个人。这位挂着手杖的绅士是村里学校的训导[1]先生。

1　明治时代中小学校教职之一，类似教导主任。

"不就是途经此地的那个陌生的书生吗？他正扑在卸下的行李上，俯卧在那儿，枕着臂弯，腿就这么甩在了一旁的草丛上。那边不正好开着好多花吗？跟白鹭顶冠似的，轻快地探出在河面上，泛着淡淡的白色。就是白天看着是粉红的、模样特别幽雅的那种花。嗯，反正不是艾蒿。"

"该是石竹吧。"

"是瞿麦[1]，又叫常夏。"

训导挺直腰板，手杖刚在空中抡了圈，便传来"扑通"一声。

"嗯！不用惊慌。刚才那是青蛙。"

"那青蛙……先别管它，先说石竹花。他采摘这花，扎成花束，拿在手上，可又没怎么去看它，只是眨了下眼，那双眼好美，跟水晶似的，望向河面上空那闪着湛蓝光泽的星星，像是在和星星交谈着什么事似的。

"他脚下不还穿着草鞋吗？看起来也不是邻近一带的人穿的那种。'他要是走失了道，得告诉他该怎么走才是。'那时我正要回家，打算和家中老伴用白天卖茶水剩下的茶叶渣做碗茶泡饭，扒拉着填饱肚子，便拖着两只脚来到他身后。我们刚站在那儿看了眼，就这么一小会儿的工夫，他便一个鲤鱼打挺，站起身来。

"'大爷快瞧，那个！那个！'"说话时，宰八探向河面，背上包袱倒映在水中。

"'手鞠，河里漂着只手鞠，正漂过来。快替我捡下，我会给你谢礼！'

"我一看，还真是哩。水泡都来不及冒一个，就跟夕阳余晖

1　石竹科多年生草本植物，多生于山野、河滩，为秋天七草之一。

46

曳了道长尾似的，石竹花转眼间被他扎成了花束。这当儿，有个圆滚滚的东西漂浮了来。

"'谢礼就免了吧，我只是不想下河弄湿脚。'我刚这么嘀咕了声，突然间，那年轻人已攥着下襟，跳进了河里。

"河水并不湍急，就算跟人聊上一时半会儿的天，也不见得就把东西给冲跑了。这人从别处来，不知情，慌里慌张着，就跟想要劈手攥住雷电似的，哗啦哗啦地直往河心里蹚去。河水一来是让他蹚水时给搅的，二来呢，到底还在流动，那手鞠也便滴溜溜打了个转，眼看着傍近到岸边来了。

"'真是的，这位先生也太性急了！就算这么想要，那也该合计着先折根柳枝，把它钩近了再捞起也不迟啊。瞧，人还在路上，衣衫便全给弄湿了。'我这么埋汰着，嗐，好不容易蹲下身子。

"就是这么条小河，也免不了会起些波浪。俗话说，不想沾湿手脚，便休想摸得到螺蛳，说的便是这道理。我刚伸出手去，手鞠便让河水挟着又漂远了，最终还不是在河中间让他给逮到了？就这儿！仁右卫门、训导先生，你俩听我说——"

宰八隔着装了被褥，就跟古时罩在铠甲上的挡箭布袋似的那包袱，扭过裹着暗红头巾的脑袋，继续说道："还真是恶心。待捞起手鞠，那下面不明明是只猫吗？"

十七

训导苦笑道："尽说些没边的话！自从嘉吉发了疯，说起你认识的这些人，好像全是些性情乖张得离谱的。哪有潜在水下的猫？就连在猫妖怪谈里，我也从没听说过。"

"您也是，这还用说？整个秋谷，天上飞的、水里游的，只要是只活猫，没有我不认识的。我可不是在嫌弃猫。只是那只猫皮毛浸泡得皱皱巴巴，前腿腿跟处只剩下光秃秃一层皮，瘦得骨头都露了出来，分明就是具尸骸！"

训导的神色就跟怕沾了手，急着想甩去似的。

"什么？怎么会是尸骸？"

"'怎么会是尸骸？'就因为是尸骸，才看一眼都嫌恶心。圆圆的眼睛塌陷着，都没闭上！待年轻书生捞起手鞠，那只猫便露出团斑驳皮毛来，软塌塌的肚子'扑哧扑哧'着在水面上浮了下，眼珠好像还滴溜溜转着放出光来。随后便和那边灰不溜秋、脏兮兮的泡沫混杂成了一团，就这么漂走了。对了，那年轻书生在河里跌跌撞撞地爬上岸来，待拧干湿透的裤子，便摘下帽子，朝天搁着，把手鞠放了帽兜里。我在旁边瞅了眼，手鞠五彩缤纷，估计是用紫色的丝线啦，还有黄色的丝线给钩织成的，看着似乎都还没被怎么打湿哩。"

"是这样啊。宰八？"

"干吗？"

仁右卫门低沉地问道："那手鞠后来怎么了？"

"这会儿仍该在那学生手里吧。"训导又从身后插话道，"突然间便没了踪影，就跟梦里捡到金子那样，嘿嘿……"笑得有些怪异。

"哼。""苦虫"一脸极不痛快，一步步朝前走去。

"又要诳人了吗？你不就是想说，就这么在你眼皮底下，跟个肥皂泡似的，'啪'一下，说消失就消失了，真难以置信啊，这类话？"

"不，我可没那么说。"

宰八追在仁右卫门身后辩解说："他问我：'大爷，这村里如今还有人在玩这手鞠？'

"'怎么问这个？'

"'我听到好多小孩子，在用动听的嗓音唱着这首挺让人怀念的谣曲：

> 这是上哪儿去的小路呀？
> 不是上秋谷村去的小路吗？'

"他们说起这谣曲时，不都用了'动听'呀、'怀念'呀这些词的？还问我：'那拍不拍手鞠呢？'

"我刚想跟他说，'您这都说到哪儿去啦。那是一帮戴了芋叶面具的小淘气鬼。'可转念一想，'慢着，可别犯傻，这么乱嚼舌头，说漏了村里秘密，只会丢人现眼，也未免太蠢了些。'于是便改口道：'哪儿呀？您瞧，也就在学校里玩体操时，用漏勺兜上个球，然后这么翻转着，'嗖'地投掷出去，比谁投得远。玩拍手鞠，我可没见过。'虽当着您先生的面，可那会儿，我倒还是摆了回架子的。"

"哪是摆架子啊？那叫丢人现眼！一个翻转，比谁投得远，那是打网球哩！说网球不就得了？"

"兴许吧。我好像还揣摩过，会不会是西洋的麻雀舞[1]什么的。那好吧，就依了您的意思。"

"好什么呀？一点都不好。"训导吐了口唾沫星子。

1　日本民间舞蹈之一，舞者头戴斗笠并模仿麻雀跳跃，衣饰为麻雀毛色，故名。

"'不说别的，这手鞠做得这么精致，玩的会是谁呢？'那年轻人问道。

"起先我倒也没觉着，可见这老兄衣袖，水淌得跟瀑布似的，这才想到该做点什么，便试着去替他拿着这手鞠。"

宰八说着，将那只古时罩在铠甲上的挡箭布袋似的黄包袱往上颠了下，重新背好。

"虽然手鞠没怎么浸湿，可还是觉着凉飕飕的。太精美了！我收回伸去的那只残手，独自嘿嘿笑着，笑得有些怪异。

"我改用这只手，这时日头已落向海面，月亮正悬在黑漆大门那边的森林上方，我便把手鞠搁在它们中间，高高托着，对着光亮，这么打量着。

"才不是肥皂泡哩。是个浑圆的手鞠，影子也都映在草上。"

"可怎么又不见了呢？你还在说蠢话哩！"

训导不依不饶，越发来了劲，挂得都弓了起来的手杖端头"咚"地卡在了蟹洞里，脸上便露出了极不情愿之色，并脚跳了下，想拔出那手杖。

"啊呀，您听我说呀。

"这跟哑摸味噌蛋汤熬得好不好喝可有些不一样哦。它会是哪儿来的呢？再怎么翻来覆去捻弄，我也还是琢磨不出个头绪。

"'小河雾霭迷蒙，石竹花的花影映在河波里，远处有只手鞠在朝着《小路》谣曲声响起的地方漂浮而来。少辄三年，多辄五年，一程紧挨一程，我就这么终日奔波在旅途上，可还从没遇见过这么让人欢喜的村子哩。'年轻书生自言自语道。他那么欣喜，就跟湿漉漉衣服不是在滴水，而是从身上滚落下的珠玉似的。"

十八

　　"'这手鞠的主人，之前会是谁呢？要是能见上他一面，大爷，那我也就了了心愿了。我终年起卧于山野，浪迹于天涯，本就是为了这个。'

　　"他这么跟我说。见村子有人夸，我自然高兴，再说他又许下这般心愿，我只是回他声'不知道'，便这么扔下他不管不顾，说什么都会觉着心里不安。

　　"于是，我蹲在草地上，说：'兴许您不信，可是——'就这样把女子给了嘉吉蓝珠宝的事告诉了他。"

　　稍稍沉默了会儿，宰八又接着说道："喏，虽说当着您先生的面，我还是想说，原以为我这么一说，那年轻书生怕是会责备我尽跟他扯谎，可他丝毫未起疑心，还说：'哦，那看着像珠宝的东西，多半也就是手鞠吧，跟这星星似的。'说的时候，他又朝湛蓝的星星望了一眼。

　　"'要那样，我再跟您说件事。'我说。于是又把黑漆大门空宅里发生的事顺便告诉了他。

　　"'河水是不是流经那处宅邸，穿过庭院或者后门？'他探过身子来问我，'这河呢，您也见到了……'"

　　河流风情依旧。绕过终日裹着淡淡紫烟的茅檐小屋，贴着后山山脚，从一抹灰色雾霭中低低流出，然后沿着高低参差的绿田、犬牙交错的山麓，和缓地化作一卷布帛。朝霞初现时，还是素净的一方手帕；到了落日余晖，则被染成黝红，化作衣襟、系袖带或腰带状；流至下游，已俨然扩展成芒草的裙裾。它至今仍傍着大道和村口，从明神神社脚下流过，渐次消失在产子石那边的海滩，也说不清到底是在哪儿入了海。河水一沾口便有股咸味，是海潮溯涌的缘故吧。河流最后一段就这么令人难以置信地隐没在了草丛里，故而在明神神社御手洗[1]前供奉的灯座上题写的俳句里，它的名字也便被写成了"霞川"[2]，不过通常还是被人叫作"汤川"。

它与溟蒙相混成，和雾霭交织在一起，不舍昼夜地蒸腾着白蒙蒙的水汽。流传多年的俗称，似乎由此而来。

那轻烟、那雾霭，将周遭夕暮晕染得越发绚丽了。远处的松树树梢、近处的柳树树根，都想让这河流多滞留上些时间。待穿过一片旱地，再稍稍往前，河道便开阔起来，蒸腾的水汽里，隐隐浮现出石柱子来，略略高出河面。森林昏暗，雾霭自然要比别处浓重，树荫下那幢黑漆大门宅邸，便是鹤谷家的别墅了。

三人朝那边走去。

这边，傍着走去的一段河岸，河道还不到两米宽，不过到了鹤谷家本宅那边，差不多便会开阔成五六米宽光景，河流入海，便是在那儿隐没进湿漉漉的草丛里。

溯流而上，来到这儿，中间得踏过一座桥。

这桥便架在明神神社前面。一侧接上三崎大道，一侧通往村里。刚才从桥上过来后，从这边可望到村子那头，桥栏还都是鹤谷老爷亲手给安上的，桥下一缕细流，阒寂无声，仿佛专为平添风情而设。这桥看着既像是架在苍翠欲滴的山峰和雾霭萦绕的山麓之间，又像一道低低的河堤，或者像一把横在几家茅檐间的长

1　日本神社内供前来参拜、祭祀的人洗手、漱口的地方。

2　日文汉字"霞"，除指称自然天光中诸如朝霞、晚霞、霞光等现象外，还含有溟蒙氤氲等意思。

梯，再或者，就像某个大户人家图个新鲜，在自己宅院里修建的一条长长回廊。

隔着青翠田野，那边已隐隐闪烁起了灯火。河流下游那边，茅屋鳞次栉比，让海给映着，天光还很亮。河流上游，越往上便越发显得稀落的茅草小屋，看上去就跟挂在枝头的蓑衣虫的窝似的，三三两两，终至只剩下孤零零一间。也不见有灯光从窗口亮起，唯有夕暮炊烟升腾在河面上，细细缕缕，恍若海上呼救时挥动的白旗似的在那儿随风飘荡。听说海上呢，天晚得迟，灯点得早；山麓这边呢，天晚得早，灯反而点得迟。

还有这边呢，无论远近，只要拽下鸣子[1]，差不多都能通上音信。就算这家那家隔在两处，甚至隔了道河岸，也总能倚墙相望。可黑漆大门别墅却在远离人烟的森林里，孤家寡人似的，就恍若硕大无比的蜘蛛，趴叉着腿脚，将四周和上下左右全都掩覆在它的阴影下。

这会儿明明月亮就悬在它的上方。

可走在头里的仁右卫门，肩膀已消隐在了昼逝夜返时分那树林的昏暗里。不过，傍着河流缓缓延伸而来，跟系得松松垮垮的和服腰带似的这段路，并不像看着的那么近捷，从本宅那边过来，差不多隔着两里的间距。

宰八继续说道："我那会儿是这么跟他说的：'河水是绕着外廊流过来的，按说里边早已空无一人，还有谁会把手鞠扔河里呢？说不通啊。可要说猫的尸骸嘛，没准也是哪个讨债鬼，从别处拿了来给丢弃在那儿，那儿不早已是杂草丛生了吗？'"

1　一种田间驱鸟器，木板上系竹管数支，从远处曳绳发出鸣响，用以轰吓糟蹋谷物的害鸟。

十九

　　"然后呢，那年轻人便来央求我，说：'您去替我和他们说个情好吗？那黑漆大门里既已空无一人，能不能让我借间屋子？饭我自己做，只是想稍歇下脚，解解旅途疲乏。'

　　"您瞧，他就是这么跟我说的，先生。

　　"您不也跟我打听过'哪儿有屋子出租'？说是'眼下住着的那屋子，隔壁有人生养了孩子，整天哇哇啼哭，心烦'。当时我就问您：'黑漆大门那边怎么样？'您回我说：'那儿啊——'便踌躇着没了下文。"

　　仿佛被人从旁兜头泼了瓢水似的，训导有些猝不及防，跺脚"哎呀"叫了声，将手杖夹进胳肢窝，急忙分辩道："当时只是觉得远了些，上学校去不方便，不得已才作罢了的。"

　　"那要怪也该怪您爱睡懒觉。"素来沉默寡言的仁右卫门这时也不客气地插嘴道。

　　训导又跟教训学生似的分辩道："首先，那儿水不好。哎呀，都发绿了，就跟草汁似的，这叫人怎么喝？"

　　"那倒也是——那好，先不说这个。我跟那年轻书生说：'就算是我求您，那可是一幢大白天都没人愿意去打扫的空屋，是吧？您说您想去住，您要住下了，这间屋子至少可免得再屋顶杂草丛生、梁柱朽败的，您愿意去住，您真住上了，本家老爷那边想必也会觉得高兴。只是这处屋子非比寻常，一旦进了那黑漆大门……您可得事先拿定主意，好吗？'谨慎起见，我刚这么一叮嘱，他便马上镇定自若地回我说：'啊，这我早已拿定了主意。'

　　"哟，有这胆气，哪怕落草为寇，也都是做山大王的料。我虽这么想，可一转念，觉得还是大意不得。仁右卫门，是吧？"

"嗯。"

"先前那会儿，就是年轻书生为了捞起这手鞠，穿着衣服便跳进河里的那会儿。我还在想：'人还在旅途，衣服却湿成这样，这可如何是好？'说来他也是因为没能央求动我才弄成这样的，我心里也有些过意不去，便大声责备道：'你要不是那样急着下水，也不至于湿成这样。'就是那会儿。"

"'我还带了身和服。'他说。

"倒不是故作镇静，他没故作镇静，可似乎窘极了，就像是在赔不是，生怕辜负了别人好意似的。我瞪了这小子一眼，嗬，一下便喜欢上了他，有些心醉神迷了。

"多好的小伙啊！那么温存，可爱极了。帮他在这屋子里歇个脚，一点都不成问题。不说别的，人长得这么白净，就够魅惑。仁右卫门哪，我跟你说吧。"

"怎么？"

"天都暗了。"

"光顾着说这说那，这会儿该是酉时[1]了吧？"

"可不是吗？南无阿弥陀佛，黑漆大门前自然已漆黑一片。"

"没事，反正还有月亮照着。"

训导望了眼天空，又追问道："那你说，这手鞠后来又是怎么回事？"

"后来呢，好吧，您听我说下去。这客人，长得又这么招人疼爱，是吧？怪魅惑人的——"又只说了半截。

满是尚未绽出花穗的芒草的河边，长着一丛杂树，待宰八猫

---

1 旧时时刻名，约为现在的晚上六七时。

腰从旱地前穿过，正走到正中间，好像让田野尽头的雾霭给呛着了，突然打了个喷嚏："阿嚏！"震颤着身子，忙止住了脚步。

"这儿好像背风，蛛网都能缀这么大。仁右卫门，喂，你来开道，反正你孤家寡人，没什么好牵挂的。"

"别说蛛、蛛网了，我呀，都逮了只趴枝头上的囊蜘。"

"啊呀，真的？"

"这玩意儿，说是七天不刮风，便满世界吮吸人血，会杀人。我闷了它老半天。"

说着，他像使劲拧开似的，松开死死攥着的手掌，透过夜色，提心吊胆着瞅了眼，"还在揣摩会有多大，这不跟螃蟹似的？"随手扔向水中，传来一声"扑通"。

走在身后的训导，手杖抢得跟水车似的，啧啧可惜道："这么大个儿都放它跑了，岂非和大好机会失之交臂？"随后又抖擞精神，抬高嗓门道，"突然撞见有条大蛇横在路上挡住了去处，正待拔剑砍去，孰料却是棵老松树的影儿！"

"行了行了，给我安静会儿，这就快到了。"仁右卫门一脸端肃地拦下了训导的话头。

"喂，那你倒是说一声，这手鞠怎么就不见踪影了？我都等得不耐烦啦。"

"我跟您直说了吧，凭他这相貌人品，就算有鬼怪作祟，喏，到时舔他的脸啊什么的，那也只要吩咐他从头到脚先撒上把盐[1]。我这么寻思着，便带他去了黑漆大门。仁右卫门也都知道，今天还住了一位和尚进去，是我家老太婆说情让住下的，所以像这样从本家那边替他们背被褥过来，今天我都已是第二回啦。"

1　日本旧时风俗，撒盐驱鬼辟邪。

二十

　　"那书生想住下的那会儿，本家老爷觉得满心喜欢，便问起他喝不喝酒，光是一顿晚上的饭菜，便吩咐装满了好几层食盒，另外还备下烤年糕之类的夜宵，泡上一大壶茶，让一块儿送去。

　　"因为老爷这么吩咐，我便一块儿装进包袱，和被褥一起，背着送去了黑漆大门别墅那边。

　　"'对了，客人，方才本家那边还让我给您捎声问候。您随身要用的，还有别的，明天都会送来。先备了顿便饭，还有茶，然后是您晚上睡的被褥。您请，好吧，先好好歇着。'我这么跟他说了。他已换了身夏季单衣，傍近烛台。这烛台呢，我和仁右卫门不是时不时要过来四处查看吗？因为门窗紧闭，大白天都昏天黑地的，便在要紧的地方搁上那么一两盏。这盏还是带他进来时，见四处天色已暗，点了搁在那儿的。您瞧，他就这么偏着脑袋，抄起胳膊，坐在烛台旁。我有些放心不下，便问了声：'您没事吧？'

　　"对了，就是这儿！"宰八突然间神色严峻地说道。

　　"喂喂，你这到底怎么回事啊？"

　　训导被吓着了，不由得后退了一步。

　　宰八没理会他，自顾自说道："手鞠便不见了哩。年轻书生说：'我确实就放这儿的，可一下不见了。'

　　"'啊呀，这种事，又来了吧？'我紧张得腰都快折了，死死攥住檐廊。'到底怎么不见了的？'我问他。

　　"'光是听见'咚咚咚'响了三下，什么东西砸在了屋顶上，像是有大石块掉落下来。我吓了一跳，抬头看了眼天花板，是从那边……'他跟我说。仁右卫门，就在那儿，喏，西边那个花钵前边，十帖榻榻米大小的那间屋子的角落，就是那儿。大扫除那会儿，不是有个警察跑来检查，支起梯子，点着煤气灯，正待爬进顶棚时，腰间佩刀倒竖起来，滑出刀鞘，'咔嚓'一下，刮削到了梯子下乌冬面店老板那张胖脸，鼻梁给挨了一刀的？就在掉了块木板的那儿。

"说话间，'咚'的一声，倒栽似的跳下只杂色猫来，毛色和河里那具尸骸一模一样。'我还在纳闷这猫怎么就出现在了这儿，它已蹿去檐廊里了。'听到年轻书生这么嘀咕，我不由得退到了一旁。

"我赶紧跨出隔扇门，看着它蹿下庭院，隐没在茫茫草丛里。就这么会儿工夫，壁龛里摆着的那只手鞠突然就没了踪影……就在这儿。"

"是变没了？还是给弄丢了？你能不能说说清楚啊？"

"哎呀，就因为说不清，所以才觉得蹊跷嘛。"

"哪来蹊跷了？都是开办了学校的地方，哪还会有什么解释不了前因后果的蹊跷事？不可能啊。"

"可您瞧这猫，是吧？"

"不都还没弄清楚到底是猫、是鼠，还是黄鼠狼吗？森林里不还有野兔？谁知道呢。"

"这不，连您也都说不清楚。"

"所以说，今天晚上我想过去看看到底怎么回事。"

"那好，请吧，拜托您了。这之前，啊呀，村里也有人这么说了，跑去看究竟的，是吧，仁右卫门？"

仁右卫门没吭声。

"说是到了那边，便吓昏了过去。"

"蠢人！"训导愤然嘟囔了一声。

倔脾气宰八一下便支棱起他那两只黝红的"蟹螯"来。

"您还不是趁着蠢人、仁右卫门、和尚都在，人多势众，才在今晚赶过来的吗？这之前，您可没说要去看个究竟什么的。"

"那当然了。是真是假都还没弄清楚，你说我会撂下学校事务跑来掺和这种事吗？就因为学校放假，我也便权当顺便活动下身子，这才过来的。"

"嘿，我说您哪，稍掀下榻榻米都能吓得鸡飞狗跳的，就这胆量。"

"说什么呢！"

"我呀，就算胆小，这类事也早已见怪不怪，就当坐船吧，忍着便是了。可您又是何苦呢？"

"我说宰八哟！"仁右卫门阴沉着嗓门喝住了宰八。

"嗯。"

"别光顾着袒护人，我都觉着这人挺蹊跷，你犯得着吗？再说了，喂，就好像有什么死沉死沉的东西在压着我，都快被压趴在地了。"仁右卫门叹着气，这么说道。

黑漆大门俨然将尘世封堵在了外面，础石上雾霭弥漫，待上前用力推开大门，踏进林荫下昏暗的草丛，眼看着就要被吸摄进繁茂草树中去，便听到仁右卫门惊叫了一声："哇！"

二十一

"头天晚上，除了那手鞠没了踪影，没再遇见其他蹊跷事吧？"云游僧小次郎法师这么问道，一边将袈裟袖子掖齐整，拢到一处。

曳开隔扇门，和法师面面相对，紧挨着檐廊坐着的那年轻人，便是那借宿在漆黑大门这边的客人。

这儿连隔扇门都比通常的要阔大许多。天花板也高朗，仰脸才能望见，虽不见沾有带血脚印什么的，可显然也已日长年久。碰上雨天，滴下墨汁般的雨漏，便留下了通常在大寺院墙上都会见到的那种画面。风雨剥凿，在灰褐色的墙面上勾描出衣袖褶儿般的印痕，浸渍过的地方都鼓成了馒头状，就跟有人戴了斗笠似的。看着该是张脸的地方却分辨不清哪是眼睛哪是鼻子。斗笠高出门楣一头，仿佛正从空中俯瞰着榻榻米。想来该是灰墙看着天雨屋漏，觉得寂寞难挨，这才动了心，想要有顶斗笠出来凑个热闹的吧。孰料这魑魅魍魉，躯体魁伟得不可方物，鸠占鹊巢，俨然已成了这座大宅邸的主人。月影疏朗，鱼鳞般散落在树丛间。宽敞檐廊里，隔了道门槛，和年轻书生相向而坐的云游僧，看上去就跟镶嵌在那道玻璃隔扇门上似的，让人疑惑该不会是纸牌上画着的人影吧？

"嗯。"

黑漆大门里的年轻的逗留客，在不见一点火星的烟盘[1]上方，离得远远的，擦了根火柴，静静地吸起烟来。屋子里微微发暗，烟头明灭，映着他白皙的脸颊，映出浓黑的长眉——行灯便搁在那儿。

"在这之前就有过一件事。我怕说了会让大家担惊受怕，所以，说实话，连那叫宰八的大爷也都……"

"啊，就是那胳膊废了的？"

"就是他。我和这位大爷也都没说起过。那还是手鞠和猫一

1　日本旧时用来盛装火柴、烟灰碟等的烟具。

块儿不见了踪影前的那会儿，就在这之前。

"来到老宅，先落座在这儿，大爷说他去和本家那边说一声，便走了，黄昏里，只留下我独自一人。纵然是住进了待客极为热心周到的客栈，有女仆带着去澡堂，洗完澡后，又会端上饭菜来，还会替我铺好被褥，让我歇下，可因为人在旅途，心神也终究难以安定，更何况眼下只是临时在这儿借宿。再说了，就连本家那边让不让借宿都还不清楚，我和这位想来是去讨个口信的大爷，也只是在行走他乡时萍水相逢，彼此都是初次见面。虽说是我自己想借宿在这儿，可要说这屋子，这铺着榻榻米的——真不知道住进来后，还出不出得去哩。

"这宅邸不说别的，首先东南西北都根本无法辨识。光是站在屋子中央朝四处打量上一遍，便迷糊得连刚才是打哪儿进来的都说不清了。

"说夸张了，哎呀，只怕到时候连逃生路都找不到。夏日白昼，分辨东西颜色不算什么难事，等天一落黑，高僧我跟您说吧，走到黑漆大门时天气明明还是好好的，可转眼间便下起了很大的雨，吓人一大跳！竟然是榉树的落叶，在屋顶上积压了厚厚一层。待渐次明白过来，我仍心有余悸，于是从檐廊探出头去，隔着草树，朝夜空打量来打量去。"说着，客人垂下肩，仰起脸，望向屋檐端头的天空。

"自然是晴空万里，就跟今晚一样。"

"那后来……"

就跟祖祖辈辈瞻仰富士山时那样，云游僧扬起脸来，望向轩敞的屋顶，问道："那这时不时'啪啦啪啦'响着掉落下来的，便该是树叶吧？"

"您瞧！就好像星星都快要掉下来了。"

61

"还真是哩。听着这一次次啪啦作响的声音，身上便一次次生出寒意来，也难怪会误以为是淋了场雨。"

"您要觉得冷，高僧，就把门掖上吧。"

"不用不用。俗话说，夏日一宵值千金，就算有蚊子叮咬也该值上五百两，还是敞着门更凉爽些。"

云游僧说着，望了眼对方，问道："可那时，多少还是会觉着清寂孤单的吧？"

"说真的，高僧，'独在异乡为异客'，当时我便让这伤感一下给攫住了，几乎难以自持。白天走在三崎大道上时，也不是没有念及过'路尽头有故乡'这样的说法，可偏偏是这么个去处，又是这个时辰，还是格外觉得故乡遥不可及，远在天边似的。"

"恕我唐突，府上在什么地方？"

"丰前小仓 [1]。敝姓叶越。"

叶越是姓，其名为明。

"啊，确实够远的。"

法师的眼睛重又望向那位年轻住客，兀自觉得跟遥遥望向大海似的。旅途的劳顿，还是从这年轻人夏日单衣的袖子上，仿佛贴上去似的那条纹花饰间，不知不觉地流露了出来。

"那么高僧您是……"

"瞧我都忘了告诉您了。我老家在信州松本 [2]，地地道道的山里人家。"

1　丰前,旧时藩国名, 位于今福冈县东部及大分县北部; 小仓, 旧时地名, 位于今福冈县东北, 后与其他几个地方合并后, 成为今北九州市的一部分。

2　位于今长野县松本市境内。

"这么说，凭咱俩都能编写一本山海物语类的书哩。"

没想到叶越明这么随和，真是个和蔼可亲的年轻人。

二十二

"如此缘分，真是不可思议，我心下欢喜不已。只恨我笨嘴拙舌，殊难陪您说话聊天，只能在旁洗耳恭听，就算这样，也已觉得比什么都心满意足了。"云游僧诚恳说道。

叶越明稍稍俯首致意，掖了掖瘦削腮帮处的衣领。

"说实话，刚才我说的，尽是些无聊的闲谈。当着您高僧的面说这些，我自己都觉着羞愧。"

"绝不是那么回事。这宅邸里闹鬼——嗯，茶屋老婆婆刚跟我说起过，没错，似乎亡灵一时难以瞑目，她还托我在佛祖面前替她们烧香念佛，祈求冥福。她顺便还提到了您，说您挺有主意，也扛得住事，可因为怪事连连，脸色也日见黯淡了。

"我这么一说，您就说，也许是庭院里柿子树的缘故吧。树叶太厚太密，遮挡了光亮，衬得脸色苍白了些，让我不必在意。可是见您身子虚弱，那老两口越发放心不下。

"宰八他们本来白天还会时不时过来问候下，可这些天因为担惊受怕，都已好久没露面了。所以他们要我多照看您，一连叮嘱了好多回。怎么说，起始听说您借住在这儿，村里血气方刚的年轻人一下便来了精神，三五成群地捎上夜宵，提着一升大小的酒壶，过来陪您通宵聊天。一开始还很平静，没多久，随身带有刀具、铁铳的几个，便设起了陷阱，用油炸老鼠当作诱饵，待布置停当后，一边大口喝着酒，一边盯住草莽树丛，是在那儿静候着夜深人静时猎物前来上钩吧？茶屋老婆婆便是这么说的。"

"我酒量不行，喝酒不是他们对手，便躲进了蚊帐，看着大伙儿围坐在那儿喝酒，不知不觉就睡了过去。

"一时间热闹极了。

"啊呀，你来我往，川流不息，足足持续了十天，大伙三五成群地赶过来。可是这两天，突然就没人再来过。"

"就是说嘛。那好吧，可人来人往那会儿，就没遇见过什么蹊跷事吗？"刚这么问了声，云游僧便突然回头望了一眼。与邻室相隔的那道隔扇，两爿拉门恍若两座山峰，列峙在灯座两侧，灯火却无从照见接壤的邻室。

云游僧看似有些忐忑，又有些不舍，随后就跟豁出去了似的，猛地挺直了脖子，又转过头来。"说是这怪物还变出了种种花样吓唬人，还说那榻榻米自个儿便抬了起来。我简直无法相信竟会有这种事。"

叶越明正目不转睛地望着云游僧，见他这么问起，便又埋下了头去。

"所以说，刚才也太对不住您了，尽跟您说这些捕风捉影的事。"

"哈哈。"云游僧觉得心下释然，便朗声笑了起来。

"我刚才还在揣想或许是这么回事，结果还真是让我猜对了。这么说，那不过是村里人在胡侃海聊，都是瞎编的，都是没影儿的事，所以……"

"不，那都是真的，就连榻榻米自个儿抬了起来的，也都是实情。高僧我跟您说，说不定这会儿就有动静了。"

"哎哟喂！这下可……"云游僧双手稀里哗啦地滑过膝头，

胡乱地摁了摁周边的榻榻米。榻榻米铺设得又坚实又紧密，连道指甲缝都找不到。

"这么坚实都掀得动？"

"所以说，够难以置信的吧？"叶越明静静地回道。两人一时间沉默了下来。

没过多久，云游僧眨了眨眼，又说道："要那样，倒也没什么难以置信的。只是榻榻米抬起时，坐上面的人就不知该如何是好了。"

"只要不慌张，静静坐着，就不会有什么事。说是掀起，可还不至于倒竖起来，还没到被兜底翻转那地步，所以……"

"那倒也是，真要那样，只怕人都得被甩到檐廊里去了哩！"

"就是啊。真要到了这地步，也只好脚底抹上胶水粘牢在榻榻米上了。

"'不会有什么事，大家别慌乱！'我这么说了，可村里人都不肯听，于是榻榻米的接缝处……"

叶越明一手支着榻榻米，一手掌心在榻榻米接缝处来回搓滑着。

"先是边沿那儿绽裂出细长三角或小方块状的口子，眼看着'吭哧吭哧'刚弥合上，却又'咔嚓咔嚓'被撕开了，迅疾得就跟雷电闪过似的。

"于是，只听得'哇'的一声惊叫，一众人好像全都蹦跳了起来。有人口中'啊呀呀'嚷嚷着，叉开双腿，攥着拳的双手死死摁住榻榻米，也有人随手操起三宝火箸或吹火筒，在空中来回挥舞——哎呀，还有那么一两个人，没准就这么从檐廊上跳下庭院，径直逃走了。"

二十三

　　"'哗啦啦！''哐嘟嘟！'一时间乱作一团。就在越闹越凶的当儿，高僧我跟您说呀，那榻榻米，四个边角处，忽地被抬了起来，两边轮番着，'嗵、嗵、嗵！'就像底下有攥紧的拳头在往上拱，十帖榻榻米，一下便被拱了起来。'那像是毛发！''哇！像女人胳膊！'村里人正这么嚷嚷着，也不知怎么回事，榻榻米边角好像被翻转了过来，但觉头晕目眩，都被吓得目瞪口呆。

　　"见一下变成了这样，大家一个个都慌了神，手忙脚乱中，又是踹飞饭碗，又是蹬翻酒壶，还有嚷嚷着'海啸啦''海啸啦'的。

　　"他们这么蒙头蒙脑，跟没头苍蝇一样，还不随时都会伤及自己？说是有人踩到了什么，脚划破了，天哪，以为一条腿被砍断了，便躺在那儿再也起不来了。还有个人，好像是渔夫，独自一人特地从海边翻山过来，戴了鳐鱼刺制成的头盔，里边衬上毛巾，裹头巾似的系在脑后，说能避邪防身，看着还挺威武，可脚让酒杯豁口扎了下，便嚷着'疼死我啦！''妖孽作祟！'让人给背回去了。

　　"屋里乱成这样，我怕打翻灯火酿成大祸，便赶紧把灯座撤到了边上。他们每慌乱上一回，我便压在上面护着。

　　"榻榻米搁栅底下传来的晃动，还不至于把坐在上面的人给掀翻在地。我小心护着的这盏灯火，一直静静地待在那儿，就算颠簸得最厉害时，也未见灯火被打翻，就足以证明这一点。

　　"不过，接下来，还尽和这灯火脱不了干系。先是灯罩滴溜溜打起转来，随后呢，高僧您瞧，整盏灯便跟风车似的飞舞起来，只是一直就在原地，没挪地方。就在它让人'哎呀呀！'

惊讶不已的当儿，灯火变成圆圆一团，眼看着炽白起来，然后略带些青色，就那么呆呆地、一动不动地坐落在那儿，发出瘆人的光亮。

"映着灯火的手，仿佛浸没在水中，蜿蜒的筋脉被映成青白，跟透明的一样。一张张脸就像安上了眼睛、鼻子的熟透了的甜瓜，都黄灿灿的。大家面面相觑着，大气都不敢喘上一口。这当儿，但觉灯火飘忽着浮了起来，冷不丁地落在了那个最爱逞强、自诩当晚老大的人的膝头上。

"见到众人又'哇！'地惊叫起来，我忙在昏暗中大声提醒，'千万别慌！小心受伤！'可还是有人——也不知是谁——边惊叫着'猫妖来了！快揍呀！'边跳进庭院逃走了。'这浑蛋！'有人怒骂道。高僧您说，够不够危险？

"这时'啪'地亮堂了起来，我定睛一看，还是原先那盏灯火。膝头上停落着这灯火的男子——这是在演哪一出啊？都老大不小的年纪了！据说他还当过水兵什么的，看样子像是事先筹谋过，掣出把锋利小刀，眼看就要手起刀落扎了那行灯。"

"这还得了？闯大祸啦！啊呀！"

"我刚这么一惊，刹那间，刀已朝油壶上扎了进去，煤油'哗哗'流泻开来，啊呀，就为这，接下来整整两天，我人一直是软着的。

"谢天谢地，他只是手上受了点伤，扎破油壶那会儿，因为用力过猛，连灯火也'啪'地给扑灭了，这才没酿出任何事情来，可万一当时……一众人还心有余悸，纷纷点起蜡烛，着手收拾起残局来，却不料又有了更蹊跷的事。刚才那把小刀，不是在那人伤了手后便掉落在了那儿的吗？这时竟遍找不着，没了踪影！

"真把人吓得不轻。高僧我跟您说吧，俗话说，茶釜里掺了蜥蜴尾巴会作祟。现在丢了把刀子，那可要比蜥蜴尾巴不知掉哪了让人心里忐忑不安得多了。一众人纷纷揣想着。会不会裹进了衣襟？于是觉着身上像有虫子在爬。会不会掉进了兜裆布里？于是觉着裆下冷飕飕的。和服袖袋呢？还有下摆？他们又是站起，又是坐下，还解下了腰带。

"这之前，不是有回检查大扫除吗？那警察架着梯子爬上顶棚，不知怎么，佩刀倒竖，刀锷没卡住，刀从刀鞘中'唰'地脱落，正好下面有个人，就被砍到了。据说就是这间屋子。

"'这不是别的，带刀刃，会伤人。得赶紧仔细找！做针线活，开工收工，也得清点下缝针还是不是那个数。就算这样，仍时常会有散失。一旦刀掉进榻榻米缝隙，还不和掉进地狱似的，就此成了阴间地府的山草，饿鬼便少不了挨它扎的。每年六月一日，冰窖朔日那天，不是总会有两个小女孩，搭伴着架起小锅，做出一席饭菜，扮演主人客人，在那儿彼此呼应的吗？她们便是在供养那饿鬼。那把锋利小刀说不定就落在檐廊上，或者天花板和横梁上，还有不知道哪儿的，可不能就这么算了。哪怕找上一通宵，也都得给我找到它！'这中间，有个上了些岁数的酒鬼，愁眉苦脸着说了这么番话，于是一众人全都站起了身来。

"这事弄得我也挺毛骨悚然的。"叶越明道。

云游僧用眼神应答着，略示颔首赞同之意。

二十四

"居然被区区一盏洋灯给吓破了胆，原本指望能撑上场面的那个好汉又受了伤，刚才又让老酒鬼数落了一通，一众人心里都觉得怪不是滋味。这当儿，夜色似乎也更深了。

"不知何故，也不知从何处，那把小刀便会冲你掷过来。怎么回事？莫非对方也在犹豫？或许是觉着罪孽都还没深重到该杀地步的吧？性命似乎还一时无虞，不过眼下已有好几个伤着了的。

"那好，那就赶紧找吧！五个脑袋簇拥着一支烛台。虽说眼下蜡烛还接得上，可一气都点上的话，只怕支撑不到天亮，所以不宜分头寻找。

"既已这么定了调，可又没人愿意走在头里，无奈之下，只好由我开道，其他人一个个跟在我身后。当天晚上，有个据说早已开悟了的禅宗和尚，在檀那寺替鹤谷家料理米谷金钱、出纳杂务，趁着夜色初降时，大喝一声：'大胆妖魔，快给我出来现形！'您和他，该是一个宗门的吧。"

"不是，宗门教义有所不同。"云游僧吃了一惊似的，微微一笑，这么回道。

"里边掺和了这么个和尚，这一众人便顺着前边那拐角，来到尽头处厕所那儿，然后走进了回廊。两边环视着，又是打开防雨窗板，又是仔细察看檐下脱鞋石，还把脑袋探进了廊檐地板下。折返时，怕有疏漏，又去厕所查看一番。可那盏灯火，连罩子碎片都没落下一片。

"'那好，去隔壁那屋。'"叶越明说着，回过头去，指指那道阔大的隔扇门。

"大伙儿都这么说，让我给拦住了。

"能借宿在这儿，要上一间屋，我已觉绰绰有余，所以住进来后，都没觑过隔壁那屋一眼，眼下这时，更不宜再去打开那道门。廊下到厕所，入夜后也一直有人在走动。说不定就是榻榻米差点被掀翻那时，因为他们惊慌失措，稀里糊涂把小刀带到屋外给弄丢了。万全起见，刚才已搜寻过，正待去还没人打开过的隔壁房间，猜想或许会藏在那儿。那好，真要在，并且对方也有心动手，去了还不得受伤害，是吧？要没在，也还是会放心不下，同样道理。我们硬闯进去一窥究竟，翻遍橱柜天花板，卸去榻榻米搁栅，这么折腾起来，就算有十几个人，也都无法将这屋里所有角落都搜查完的。倒还不如就查下有人走动过、小刀有可能掉落的那些地方，说不定还管用些。你们说好吗？

"那倒也是哩。真要有妖魔藏身，只怕也都识不了庐山真面目。

"啊呀，有些事尽了力都未能做到，那也只好作罢，只是危险并不会因为你作罢便变没了，刀尖随时都有可能掉落下来，总得有人出来挡着。大家不约而同地这么思忖着，却又跟事先商定好了似的，一个个龟缩在人后，总共六个人，死命蜷缩，憋屈在我这吊挂着的蚊帐里。

"好可怕，就跟等着受刑似的，心里直瘆得慌。'要不这样吧？'我们这么嘀咕着，可深更半夜的，谁都不想就这样往外逃，于是，有人吓得哆嗦个不停，有人趴在了地上，还有人干脆睡着了，倒也一了百了的。那禅宗和尚呢，嘴里嘟嘟囔囔地在念经。

"蚊子嗡嗡声中，听着这跟舌头打了结似的含糊莫辨的念经声，我迷迷瞪瞪地打起瞌睡来。就在这时，有人悄悄把我摇醒了。

"'听到没有？'他问我。

"'有人在说话。这儿！这儿！'他对我附耳低语道，随后又逐一挨近到别的耳朵那儿。

"'好像在告诉我们，失物就在这儿！是吧？'

"'吃不准哩，或许不是吧？'众人叽叽喳喳揣摩着。

"待定神仔细听去，声音像是从隔着蚊帐的拉窗，或者檐廊挡雨板，还有隔开另一间屋子的隔扇门柱脚那边传来的。正这么猜测着，又传来一阵'咔嗒咔嗒'声，听上去既像是蟑螂模样的爬虫给扒搔出来的，又像墙壁里有蝙蝠在嘶鸣，还让人想到了檐廊地板下蟾蜍'咕嘟''咕嘟'的叫声，高僧我跟您说吧，就像会附和人的心思似的。也有说听着像是'咕咕''咕咕''咕咕哟'，或者'咕咕哚'什么的[1]。

"刀子丢失还不全是因为自己？手上缠了绷带的水兵率先出了蚊帐。

"'它这是想还回那把刀子，是在告诉我们东西在哪儿，所以不会有什么事。'禅宗和尚说道，也跟着爬了出去，趴在榻榻米上，用心谛听着。于是那水兵也便和他一起，抄起双臂，伫立在屋子中央，做侧耳倾听状。似乎找到了想要的东西，彼此间递了个眼神，一上一下地点了下头，那把小刀，就在高僧您背后。"

"啊，怎么了？"

云游僧挪开坐垫，就跟掠过肩膀窥向深渊似的，回头看去。

"怪不得哩。"

"待朝北靠边那第四扇纸拉门刚一曳开，啊呀！只见刀把卧在门槽里，刀尖插在门柱上，不正是那把小刀吗？"

1　"咕咕"原文为"ここ"，有指示代词"这里"之意，发音近于"咕咕"，故而才会有前文"有人在说话。这儿！这儿！"这样的推测。

二十五

"这之后，怕再现危情，但凡带刃的器什，一概严禁携入。

"欢迎来玩，通宵陪我说话，更是求之不得，如有狐狸之类出没，也好顺便替我赶走，真是再好不过了。只是，无论是刀、匕首，还是杀鱼切肉时用的厨刀，这些带刃的利器，还是长枪、短铳——凡属此类火器，一概予以回绝。

"我这次行程也够长的。我想四处走走，多看些地方。虽准备好万一有事，大不了就跟人作揖求情赔上个不是，可还是随身备了把短刀，那是我母亲留下的遗物。翻山越岭时，遇上天色傍黑，因为有它作倚仗，胆气便壮多了。但谨慎起见，还是替它裹上桐油纸，装进包袱，绾上结，封得严严实实的。"

"自然是怕它自己就那么抽了出来。"

"不，倒不是担心这个。俗话不都说了，'盗贼不拆带封印之物'吗？这带刃的利器，本是用来击退妖魔的，只要自己不去动它，想来不该会有什么危险。再说了，高僧，一众人慌乱时，最叫人放心不下的就数那盏洋灯，我和宰八大爷这么说了后，他便去替我换了这盏行灯过来。"

"换成行灯后，便万事大吉了吧？"

"换成行灯后，却又飘浮了起来。"

"飘浮起来？在空中？"说这话时，赶上叶越明正在打理那盏行灯，摁在灯盘上的手，显得格外白皙。

"是啊，就这么从榻榻米上飘走了。"

"哈？"云游僧这么惊讶了声，眼神里似乎又在担忧着灯火会不会在叶越明那只手的阴影里就这么一直暗了去。

"我本想伸手摁住，把它摁在榻榻米上，可想到弄不好就会打翻灯台洒了灯油，倒不如干脆别碰它，就这么随它去，说不定又会回到原地。那时天色也已亮了。有那么一会儿，行灯竟贴在了天花板那儿。"

"都飘到天花板了？"

"蚊帐就挂在它下面，我心里也明白，这么躺着不免发怵，慌忙爬了起来，想隔着蚊帐摁住那飘忽着悬了下来的灯台，迷迷糊糊伸出手去，不料就像有人在往上拽着似的，行灯越过门楣后，便'吱溜'一下蹿进天花板隔层，稳稳坐落在了那儿。堆积在那儿的尘埃，看着就像一簇簇老鼠的坟冢，又跟柱状物似的，堆垛在高高的屋顶那儿。

"奇怪啊！都能看清屋顶天花板的隔层，天花板是不是哪儿掉了一块？可我仔细察看了下，没见哪儿有桁条松动的迹象呀。

"莫非能穿透隔板？那可太诡异了，高僧您说是吧？

"待我定下神来，却又什么事都没有。行灯就安稳地摆放在蚊帐外，天擦黑时摆放着的地方。纸罩发出的白光微微有些模糊。挡雨窗板外的天色已经放亮了。"

"那晚您独自一人。"

"就我一个，是前天晚上。"

"前天晚上？"云游僧不由得又吃了一惊。

"那么，真不知道怎么说才好，那晚过来陪了您一通宵的那帮人，被这么折腾过后，就再也没有谁来过了，是吧？"

"您别急，让我想一下。为了西瓜闹出事来的那个晚上确实就在这之后。

"虽是件微不足道的小事，可当时还真是让人难堪。

"没错，三个人一起，看着都还是少年，自然是带了酒来的。

多半是有备而来吧，所以也没见他们和别的村民那样，啃着鱿鱼爪子，哄闹着大碗喝凉酒。

"'天这么暖和，鱼做的菜可过不了夜。'他们这么说道，把竹箬包着的烤鱼糕什么的，一呼隆儿全都拿了出来。

"还真是美味！我也和他们一起吃了些。"叶越明悠然自若，语调不紧不慢。

"天刚黑那会儿还很太平，什么事儿都没有。大伙儿喝得舒心，便山南海北地闲扯了起来。'连只蚂蚱都不见飞来。''还真是哩，蚊子影儿都找不到一个，多半是让那妖魔给吃了吧。''要那样，这妖魔的食物也太寒碜了。''什么什么，海里还不是一样？个头大的反倒只能吃些小玩意儿。你瞧，鲸鱼天生那么大张嘴，身子骨又这么强壮，可到头来还不是只吃些沙丁鱼？'不一会儿，酒便越喝越多，夜也越来越深了。

"于是便扯到了茶。'茶就算啦。越认死理，越容易让妖物给盯上。醒酒自然还有更好的……'说着，他们便从檐廊里搬个西瓜出来。一打听，说是上这儿来时，半路上从瓜地里偷摘的。这么胡来，还不真让妖物给盯上了？"

二十六

"'瞧这拳头！随它狐狸还是狗獾，统统捶它个屁滚尿流！'说这话的那个少年，长了副相扑力士般的壮硕身板。高僧我跟您说，他知道我这儿不让携入利器，身上连把小刀都没备，就这么攥紧了拳头。

"可这哪是他施展拳脚的地方。

"就在头天晚上传来'这儿、这儿'的声响，随后那把小刀便出现了眼前的那个地方。待他挨着门槛、抵住门柱，把西瓜放稳妥了，抡起拳头'啪'地击下，便听到厨房那边传来了可怕的声响，就好像足足二三十只煤油罐撞击在一起。

"因为猝不及防，天一落黑便摩拳擦掌着严阵以待在那儿的一伙人，'啊呀！'地惊叫起来，倒吸着冷气，被摄了魂似的，一下全逃散开去。高僧您猜怎么着？随后那只西瓜好像'咚'地蹦跶了起来，一下冲那少年胸前砸了去。

"少年后仰着应声倒地，又是一阵慌乱。

"'那不是火球吗？''瞧它，都从肩头掠了去。''啊哟喂，落在了脚上。''哇！缠着和服下摆。''分明是琵琶法师[1]的脑袋！''是秃头妖怪的脑袋哩！''不对不对，是女人脑袋，刚被砍下！'尽是些胡乱的猜测。说跟夜葫芦花似的也就罢了，竟把西瓜看成女人脑袋，还真是服了他。

"也不清楚是在追逐，还是在慌不择路地逃窜，就在这闹哄哄奔来跑去的当儿，又传来一阵'咚咚咚'的声响，好像是有什么东西正从下往上想凿穿那天花板，随后屋梁也'嘎吱嘎吱'像要散架似的，门窗也一并响了起来。'地震了！'大伙儿惊呼着扑倒在地，可随后便沉寂下来，周遭重又恢复了平静，连风声都听不到一丝。

"屋顶上杂草蔓生，隔着交织的杂草一眼望去，只见一轮明月正悬浮在空中——发出光亮的，竟是刚才那只西瓜。

"让密密匝匝的森林给挡着，行灯四处转悠过一番后，早已扑倒在地。不知怎么回事，我们就跟被困在了又深又窄的谷底，

1　日本古时以弹琵琶说唱为业，脑袋剃得锃亮的盲艺人。

只能望着落在壁立千仞的山崖上的那明月似的。会不会是攀缘在山榉树梢头的常春藤叶，看着就跟蛇似的，就这么冲着那月亮耷拉了下来？才这么一寻思，便马上发觉整个屋顶一下全变成了瓜地。那应该是一截绳子，用来拽拉田间驱鸟鸣器的。

"'没错，准又是混账天狗在捣鬼！'有人愤然骂道，搂起天傍黑那会儿熏蚊子时燃剩下的杉树叶，朝那月亮掷了去。

"还真是磕碰不得，那轮满月竟跟朽木似的，扑簌簌分崩离析开来，和叶梢头的夜露掺和到一起，顺着屋顶斜坡滑落下来，消失得无影无踪，随后便响起了'滴答''滴答'的檐溜声，滴在了脖子和肩膀上。我伸手摸去，黏乎乎粘了一手，凑近鼻尖嗅了下，哎呀，高僧，带了股甜滋滋的恶心味道。

"深更半夜，出了身汗，正闷热得喉咙发干，那味道闻着比血腥味还难忍。我忙打开檐廊那儿的门，抢先跑去了庭院。大伙儿也都顾不上穿鞋，赤脚跳进了庭院。

"让人吃惊的是，这时天色都已经亮了。山顶苍翠欲滴，山麓白雾萦绕。

"正觉着诡异的当儿，不想又一下撞见了这意想不到的景致，有人便调侃道：'莫非咱们被流放到了荷兰？'也有人大声嚷嚷道：'都快受不了啦。先把行灯重新点上吧！'

"想来是屋顶那儿吧，刚才是西瓜，这会儿又来了乌鸦，张嘴'呱呱呱'乱叫着。夏日夜短，晨光熹微的宽敞檐廊里，黑色、褐色的蟋蟀和金铃子模样的虫子成群结队地蠕动着，'哗'地爬上了隔扇门，一转眼便又消失得无影无踪。他们说这都是西瓜籽幻化的。

"一行人，一脚高一脚低地拖曳着隔夜宿醉的两条腿，神情恍惚地离开了黑漆大门，顺着河岸回家去了。

"说是过桥时，又见到了那只西瓜，翠绿翠绿的，滞留在桥桩边，漂浮着。大伙儿都吓坏了，赶紧没命地逃散了去。

"正午过后，宰八跑了来，于是我便跟他说起了昨晚遇到的事。

"之前我已死沉死沉地睡了一觉。

"这时又出了件怪事。老爷子说这就替我沏茶去，好让我醒醒神。他勤快地照料着我，替我端来了刚沏好的色香俱佳的茶。可不凑巧的是，他没偷摘个西瓜来。正寻思着，就没什么好做茶点的？有了！厨房里不还有味噌腌渍的酱菜？老爷子说这是自己家里做的。一趟趟搬嫌太麻烦，又是开了封的，便连桶一起搬了来，时不时替我塞上些我叫不出名儿的腌渍物。

"一个人哪吃得了这么多，搁着容易变味。听我这么说，老爷子便回道，反正也不费事，茄子连蒂儿都没摘，就这么趁新鲜给腌渍上了，咸淡估摸着也正合适。因为想到了这腌渍酱菜，他便去了厨房。

"'我说客人——'

"'怎么？'

"'您不是说昨晚听到了挺吓人的声响？没见有东西掉落下来吧？'说话间端出个小钵来，里边足足装了五坨茄子。淡淡翠青中稍带些灰，颜色看着就馋人。"

二十七

"绿叶影儿投了下来，这白色濑户烧[1]小钵里的腌渍茄子，看

1　日本著名陶瓷器之一，出产于爱知县濑户市一带。

着就跟盛装在考究的青瓷点心盘碟里似的，好一番盛情美意！

"刚拿起筷子，堆叠着的腌渍茄子又嫩又薄的中腹部位便传出'咕咕'的声响。

"一只茄子刚'咕'了一声，另一只又'咕'了一声，接下来的一只更是'咕咕''咕咕'连着作声。

"宰八脸色都变了，问道：'客人您听到了吗？'

"'啊，是腌渍茄子的声响。'

"'真意想不到，这家伙！'

"大爷用豆荚似的手指轻轻摁了下，被摁的那腌渍茄子便'咕咕咕'直响。换只手，摁了下别的茄子，又是几声'咕咕'。它们就仿佛猜得出人的心思一般，在那儿'咕咕'不停。怎么回事？就连翘着的那蒂儿，看着也都跟小犄角似的。

"我想趁着它还没蹦跶起来，便咬了一口。"

"您真吃了？"云游僧满脸惊讶，"这可太豪气了！"

"多半是听到的人，自己耳朵在作声吧？什么事都没有啊。哪有茄子会叫唤的？

"可就是这样，大爷仍愁眉苦脸地在数落着自己。什么早年如何吃了不少不该吃的东西[1]啦，连替人送葬挣来的钱也都拿去沽酒喝了，直到如今，若是哪儿死了条狗，他也还会惦念着煮了吃。茄子'咕咕'作声，一准是它们在作祟，是报应。"

"咄咄怪事自然都有可怪之处，不过，同样是叫人发瘆的怪事里边，像这样，要对付的不过是几只腌渍茄子，想必还不会怪异得太离谱吧。"

"要光是茄子，那倒还容易对付。可只怕摆着的是茄子，真

---

1 指吃过兽肉之类，因佛教有禁杀生、肉食的忌讳。

要对付的却是别的哩。"叶越明俯首微笑道。他只是单纯微笑了下，并无别的用意。

"这么说，那都是大白天发生的事了？"

"是昨天下午的事。"

"大白天就闹起来了，还真是不好对付。"

云游僧一半像是在自顾自嘟囔着似的，随后又皱着眉头问了声："那到了昨天晚上……"

"嗯，闹得更凶。反正夜里是没睡成觉。"

"难怪很憔悴。没想到您脸色这么差！茶屋老婆婆也说了这事。就是刚才您都说了的。因为闹出了这样那样的动静，村里人也都不愿意去了，连老爷子也害怕得夜里不敢过来，所以老婆婆便跟我说，也不知道您在这边怎么样，问我愿不愿意上这边来诵经念佛，祭荐亡灵，顺便也好替她探望下您，我便是因为这才贸然过来的。哎呀，可听您刚才这么说来，委实还是被惊吓得不轻。真是多有打扰，只是我听不得像茄子作声这样的事，望您多多海涵。

"我是四处漂泊的出家人，上这儿来，无非是因为人家好意容我留宿，我不能不有所酬报，本不是出于慈悲，替人超度亡灵、祛除鬼魂作祟。说实话我连个法号都没有，只因从前任性胡来，为了赎罪才剃度为僧，甚至都没能真心念过一回经。让人当作祈祷僧，首先在您面前便觉着羞惭。不知您会作何感想，是否还能容我在这借宿一夜？虽说心里也多少准备好了会被您拒绝，可还是有些犹豫，想听您当面告诉我。"

"据说鹤谷家好客，要有一位客人找上门去，也都会很高兴。本宅那边主人都这么乐意，那还有什么好顾虑的呢？再说我也巴不得有人做伴，您都不知道我有多高兴哩。"

"这可真是，承蒙鹤谷家，还有您如此盛情，贫僧我自是感激不尽。对了，还有……嗯，家主既是鹤谷，那这处空宅自也归他做主，对吧？可我总觉得并非那么回事。"

"我也有同感。想来是不乐意有人住着吧，才闹出这么大动静来。

"就是那儿，高僧。只要不去招惹，榻榻米也好，行灯也罢，就都不会有什么事。我有回不小心，火星沫子溅到了隔扇门，那儿便蹿出一大团火来，当时慌着扑火，把隔扇门都捣破了，泼水时又给泼得湿漉漉的，可事后一查看，竟没见到一点被弄湿的迹象，所以还有好几个房间可供您留宿，高僧。"

突然间，叶越明像是又留意到了什么，说道："若是嫌住一起会吵，您可以上隔壁那间去住。虽然我不便说让您住下便是要您帮着勘破这妖孽原形，可既是鹤谷家安排您留宿，那客僧您也就用不着再讲什么客气。

"要是门打不开，像有什么东西顶压着，就别急着打开。千万别招惹它，不然……"

二十八

"我绝不会招惹。就看下房间合不合适，好吗？

"就算您要我回头盯着那隔扇门看，我都很难朝那边转过头去，您也看到了，我这身子早跟僵住了似的。

"我还想跟您说，我刚才从黑漆大门溜进来时，脚绊在草丛里，拔了好一会儿都拔不出来。然后呢，该是在庭院口子那儿吧，传来了'吱溜溜咚'的声响，听着像是有大辘轳正从井里汲水。

"尽管这宅邸颇有些传闻，可好歹您已先住了进来。有人住，自然会要用水，水桶汲水弄出声响，按理说也根本没什么好奇怪的。因为事先听茶屋老婆婆说起，我心里多少有个底，觉得一个学生家，自炊自饮，拿上个罐子或者瓶子，打来的水就足够他用的，就因为这缘故，便觉得那汲水声准是天天汲惯井水的一帮女仆给弄出来的。

　　"黄昏里，隐隐有个身材高挑、腰肢婀娜的女子，和服下摆频频摆动，匆匆走过了厨房，看模样应该就是刚才汲水的人。

　　"还真够忙碌的！就像炭炉上'嘟噜嘟噜'正炖煮着晚饭的菜肴，如果这里是镇上，就像在招呼豆腐老板似的。

　　"会不会是茶店老婆婆在有心试探我？暂且这么一想，便摘下斗笠，这么远远打量着。只见厨房门那儿也好，屋顶高处也罢，全爬满了野葫芦藤蔓，至少也已有好几个月没打开过了。

　　"'也难怪会闹出这动静来。'我心里嘀咕着，悄然踏进黑漆大门里挠得人脚板酥痒的草丛。初春时节这儿想必很美吧。一束缕状物微微泛蓝，色泽靓丽，时隐时现，也不知是趴在地上还是半悬空中，就这么穿行、出没在遍地紫云英的草叶丛中，看着恍若头上森林树枝被月光映在地上的投影，该是女子的一头黑发吧，长可及地，在脚边闪烁着光亮。

　　"从这缕状物上迈腿跨过，心里不免发瘆，我正打算躲开绕过，却发觉右侧的暗淡光影里，有什么东西在骨碌碌打着滚，一转眼间好像露出张人脸，待定神看去，是只兔子！

　　"可长蛇状发着光的影子突然间掉转身，挡住了我的去处。那兔子骨碌碌打着滚，蹿去了宅邸玄关前架在草丛上的敷台[1]那边。

1　日本家居建筑设施，铺设在正门口草地之上的木搁板，便于主人迎来送往。

要是掉头冲我这边蹿来，只怕我早已被它一头撞出那道小便门，方才我便是从那儿进来的。继续硬着头皮闯将进去，我自忖还没这胆量，于是便在敷台前，抢先上前施礼。

"'游魂散魄，您在吗？若在，我有言相告。如您所见，贫僧道行尚浅，既不知凭借何物可让您超度成佛，又无力念动咒语将您驱离此宅。您若肯现形，且受我一拜。若只愿神祇般遁世隐身，我将专心念佛，绝不再以言语相扰。但愿能容我在此暂且留宿一夜。"

说到这，云游僧口诵"南无阿弥陀佛"，面朝敷台伫立着，起愿发誓，双手合十，随后又摘下斗笠，拱手施礼。铺就敷台的杉木板，纹理恍若涟漪。

"随后呢，我便跟茶屋老婆婆说过的那样，傍着破败不堪的竹篱，手摸索着，刚推了下木门，那门便应声而开。推门前，我装着'吭吭吭'咳了几下，不想越咳越厉害！我顺着草坪，穿过好大一片胭脂花，这才来到这边，踏过檐廊，前来打扰。

"那胭脂花好美。绽放时，闪闪烁烁，掺杂着红色。您瞧，我怕僧衣袖子蹭坏了这花，又是耸肩又是缩背地走了过来，这会儿身上都还有残香，真是多有抱歉。

"看样子，这儿原先该是个花圃，后来变荒芜了。里边有枝山百合，洁净素白，蹿得老高，看时得仰着脸才行，花骨朵却是耷拉着绽放的。哎呀，光是这，就又让人心里瘆得慌。

"常言道，人不免会有九九八十一难，道道劫难都须自己设法渡过。真是做梦也没有想到，这事真还落到了我头上。

"不过，如您刚才所言，就算身处这等瘆人场合，都能沉稳扛住，您真够有胆气。"

"哪儿啊，世上怕再也没人比我更胆怯了。我胆怯得简直无可救药，就只好听之任之，随它去了。凡事不再忤逆着来，也便坦然了，再也不觉得有什么不自在。"

"啊呀，就是这个理儿。我来这儿最想跟您讨教的，便是这个理儿。怎么，您打算在这儿仍研究这理儿？"

"哪儿的话，就算我也有些自己的研究，可还没敢打算在这方面做研究。"

"那么您是另有——"

"嗯，要说意愿，那我倒是还有。说实话，正是因为这意愿，我才通宵达旦地把自己闭居在这儿。"

二十九

"就是前边跟高僧您说起的那只手鞠。"

"啊，您想再见到那手鞠。"

"不，我只是很想听到那咏唱手鞠的谣曲。"

叶越明愣着出神似的这么说道，眼神清澈，就仿佛梦见了月亮一般。云游僧刚才还觉着他那意愿有些怪异，一见此状，心头疑虑便立时烟消云散，不由得膝头又朝对方挪近了下。

"头顶苍天白云，遇海渡海、逢山翻山，借宿乡间，徒步奔走各地，说到底只是为了寻访手鞠谣曲，对我说来，意义非同寻常的那谣曲。"

"手鞠谣曲……这谣曲可有讲究？"

"如梦似幻，却又完全和真的一样，倏忽如在眼前，只是无法言说——既是那么温柔慈祥，令人依恋，觉得可怀，深情款款，为爱意所笼罩和充盈，又带着清冽凉意，让人冷不防打个寒噤。一阵酥痒袭来，恍若有人在轻挠胸口，却又仿佛一时走神，神情恍惚。哎呀，若打个比方，那感觉，就像正吮吸着母亲芬芳甘洌的乳汁，又像尚未出生，在母腹中端详着母亲美丽的乳房。跟您说吧，便是这么一首谣曲，可我连歌词都记不得了，所以才拼命憧憬着，心心念念想听到它。"

听叶越明说着这话，前后不过数分钟，自来到人世，所有听到过的声响，风声、水声、钟声、乐声、人声、虫声，直至树叶嗫嚅，恍若闪电，在小次郎法师心里来回扫过。他试着用泥金字，把自己还能记得的经文迅捷写入眼中，却又越发疑惑，自己写下的真是经文原文？

"这么说，那谣曲您该听过吧？"

"小时候，曾听当时还在世的母亲唱过。这也是我记事后留在我记忆里她仅有的一点声音了。也不知怎么的，我把那歌词给忘了。

"高僧我跟您说吧，随着长大成人，我就仿佛沉溺在小说里写的那种让人备受熬煎的恋情里一般，那声音、那谣曲，我非想听到不可。

"等不及读完在东京一所学校的课业，我便回到了故乡。跑去跟知道些线索的人打听，可不管问的是谁，也不管怎么问，都没人知道我想要的那首谣曲。先是母亲的姐姐，我的学费都还是她替我出的。可就是我这姨母，也都不知道有这谣曲。

"说来跟做梦似的，我突然想起，我的街坊里有过三个女孩，差不多都是同年的。

生下的要是男孩
就让他上京城去演狂言

就让他上寺院去学修行

那寺院里的和尚

是个酒肉和尚

被人从檐廊高处一把推下

发簪掉落在地

小枕[1]掉落在地

　　"那时母亲还很年轻，她让我在边上玩耍，一边和那几个女孩玩手鞠，或者拍羽毛毽，这些场景都还历历如在眼前，若是找到她们，一准还会有谁记得那首谣曲吧？这么一想，我便半夜里一骨碌爬了起来，忍不住欢欣雀跃。可高僧我跟您说啊，里边有个女孩，在母亲活着的时候就已经死去了，就在女儿节那个晚上。这事我还记得，还有一个女孩据说也不知下落。

　　"好容易剩下一个，说是嫁给了县里学校的校长。我心里感叹着还算庆幸，一边赶紧找上门去。那地方位于城边一条侧街，有道小溪，板壁拱围，整座宅邸到处都是红梅，还是从前栽下的。古树残枝扶疏，梅花开得正盛，好个月色朦胧夜！

　　"刚才高僧您说，上这儿来时，见到有只兔子钻进了玄关前的紫云英草丛里。"

　　"不，正说到紧要处，可别让我夹杂进来的话给搅了。我是那么觉着，可那儿哪像会有兔子出没啊？或许是猫也说不定哩。"

　　"宅邸背后就是山，时常都能见到兔子出没，多半是兔子吧。不过，我倒是遇见了和这很像的事——当时是条小狗，颈

────────────

1　绾结发髻时埋在发根处的充填物，呈圆筒状，由硬纸板、黄杨木或桐木制成，外面裹以藏蓝色的日本纸或者紫色的绸缎。

项上系了铃铛，纯白毛色，一骨碌仰卧在地，逗弄着我的手，一边在我脚边转来转去，就这么往前走去。我跟做梦似的一路随在它身后，不一会儿便来到了一块门牌下，一看，正是我要找的人家。

"我总不见得莽莽撞撞就去找家中的夫人，便见了出来应门的男主人。我刚跟他说了来意，他便一脸的不耐烦和嫌厌。

"'深更半夜什么事啊？你这不是在捉弄人吗？家里太太病了，不方便见客。'

"夫人是闻名遐迩的美人，也难怪校长大人会嫉妒得这么厉害。"

三十

"姨母赔着小心，劝导我一番：'你真要一开始就告诉我要上她家去，我是说什么都不会让你去的。可你没吭声，我蒙在鼓里，才做下这唐突事。人家还以为你跟她青梅竹马，要听她唱手鞠谣曲，自然不乐意了。这做法在世上行得通吗？'

"寻访下母亲当年玩伴都能被怀疑成觊觎美色，您说荒唐不荒唐？我刚试着这么一分辩，姨母便又开口道：'什么呀？女孩子家早熟，喜欢用红丝带绾着秀美发髻，打扮得光光鲜鲜，在你幼小的心里，自然都是好姐姐，可她们也就大你一两岁。早死的那个大你两岁，嫁了人的好像只大你一岁。不知上哪儿去了的那个，我不清楚大你多少。'

"事情还真是变得棘手起来。那位校长太太的娘家派人来姨母这儿传话：'我家女儿不记得唱过什么谣曲，行啦行啦，我们还得顾全脸面，以后别再来纠缠啦。'说罢，便悻悻然走了。

"不用说，生病什么的也全是编出来的话。

"过了整整一个月，来了一封信。笔迹娟秀，心细如发，手鞠谣曲、摇篮曲、童谣，洋洋洒洒，足足抄录了一百多首，还特意用红笔在末尾处写道：

谣曲中也有多首，慨叹嫁为人妇，境况多有不如意者。

"这信我至今还珍藏着。不用说，里边并没有我期盼的、带有母亲声息的那首谣曲。

"对了，还有一个下落不明的女孩。

"高僧您瞧，她若真是搬家去了僻远地方，按理说总该会留下些线索，是吧？可她就像俗话说的那样神隐¹了，姨母他们似乎也一直深信不疑。

"她的名字叫菖蒲。

"那女孩家里母女二人，还有个不知是奶妈还是奶奶姥姥，就这么个三口之家，但住得很气派。那做母亲的，在我小孩子心目中总染着牙，鼻梁挺秀，长着好看的鸭蛋脸，绾着长长的腰带结，穿在里边的不知是下袭²还是衬裙，从和服下摆两端悄然泄出。我还隐隐记得，日落黄昏时分，她时常会出现在微微昏暗的门口，从街上就能望见。她就这么悄然伫立在那儿，望着山那边。有人说她是别人的外室，也有人说是正妻，还有人说是哪个

1　日语中含有（小孩子）失踪之意。

2　衬在外褂内的无袖短上衣，下摆较长，从背后曳出，走动时有衣袂生风之致。

藩侯的私生女，只是一时谁都无法弄清她的真实身世。

"她女儿也说不出有什么特别，只是容貌和器量在三个人里边都是最出挑的——我这么觉着。直到今天，她的样子仿佛就在眼前。

"就是那女儿。她总是去别人家玩，从没见她带谁跟朋友似的上自己家来过。

"大家一起玩着，玩得兴头正高，突然那老婆婆出现了，说'你妈妈在叫你呢'，便拽上她回家去了。一次次地，玩伴就这么走了，再也没有比这更叫人心生寂寥的了。一开始她好像也不情愿，硬是被拽了回去。可渐渐地，有过好几次，她或许因为老是自己上别人家玩，从不叫人上自己家来，心里觉着愧疚吧，正玩得最开心时，她便突然起身，独自回家去了。

"所以怎么说呢，就只是这女孩，总是无法玩得尽兴。大家又不好随便去唤她，她自己也不能想来就来，就像俗谚说的，'闻得着的花香不算香，闻不到的花香才真香'，反倒更加心心念念想着她。我们不能上门去唤'菖蒲，出来玩啊！'那便合计着'啪嗒啪嗒'击打手中石片，从她家门口走过，以此为暗号。

"据说，有天晚上，深更半夜，十帖榻榻米大小的房间一直紧闭着，她却不知去了哪儿，从此不见了踪影。

"那年是丑年。我想听到那首谣曲，打听起她来时，姨妈便扳着指头了算说：'那都是好多年前的事了。'"

三十一

"在我的老家，到了丑年丑日这一天，未婚女子都会净衣、沐浴。"

客僧咽了口唾沫，边听边回道："那倒是。"然后抱起双臂，又说了声："是精进洁斋[1]。"

"也没这么庄重。"

叶越明先是未予赞同，随后又点头道："反正也就是女孩子们的事。虽没那么庄重，可又是濯发又是沐浴，用梳子盘起洁净的头发，再插上发簪，抹上淡淡口红，说是都得这样。

"然后呢，把自己关进十帖榻榻米大小的房间，背倚壁龛面朝墙，墙前的什么地方摆上面镜子，女子的魂魄也便端坐在了镜子里。

"'丑年童子''瘢疤御神'，一边这么虔敬地念诵着，一边目不斜视地端详着镜子。一到丑年丑月丑日丑时的这个时辰，前世便已定下缘分的那个人自会从那面镜子里现身。传说中就是这么说的。

"那女孩便瞒着大家，独自在家，等候着前定缘分的人在丑时现身，然后就像是被谁邀约了去似的，晃晃悠悠地离开了家，之后便再也不曾出现过，想找都无从找起。

"越这样，我便越想听到那谣曲，仿佛只要听到那谣曲，便又能和亡故的母亲见上一面似的。我让这念头搅扰得寝食不安，去了山寺，抱住母亲的墓碑使劲摇晃，耳朵贴住做了记号的那棵松树静静辨听，可耳朵里灌满的只是松风的声响。

"清冽的溪水穿过山寺周边的森林，流向村落，冲激着散落在山麓间的光洁卵石，我口中念叨着，'这儿齿音发声！''那儿舌头歌唱！'可浑身只顾着打战，根本出不了声。

1　佛教戒斋仪式之一，斋戒沐浴，断身心之不净，以示对神佛的虔敬。

"都怪自己神不守舍吧？一天走山路时伤着了，崴了脚，只好躺下，为此懊恼了差不多半个月，好容易熬到可以支着拐棍散散步了，便像出了笼的飞鸟，拄着拐棍，轻快地穿过小镇，朝山里扑去。可哪像飞鸟啊，一瘸一拐，丑得跟蛤蟆似的。两旁屋舍鳞次栉比，看上去恍若天崩地塌过的那条大道，是段坡道，一路往高处延伸而去，尽头处是个丁字路口，那儿又是条通道。高僧您瞧，就快走出咱这镇子时，对面南北走向的那道上来了个人，好像是从左手那边往这儿拐了过来的。见我穿着素地夏季单衣伫立在那儿，便马上止下脚步。是个美女。

"她的装束打扮什么的我没太留意，好像手里拿了把洋伞。伞是撑在头上，还是合着支在地上，我已记不太清，可我只是觉得她长得实在太像那个不知去了哪儿的女孩了，对方也朝我微笑了一下。

"随后又来了个猎人模样的大汉，斗笠掩脸，脚蹬草鞋，肩头扛着猎枪，枪口系了面淡青色的小旗，手拽铁链，拖曳着一头大熊，慢慢悠悠地出现在了眼前。

"抬头是山，迎面是连接两个镇子的岔道口，横穿过道口，从左边街角的那个泥灰墙仓库，到右边街角处张挂着苇帘的糕饼店，不过也就隔着三四米的间距，走得再慢也就是一眨眼的工夫。

"熊背恍若乌云，眼看着就要掩覆住那伫立着的女子的前胸，于是我和女子侧身让到一边，随后继续朝前走去。后面跟着一大群小孩，怕是见了当地难得一见的野兽，才稀罕成这样的吧。

"右边视线被挡，我抢先几步，想赶去街角再看一眼，可还没习惯瘸着腿，又忘了手上还拄了根拐棍，脚下趔趄着一个前扑，跌倒在地，脚指甲都被撕开了，好久站不起身来。我想方设法探出身子一看，熊早已不知了去向，连影儿都找不着了。

"这之后，我天南地北四处奔波。在越前[1]木芽岭山麓遇到的背着木炭的女子啦；坐火车经过碓冰峰，出入隧道时，隔着车窗瞥见的茶店里女子的背影啦；还有在东京飞驰而过的马车上，都忍不住心里惊呼起来：'那不就是她吗？'有好多次我都好像见到了这女子，可留给我的印象都赶不上撞见那头熊时所遇见的那位，至今我仍清晰地记得她。

> 你的娇美身姿
> 让熊拐了去
> 在街角那儿，在街角那儿——
> 我拖着瘸腿
> 追赶不上

"我回到家里，和姨母说起这事。'手鞠谣曲里，好像没这么吟唱的吧？'我刚这么一问，便让姨母拦住了。'大白天都能见到这事，说出这话，你呀，准是身体太虚弱了。这些天可别再往外跑了。'姨母对我下了禁足令。

"听说从前便有人漂洋过海，拽着头熊，来这儿兜售真熊胆，可如今早已见不到这情形了，这是后话。"

1　旧地名，位于今福井县东部一带。

三十二

"待挨过些日子，姨母又这么俯在我枕边宽慰道：你真要那么纠结，那就上想去的地方散散心去吧，顺便也好跟谁打听下那谣曲。

"'我也好想听到妹妹的声息。'说着，她从小匣里取出钱，交到我手中。时至今日，姨母仍会塞些钱给我。

"算起来，我离开老家，前后已有五个年头！

"渡口、海湾、都市、乡村，我哪儿都找遍了，可还是没能找到自己渴望听到的谣曲。就算有些觉得相像，那也不过是结尾，要么是开头、中间或者间歇的地方，像是有些渴望听到的声息。还有就是，现在小孩子也已不大玩得来手鞠，都无法拍着手鞠唱完一首谣曲，自然而然，长一些的谣曲，后半截也便在他们口中消失了。

"我想，寻常去找只怕行不通，于是越发想要见到小时候不知去向了的那位玩伴，都迫不及待了。有人说她是被恶魔拐跑了。望着高峻山峰白云缭绕，哪怕拽着常春藤翻山越岭，见到湖面雾气弥漫，哪怕踩着落叶涉水而过，我都想追上去。随你岩窟有多深，任你瀑布背后有多幽，我都想窥个彻底。甚至还一边揣摩着，说不定凭了哪份前世因缘，能让我们再度重逢，一边走进深山，独自伫立在青面金刚墓冢前，等待农历廿六夜晚的月亮跃出山坳。

"就是那段日子，我在秋谷的小河里捡到了一个漂亮的手鞠。那条绽放着石竹花的小河，名字听着就叫人喜欢，叫霞川。

"听宰八说，那女子给了名叫嘉吉的男子一颗翠绿珠宝，顶着月光下骤然下起的阵雨，顺着山路，口中吟唱着童谣，扬长而去。

这是上哪儿去的小路呀，

小路呀？

是上明神神社那儿去的小路呀，

小路呀。

"光听说她是口中吟唱着童谣这么走了去，我便像是听到了那声音似的。"

云游僧似乎听得入了神，微微叹了口气。

"真是可喜可贺。这么说，那谣曲您打听到了？"

"谣曲始终都没能找到，只是声息总觉得像她——不，应该是她。把玩这手鞠的多半便是那女子。我想，说不定会在这座空宅里见到她的人影——不如说我相信会这样。

"我缠着大爷在这儿借下一间屋，可住进来后，手鞠当天就被收了回去——我觉得是被她收了回去。这女子长得好看，心气也高，想必她心里不乐意像我这样的人捡走她的手鞠吧。

"或许她本是想拿去供奉在小河下游秋谷明神神社里的吧。真要那样，那儿不是处名胜吗？出产子石，海湾那儿散落着的石头？然后这石头也便和编织手鞠的丝线一样，被染得五彩斑斓，迸溅出璀璨光泽。这色泽相继幻化为紫、绿、靛蓝和碧青，在海波的折射下，就此在太平洋上径自铺展出一道月夜之虹来，那倒也说不定哩。"

叶越明又沉浸在想象里，耷拉着颈项。

"是报应，是罪过。这儿发生了这么多诡异的事，还不全都缘于我的欲念和依恋？谁让我行旅途中偏偏捡拾了这手鞠？这不是报应又是什么？我觉着，我这么觉着。

"要作祟你就作祟吧！精诚所至，金石为开。没听到那首谣曲，我绝不会停下寻找的脚步。

"也许是我执念太深了吧？让我当面遇上的那些谣曲，诡异也好，瘆人也罢，说不定都是不知姓甚名谁的什么人在暗示我："这不就是你渴望听到的谣曲吗？'因为意识到了这，随后但凡遇到谣曲，我便都会一一试着低声哼唱一番——不是有行灯空中飘浮的事吗？

> 你美丽的身姿
> 面容
> 映在了
> 穿越葱绿蚊帐
> 穿越蚊帐周遭
> 来无影去无踪的
> 行灯里……

"不用我说你也明白，这不是我要找的那谣曲。还有——

> 你美丽的茅舍
> 影子落在门前的地里
> 露水打湿屋顶的杂草
> 月宫桂树掩阴的茅屋……

"和那谣曲也没半点相像。我听到鹅在屋顶上叫唤，不免担忧它们会让袭来的海涛给卷挟了去。门板上映出马的身影，我便惊恐是不是坠入了牛首马面的地狱。

鹅在屋顶上叫唤

门板映出马驹影

"似梦似醒中，不绝如缕，耳边会响起这谣曲。可我心里明白，这不是我要找的那谣曲。

"'别的我都能忍，行行好，让我听到那谣曲吧！'我这样斋戒祈祷道，把自己幽闭在寺院里。遭报应，我认了，我也不怕罪愆转重。"

叶越明越说越激奋，随后又像留意到了什么，悄然望了眼云游僧。

"只是，她收回手鞠，会不会是在告诉我，休想从她那儿得知那谣曲的任何消息？真要那样，未免太绝情了。

"啊，我太东拉西扯了，跟八岐大蛇[1]似的，手鞠……便是这样。猫从天花板上掉落下来的前一刻，我正面朝檐廊独自端坐着，没想到胭脂花荫里，'哧溜哧溜'，蹿出三个小孩来，戴了芋叶面罩。他们好像也很意外，一边打量着我，一边就像小狗跟人套近乎似的挨近过来，从檐廊那儿窥视着我，待发现了那只手鞠，他们便彼此点了下头，嚷道：'快把它给我们！'

"'是你们的吗？'

"听我这么问，他们便摇摇头。

"'那它就是叔叔我的！'我刚这么一说，他们仨便哈哈大笑起来，就好像在嘲笑一个大男人还玩手鞠。

"随后他们便拿过手鞠，屁颠屁颠地不知去了哪儿。"

1　日本神话中的妖怪或祸神。据《古事记》《日本书纪》记载，八岐大蛇拥有八头八尾，躯体如八座山峰、八条山谷般巨大。

三十三

"难怪老觉着有人背后说我坏话。哈,原来是你俩啊!"

宰八口中"嗨哼"一声,就这么直立着,将背上包袱卸在了正好齐腰高的那檐廊地板上。

"这倒也罢了。"

他边解开包袱扣结,边压低嗓门说道:"只是受不了让人背后指指戳戳着屋顶隔板里那事。"

说着,宰八又一下恢复了他那大嗓门:"好吧,这回不只我一个。喜十郎老爷身边的仁右卫门,就是'苦虫',还有学校的先生,我和他俩结伴来到大门口。

"我们仨走在那树荫下,就跟一头扎进黑地里似的。我跟您说呀,'苦虫'这老爷子,都一把年纪了,竟和新嫁娘让人给搂住了似的哇哇乱叫。"

"怎么啦?"

"莫非又撞见了什么?"

云游僧也伸长脖子,从宰八背来的被褥包袱的上方,探出脸来。

宰八见是法师,忙胡乱扒下红头巾,带着歉意道:"这可真是,哎呀,法师您也在啊,失敬失敬。本家那边也托我问您好,喜十郎老爷改日会来看您,请您先好好歇着。

"我就是这么个粗人,也不懂礼数什么的。家里老太婆叮嘱我好好招呼您,您瞧,还让我带了您说好吃的团子来,给您当茶点。回头我就去替您张罗蚊香,顺便再替您煮上壶酽茶。

"先不说这个,您瞧,想到贵客一准早已饿了,我便从本家那边又用多层食盒装满饭菜带了来。'苦虫'那家伙便是提着这食盒时，跟前边说到的那样哇哇乱叫的。

"从门外那片杂草丛生的原野上过来，就跟渡过激流险滩似的，我们仨脚下跟跄着，足足花了半个时辰，真是丢人现眼。耽误得这么久，多有怠慢。"

"真是惊累到你们了。"云游僧殷勤谦恭地低头施礼。

"还有那二位呢？他们怎么了？"叶越明问道。

"啊，是那样。听到'哇哇'惊叫，我跟您说呀，我便问他：'怎么啦，仁右卫门？''苦虫'便板着个脸，说：'啊呀，真活见鬼了。就在我鼻尖前，飘飘忽忽地闪出张刷白的芋叶长脸，冲我龇牙咧嘴狞笑了下，便蹿去了一边。我向来大大咧咧，就算精灵橱里葫芦"啪"地掉落在地，也从不会去揣摩是不是祖宗在告诫我，照样自顾自啜着老酒，因为我明白那是藤蔓枯了的缘故。可这会儿都不见有一丝风，难不成芋叶自己会腾空走动？没这道理啊。哎呀，活见鬼了！我身上汗毛都倒竖了起来。得赶紧回家，蒙上床被子，好好发身汗，人就跟病了、头痛得快要裂开来似的。'

"'苦虫'缩成一团。

"'大概又是哪儿窜出来的小孩子吧？'我这么宽慰他。'那更瘆人。他们唱的谣曲声也叫人受不了。还有那，就是那，回荡在山谷里的石块敲击声，时辰刚好又是在申时[1]。'他这么回我，脸色都变苍白了，说着撂下包袱，跌跌撞撞地回去了。

"训导先生还在，我便央求他：'替我提着那食盒格子！'

"他回了我一声：'我才不愿意哩！'

"然后呢，我问他：'干吗不愿意？'

"这儿的话，本不该当着您客人的面再提起，您可别在意啊。

1　旧时时刻名，约为现在的下午四时。

"'编写军歌倒也罢了，成天摆弄哄小孩子家的摇篮曲啦、手鞠歌啦，给这种家伙送饭菜，他也配？'

"训导他不都这么说了吗？

"他说他也是听朋友说的，不过多半是从嚷嚷着上这儿来制伏妖魔的那帮子人那里道听途说来的。

"贵客您这是在哪儿高就啊？您真是写哄小孩子家摇篮曲的？就是写来张贴在橱柜隔扇门上的那种吗？"

叶越明脸上有些羞赧。

"我不写谣曲，只是记下听到的谣曲，积攒起来。听多了怕会记不住，这才……"

"是啊，看来又是我在瞎操心。也只有您了，待在这么个阴森吓人的大宅子里，都不见有丝毫惊慌。我本来还在揣想，您该不会张贴了驱散冤魂的画符吧？

"怎么说呢，是啊，我也说不清到底怎么了，听着有人背后说您不中听的话，我便无名火一蹿三丈高。

"'随您好了，不愿替客人提饭菜就别提。可您呢，好歹是学校的先生，而我呢，从没让您教过，所以您算不得是我老师，只是搭伴同路过来，该还有些朋友情分，螃蟹宰八我胳膊废了，那就助我一臂之力吧！'我都把话和他说到这份上了。

"他从帽子下剜了我一眼，甩来这么句话：'我才没你这种朋友哩，真没规矩！'说完掉头便跑了。他这是胆小，找借口，滑脚开溜了。瞧他那模样，跟韦驮天[1]似的，匆忙蹿进树

1　本为婆罗门教之神，后为佛教护法天神，又有为小孩祛除病魔之神的说法。相传佛祖舍利曾被捷疾鬼抢走，后由韦驮天追回，故韦驮天在民间又以健步如飞之神而著称，这里用的便是此意。

林里，冲着早已沿河岸走远了的仁右卫门老爷子的背影，大声喊叫着：'喂——！喂——！'活像茶番狂言中定九郎[1]转世再生似的。"

三十四

当天夜里也还太平无事，周遭万籁俱寂。待睡意渐渐袭来，都已过了上半夜。

云游僧让手擎烛台的宰八相送着，绕过厢房，走完长长回廊。走在一长溜儿的挡雨板前，感觉像是行走在林荫道上，恍若在故乡，友人正挂起蚊帐，独自清寂地等着自己的到来。

"就是这儿了吧？"

"朝左曳开那门，从铺着地板的门口进去后，第二道门那儿便是男人站着方便的地方了。一直走过去便是北边的檐廊，那儿也能出去。回头您往回走时别走错道。

"我都有两三年没见有谁穿过那儿去北边檐廊了，眼下这情形，要迷了路，都不知道该上哪儿去，是哩，连方位都找不着。"

"我都知道了。"

"还是不行，我得守在这儿。回头您认准了灯光再往外走。

"一道道隔扇门都已破败得不成样子，是哩，一个个都白花花的，和骷髅没什么两样，我都不敢独自站这儿，就因为法师您在，才壮了些胆子。您瞧，刚才光顾着说话，不知不觉喝了好几

1　茶番狂言,日本旧时滑稽剧、闹剧;定九郎,茶番狂言剧中人物名,专干杀人越货的勾当,后来也泛指放荡不羁的武士、窃贼、通缉犯等。

壶茶，我也得进去方便下才行，您等着我啊。"

云游僧一边打开门，一边说了声："叨扰了。"随手又"啪"地合上门。

"啊，啊，真瘆人。在和谁寒暄？南无阿弥陀佛。南无阿弥陀佛。嗻，脑子里一下尽想到些不吉利的事。那边一溜儿破隔扇门，要窥上一眼，还不知会窥到什么哩？南无阿弥陀佛，啊，南无阿弥陀佛……呀！蜡烛东摇西歪，这风又会是哪儿吹来的呢？烛火要熄了，我还不得转眼间迷失在六道轮回的路口？南无阿弥陀佛。法师，您还没好？"

"就快——"

"呀！"

云游僧曳开半扇门，只见里边伫立着一袭深灰色袈裟。

"劳驾用烛台照我一下。"

"嗯，我说您哪，有什么话等门打开后再说也不迟，是吧？刚才还以为是门板在说话哩，吓我一大跳。哎呀，这都什么事哩。"

"门口那飘窗下有只净手钵，进来时见过，只是宅邸太大，天色又暗，怕已记不得到底在哪儿了。"

"啊，您是要洗手？"

宰八只是径直将烛台朝云游僧戳了过去。

"这个钵呀，天亮后就能看清，很大，青铜铸的，当初还是用一头牛给曳进这宅邸的，摆在那儿特气派。这会儿我可不敢开门往外走。

"嗯，风好像缓些了。

"那钵里要有水还好，要没水，您先忍着，待回屋后，我用壶里剩下的水替您冲洗。"

"有水，有水。"

"哗啦"一声水响。

"好凉爽洁净的水，满满一钵哩！"

"您别诳我。哪来的洁净水？井水发了绿，小河里的水又浑浊得发白。"

"那或许是烛光里看着洁净吧？"

"还有，不对呀，怎么也不会是满的啊。"

"不，满得都快溢出沿口了。啊，叶越君看着便是个爱洁净的人，毛巾都这么白净。"

云游僧说到这，便沉默了下来，好一会儿都没再出声。

自今年始卯月八日为黄道吉日
是喜鹊是蛆虫成败自见分晓

"这倒着贴这儿的，会是谁写下的呢？"

"南无阿弥陀佛、南无阿弥陀佛……"

"呵呵，好笔墨。"云游僧俨若高僧大德，不紧不慢地高声赏叹道。可没过片刻，便又露出贫僧原形，慌里慌张着，急急走了出来。

"行啦行啦，您利索些出来吧，我已憋不住了，都想去屋外庭院解决了。"

"谁真会写在这儿的呢？挺像女子的手笔。"

云游僧刚才分明还在称赏毛巾洁净，可这会儿从自己袖袋里掏出的折叠着的手帕，却已是有些用脏了的。

"南无阿弥陀佛。那……那呀，据说便是在隔壁那个小房间里咽了气的，也不知是从哪儿来的大户人家小姐，写了贴在那儿的哩。就在前边那儿。眼下这事儿还是别去管它的好。我从头到脚都打起战来了。"

"原来是这样。哎呀，我也是，刚才想拭下手，那新缝制的拭毛巾又冷又湿，忍不住心里打了个冷战。"

只听到"呀"的一声，一旁蹿出个人来，"嗵"地踩踏住了，随后放轻脚步似的，猫着腰，在原地跟跟跄跄。

三十五

"这么摇摇曳曳，灯火都快晃熄灭了。给我，我来替你拿着那烛台。"

"那就有劳您啦！好吧，请您接住。顺便祈愿，您身穿袈裟的尊体，光明奕奕，佛法无边。"

云游僧接过烛台，朝前跨出一步，唤了声："大爷！"

像是让这突如其来的叫唤给惊着了，宰八"哎呀"了一声，忙收起那只还灵便的手，和另一只废了的手搁在一起，一边摊开掌心，一边半蹲着，仰脸望着云游僧，满脸皱纹让烛火映成通红——老爷子彤红熟透，和尚道行尚嫌青涩，他俩有一搭没一搭地在走廊尽头说着话，活脱脱就像鬼魂亡灵正在那儿窃窃私语。

"嗯。"

"好像谁在呻吟，不知从哪儿传来的？"

"老这么吓唬人，有意思吗？"

"您听！那……"

"呜……呜……呜……"声音挺瘆人。

"大爷，是您在呻吟吗？"

"别瞎说！"宰八皱起眉头，满脸怏怏不乐。

"哼，是难产时的呻吟声。哎呀，好像是少奶奶在哼哼，是她变成姑获鸟，在啼叫哩！敢情是最里边那间小屋子那儿传来的。"

"我不清楚是不是最里边，是不是那小屋子。应该不是隔扇门那儿。说不定是厕所那里？"

"哎哟哟，您不是刚进去过吗？"

"莫非是……"

云游僧偏着脑袋，做谛听状。

"哦，是庭院，是庭院，挡雨门板外边。"

"啊呀！"

宰八也赶紧听了下，心里似乎有了底，这才松了口气。

"是在外边。这挡雨窗板，对了，就跟筑了道铁壁似的。"他说着，用力摁了下门板，又开双腿说道，"混账东西，有种你倒是进来呗！浑蛋，今儿可是有高僧大德在护持着哩！"

"佛祖才不会眼睁睁看着你来这儿轻狂撒泼哩。那不是人声吗？大爷，打开门板看下好吧？会是谁呢？看样子挺痛苦的。"

"我说这会儿您快别作声，怕中招。那可是招数。混账东西用这招数把咱俩连背带拽给弄了去，又是在您天灵盖上撒盐，又是拧住我手脚，骂上声'月夜螃蟹[1]瘦无肉'，给扔在一边。门板开不得，别打开，赶紧回屋里去。"

"啊呀，您听！那不是在喊'救救我'？"

"哼！招数变得还挺快。那是在诱惑您哩。知道大和尚您在，

1　宰八出场时头巾绾结，翘棱着，恍若舞动着的蟹钳，故而后文中也时不时会用螃蟹这个词来指代宰八。另外，日语中"月夜之蟹"也含有傻愣无脑之意。

想借您慈悲心肠诱您上当哩。门板开不得。"

正这么提醒着的当儿，那喊声越发清晰起来，嗓音还带着嘶哑。

"快救救我！"

"……"

"……"

"宰八哟——"

声音藏在茜草丛中，听着跟虫声似的。

废了只胳膊的"螃蟹"，打着战栗，站起身来。

"嘿呀，是'苦虫'在叫唤哩！"

"什么？是虫叫？"

"嗯，是仁右卫门的声音。南无阿弥陀佛。您瞧，就是天刚擦黑那会儿，从大门口逃了回去的老爷子，这时辰怎么又会来到这儿？瞧这狗日的，真……真够惨，没想到会惨成这模样。是啊，好歹我是个人，总会有灵验神佛暗地里护佑我，你不是挺会耍小聪明的吗？人家才懒得管你哩。"

说着，宰八离开挡雨门板，摇晃着一只肩膀，正待走近前去。这才发觉前边宽廊尽头，离檐廊地板两尺开外的地方，忽然间闪出盏灯来，白纸罩的，就和行将熄灭了的灯笼一样，那灯踱着方步走动了起来。

"啊呀！"宰八倒退几步，后背挪蹭着云游僧，催促道，"快念经，都已经进来了。南无阿弥，南无阿弥……"

云游僧也便踮起脚，有些站立不稳，隔着宰八，朝前觑了眼。

"是盏行灯哩。想必是见我俩上厕所上得太久，叶越君他放心不下，从屋里赶来看个究竟。这下好啦，三人合一起，让我胆子也壮了许多，这道挡雨门板能打开了吧？"

"哎呀，刚说了打开不得。"

"可是，那不是在叫唤着'快来救救我'吗？说是'对待鬼神也得施行正道才是'。咱们慈悲为怀，他总不见得还会来害咱们吧。"

抽去门闩，用力推开，门枢"嘎嘎"作响，门板很顺当地被打开。他还没来得及绾起衣袖遮挡下，那灯便"嗖"地熄灭在了夜风里。月影朦胧，就跟掩着吉野纸[1]似的，昏暗角落里，茜草丛深处，有个人歪在那儿，让月光映着，就在眼前的石凳上，手脚并用地爬来爬去，这人又会是谁呢？

三十六

一见那人模样，比听声音更叫人确信，趴在石凳上一迭声呻吟着的，正是"苦虫"仁右卫门。

待确认月光下那人是"苦虫"，虽还都心存疑虑，可多少已觉得释然。就在这时，见叶越明手提行灯走了过来，宰八这才渐渐回过神来，重新打起精神，依着两位住客的心思，横下心来，朝庭院走去。开弓没有回头箭，都到了这份上，谁还会去埋怨露水打湿鞋脚这事？他便是这么个老爷子。

"唰唰唰"，待拨开茜草藤蔓，宰八蹭到"苦虫"身前，刚问了声："老爷子你这是怎么啦？"对方便一把攥住他伸去的手，央求似的用手指着，道："啊，宰八吧？救救我！"宰八用力攥住他左臂，仍不忘取笑他道："当你是野兽嘛，嫌毛发太稀少。呵

---

[1] 出产于奈良吉野的和纸，以楮皮纤维为原料精心制作而成，纤薄、柔和，主要用作大漆过滤纸及贵重品包装纸。

105

呵，简直和真仁右卫门是一个模子刻出来的，还挺会玩幻化术哩！"一边这么说着，一边用肩膀架着扶他起来。本是踩着石凳在往庭院外走，可双脚就像踩在泥田里，呼哧呼哧着，气都快喘不上来了。仁右卫门仍在有气无力地抱怨着"搂这么紧，脖子都快被你掐住了"，可宰八只想着快刀斩乱麻，一跳一滑着，愣是将他拽到了檐廊里。这当儿叶越明又打开了一道挡雨板，正在那儿候着，见到此状，便迎上前去问候道："您还好吧？来，这边走。"赶紧帮衬着将他们让进屋去。见仁右卫门右手握着支竹矛，他吃了一惊，想探问个究竟。

"这是……"

"给我喝口水。"仁右卫门说了声，舌头仍僵硬着，唇如土色。

见他手腕冰凉，浑身直打冷战，叶越明便劝道："先带他上屋里去。这儿太危险，这东西……"竹矛便先交由叶越明去管着。

矛尖切削得很锋利，掠过袈裟衣袖时，站在身后的云游僧慌忙躲到一边，口中说着："我拿行灯照着前边的路。"一马当先走在了头里。

"来，我背你！""螃蟹"宰八的背壳转向了仁右卫门。

"不，我还没到让你来背着的地步。"仁右卫门边推拒着，边用膝头蹭擦着地面爬进了檐廊，看去就跟衔住了云游僧后衣摆似的。

叶越明尾随在后，手持长长竹矛，矛尖闪烁着艳丽青光。

待合上身后的挡雨板，宰八多半是又来了兴头，开始嘲弄起仁右卫门来："老爷子，你这是腰折了还是怎么的？未免也太软蛋了吧？"

"嗯，脚底板都血肉模糊了。自个儿走，怕会到处抹上血渍。"仁右卫门边蹭爬着，边辩解道。"哎呀，那声音也太吵啦！"

宰八"哗啦"一下关死挡雨板，急忙躲到叶越明的背后。照在头里的行灯，傍着云游僧的下摆，正一路悬空而去。"苦虫"口中嗫嚅着"血肉模糊"，趴在那儿，竹矛压阵在后，"螃蟹"宰八则穿行在昏暗里。出现在宽廊里的这一幕委实非比寻常。

在屋子里，众人一番照料过后，仁右卫门渐渐清醒过来，待环视了下周遭，几度欲言又止，终于开口说道："实在对不住哩，贵客、大和尚，对宰八更是愧歉，少说也已有四十年交情，可还跟浑然不识脾性似的，都没脸再见你了。

"主人鹤谷老爷这处别墅，近来出了这么多蹊跷事，太诡异了，我'苦虫'仁右卫门觉着有太多地方得好好琢磨。于是便默不作声，两眼发直，足足寻思了三天两夜，总算明白过来，这是诡计！是那帮浑蛋在玩瞒天过海的把戏！你们想把这儿捣鼓成妖魔宅邸，筹谋得还真够漂亮的！反正随它荒芜着，迟早会有狐狸跑来做窝，就算不是狐狸，也会有要饭的进来蹭住，又不慎酿出了火灾。可就是这么个纵然倒贴也未必会有人愿意住下的宅子，却让那些想发不义之财的人动起了邪念，只要拆了朽烂柱子，卸下屋瓦，房子不就都揽入了他囊中？准是打着这主意，对，没错。哎呀，这可是明神神祇暗中在给我提着醒哩——睁眼瞧瞧，这些天逗留在这儿的那个过路的落魄书生，看着满脸斯文样，可弄不好和绘草子[1]里写的喜欢在人家门扉上标记好'我来也'字样，到了夜间便上门打劫的江洋大盗就是一路的，天擦黑时过来的云游僧自然也是同伙，茶店老太婆也都乖张得好反常，带着两位过来的宰八一准也已被拉拢了去。就因为这缘故，才会对鬼怪作祟都这么张皇夸大。且慢且慢，对了，嘉吉也是被收买了的。

———————
1　江户时代流行的带插画的通俗小说。

先给他灌上升酒，再让他装疯作傻，那还不是小菜一碟的事？这帮不识好歹的浑蛋，真是有眼不识泰山。可别忘了秋谷村除了出产甜柿，还有我'苦虫'在哩！我故意在你们面前装作胆怯，趁着黄昏滑脚溜走，其实是在学真田幸村[1]，打算到时杀他个回马枪，一举捣了这盗贼窝。

"跟平日似的，我到了黄昏便会来屋檐下转悠，先把嘉吉这小子给逮住，交给他父母好生看管着，再从屋顶那儿悬下根天蚕丝绳子来，挂上钩子，别挂行灯，得分开来派用场。

"那也是事先商定好的。和我一样，学校训导先生，黄昏时滑脚开溜那一幕，都看到了。另外我还去说动了一家妓馆的老板，让他暗中替我们打探这方面的消息。就这么三个人，筹划得还挺周密。"

两人去了大门那边，仁右卫门独自来了这儿，扬言等妖魔露面便上前捅死它。都已成了狐妖，杀了想必也不碍事。他这么琢磨着，便拽了支竹矛，从栅门口那儿进到庭院里，在月光地里边走边找，不知不觉便挨近到了挡雨板边上。心想装神弄鬼时总该会留下些破绽吧？便借着月色，两眼在屋顶周遭来回逡巡。

三十七

他分明看到屋顶上有只乌鸦。啊，那下边，两个产妇都还没

1　日本战国末名将，大阪之战中因以寡敌众而闻名，与源平合战中的源义经、南北朝时期的楠木正成一并被列为日本史上"三大末代悲剧英雄"。

活到注定寿数就已凄惶赴了黄泉，心里刚这么一想，屋顶上便好像晃出个人影来。

这人影先是在仁右卫门拨开茜草，蹑手蹑脚朝屋子挨近去的那会儿，便已影影绰绰映在了他眼前。随后呢，忽而站起，和茜草长叶形影不离，忽而躺下，像是钻进了茜草的根下，忽而浮起，正待作势掠过茜草叶尖。于是仁右卫门便揣想，多半是投影吧，自己的身子和竹矛交杂在一起，让月光给映在了地上，所以也没觉得有什么好奇怪，可不料转眼间，那人影却又移去了屋顶。

他一眼看去便感觉到，那招人怜爱的秀美削肩，和自己这扛惯了锄头的骨架比起来，纵然已让月光百般修饰过，相去何止千里百里。还有那柳腰。

款款细腰转向这边。和服由背脊微斜着披覆而下，铺展在了屋瓦上，轻轻掖起后拢在纤细小腿间，下摆就好像踹散了飘浮在空中，无遮无拦，无所依归，却翩然飘落在檐头缀结的硕大蛛网上，望去颇有一番水车为夜雾所缭绕的风情。后颈的洁白一直延展至后背，只是笼了层月色，远不及白天来得醒目和惊艳。月影朦胧中仍能看见浓密乌发上泛出一束绿意，树影恍若云霞纷然坠落，从身后裹拥着她那倩影。只见她正对着这边，仰脸略略望了望半空，抬起洁白如雪的上臂，静静抚弄着鬓发。

纤纤指尖悄然穿梭在秀发间，俨若倏忽隐现的银鱼。现在想来，此番情景按理说，当时根本不可能看到，可他确乎还看到了她耳朵在翕动。

"呔！是兽？是人？快吱上声！不管是人是鬼，还不都是想霸住这屋顶、赖在这宅邸里不肯走人？瞧我不来收拾你！"说着，仁右卫门退后一步，拽过竹矛顺手捋了下，照着此前用它叉鸟时记得的要领，把这称手锐器"嗖"地用力搠出，眼看着矛尖扎进了那人影右侧袖下，却不料本该站严实了的脚板底下，有什么东西在"咕咕咕"作声。

地面骤然变软变暖，就像踩在了柔软蓬松的棉花上，只觉得人在下沉，两腿使不上劲，都快要站立不住。仁右卫门被吓着了，他看了眼脚下，自觉着己这会儿似乎正踩在胭脂花上。

可事情远出乎意料。这白皙的鼓胀之物，天哪，竟然是仰面躺倒在地的女人的胸乳！此时自己正跣足踩踏在她心窝，那丰满鼓胀的两个乳房的中间！

仁右卫门浑身哆嗦着，待沉下眼来，定睛看去，只见一截白皙的咽喉痛苦地后仰着，一头乌发披散开来，唇间泄出一口洁净的白牙。是鹤谷家儿媳，初次生产便赴了黄泉的少奶奶。他怎么也忘不了她那张脸，鼻梁挺秀，都能穿透草丛。

老爷子像是被兜头浇了桶冰水。

他都还没来得及惊惧和疑惑，便已和暴殄天物似的，慌忙挪开踩在上面的那只脚，可不知不觉中，另一只脚随即又踩踏了上去。

听到女子呻吟了声，他赶紧挪开这只脚，原先收回的那只脚便又踩了上去。越是惊慌失措，下脚便越重。身子每被踩上一脚，那女子便"呜呜呜"啜泣上一回。口中鲜血淋漓，血珠挂在脖颈上，染红了前胸，又"唰"地流经乳房，带着微温，滴落到仁右卫门脚趾间。

仁右卫门惊叫了声"啊"，人软瘫下来，手挂住地面，不意却攥住了那头乌发。

"得罪了，少奶奶，多有得罪！"虽像是在做着梦似的，可他还是一个劲儿地赔着不是。被踩踏的那人影从苦恼中睁开眼来，错动着眼珠打量了下，嘴角翕动着微微一笑，血从唇间流淌了出来。

仁右卫门脚下似乎被胶住了。

正在原地扭着身子想要挣脱的当儿，他突然听到宰八的说话声，于是便呼救了几声，就连这呼救声，听着也都和呻吟似的，随后便被拽拉了起来。

此时宰八见到的庭院里的那几块石凳，刚才仁右卫门被魇住时，幻觉中竟看成了东家少奶奶的胸乳。他不是仍觉着脚被粘住、手上鲜血淋漓的吗？以致身子直到现在都还在哆嗦个不停。可透过行灯一看，手上脚下，都只是让夜露打湿后有些泛白而已。

"我也真是……我这上了六十岁的老爷子替你磕头赔不是了。宰八，都已深更半夜了，快送我回本家老宅去！这宅邸周边三百米内，哪怕片刻我都不想再待下去了。求你了，救救我这条老命吧！"仁右卫门这么唠叨着，情急之中逮着谁便是谁，累得都快支撑不住了，仍在磕头赔礼不止。

那边，不是还有两人七兜八转去了大门口吗？待一起出来，抬头一看，只见训导先生一屁股坐在前厅门口敷台前一块石凳上。那妓馆老板则没了踪影，后来才知道，他倒真是一溜烟早就逃走了。

待被问起"撞见什么了，都吓成了这样？"，他们便都摇着头没吭声。也不知道是谁先传了出去，后来便闪烁其词着，慢慢走漏开了风声。有人说看到有个穿着绯红裙裤，像是宫中女官的女子，黑眼睛，尖耳朵，挺瘆人，朦胧月色下，捋起衣袖，伫立在栅门口，有人说看到的是只红脸猴子，个头很大，尾巴裂成九绺——

三十八

屋子宽敞，两人住着很舒适。蚊帐挂钩分头系在了正对玄关的那两个墙角和两道隔扇门的上门框正中，大约占了十帖榻榻米大小房间的三分之一空间——到底是大户人家的夜间用具——低垂的浅绿蚊帐，竟还曳了截红麻长帷。他俩把枕头并排摆在了靠檐廊一侧。

"那天，一大早便下起了雨，白天暗得就像黑夜，就是这天深夜里的事……"叶越明刚讲到这，便很安稳地睡了过去。

他想跟我讲的一定是很蹊跷的一件事。可怜见的，这年轻人真要像他说的那样连日疲劳，还真是够他受的。今晚因为有我做伴，他稍稍安心了些，才疯了似的睡死了过去。小次郎法师这么思忖道，隔着蚊帐看着那盏行灯背倚壁龛，发出朦胧的白光。

纸罩不见有笔墨涂抹的痕迹，仿佛正待从榻榻米上腾挪而起，又像下摆被伸长，又像灯芯火苗往外蹿出，眼看着直往蚊帐里钻来，这可如何是好。

按说没人去拨过那灯芯，可叶越明那张睡脸却被照得通体透亮。

"喂，我说您可不能这么睡着，会着凉。"

他好像是觉着闷热，睡衣被蹬落到一边，袒裸着白皙胸膛。法师怕触碰到他清瘦的前胸，搅了他的睡梦，便蹑手蹑脚地替他将睡衣掖至胸口。见他浑然不觉，先舒了口气。要是和仁右卫门见到的那位少奶奶那样，手一触碰到他的胸脯时，便冲你又是吐血又是微笑的，还真不知该怎么办才好哩。

云游僧这么一思忖，便越发辗转反侧地睡不着了。眼不见为净，先合上眼再说。可合上眼后，眼睑仍眨巴个没完的，只好重新睁开。人一下又亢奋起来，就更睡不成觉了。

他拽过薄睡衣当作被衾，但觉袖子衣领那儿像是开了个偌大洞穴似的，自己正被拽住脚，哧溜哧溜地往那洞穴里拖去，于是越发惴惴不安得难忍难捱。

他干脆一把扯去睡衣，裸露出光秃秃的和尚头，随即又坏笑似的骂了声"好蠢"，纵然是自己的脸，也都觉得挺败兴。

于是他神情严肃地掖整齐衣领，放平枕头，气守丹田地沉静下来。

"众怨悉退散！"他仰面躺卧，口中念念有词。

云游僧心情似乎稍稍平静了些。正觉着迷迷瞪瞪中一阵睡意袭来时，只听得"啪嗒"一声，好像又有东西掉到了他枕边。

是雨滴吧？或者是蚊子吸饱了血訇然倒下的声响？似睡似醒中还没能听真切的当儿，又是"啪嗒"一声，紧接着便"啪嗒""啪嗒"连成串了，这会儿脸颊真被溅到了。

这才知道是凉飕飕的东西，掌心摸去，冰冷冰冷。云游僧打了个寒战，稍稍欠身坐起，惊恐中透过灯影看了看，谢天谢地，不是血滴。

刚想着会不会是屋顶漏雨，水滴便顺着蚊帐"哗啦哗啦"倾注而下。

凝神倾听，屋顶上似乎正下着大雨。

借宿的这座宅邸，气派得几乎非浮生若梦的尘世所有，却也凄寂得从来都不曾遇见过。不过夜半漏雨这种事，他在云游生涯中早已司空见惯，于是法师便默然着，想等雨漏慢慢停息。孰料水滴繁密起来，薄睡衣下半截被打湿，眼看着就要溅起水花来。

屋顶竟还传出"昂昂"的鹅叫声。整座宅邸该不会都已沉入霞川河底了吧？一大滴水珠"啪"地击打在他额头上，随即洇渗至鼻尖。法师蓦地坐起身来，抓过枕头扒拉到边上，挪蹭膝头挨近叶越明，扯着裹住了他肩头的那睡衣袖子，唤道：

"喂，屋子漏雨了，还挺厉害！喂，叶越君！"

可是叶越明毫无反应。

看着该是睡觉时很容易惊醒的一个人，没想到……法师暗自觉得惊讶，伸过手去，掩在他鼻尖上，叶越明睡得很沉，呼吸粗重得都能掀动狗尾巴草穗子似的。

"啊，睡得还真香。"

法师端详着他的脸，眼梢处睫毛浓黑，眸子熠熠生辉，恍若清冽玉石，莫非也是让漏雨水滴给濡湿了的？非也……

我也是过来人。只是你还头发乌黑，脸庞白皙，而我早已满头花白，一脸黯黄啊！咱俩都是漂泊在这无常尘世的孤儿啊！法师不觉洒落下自艾自怜的泪水，与酣睡中的叶越明诉说着衷肠。

法师打量了下四周，才明白他何以能睡得这么死沉。搅得自己心乱如麻的雨漏，原来只往自己身上打，叶越明睡铺那边，竟连夜间出来觅食的跳蚤都找不到一只。

天哪！弄不好，这是妖魔口中滴落的涎水哩！

三十九

虽说法师醒悟到了那雨漏不过是场梦幻，可眼看着衣物被濡湿，身上但觉冷飕飕的，这滋味可比当小和尚时，斗笠都还没来得及戴上，便被山寺主持差遣去村里买豆腐那会儿还要不好受。因为难忍难耐，法师便撩起蚊帐下摆，钻了出来，可又拿不定主意，该上哪儿去安顿这一夜。

一颗心恍若客栈行灯，紧挨檐头，行将熄灭在骤雨里。

云游僧蹭挪膝头，挨近到屋里灯火那儿。

他上下打量睡衣，没见有哪儿被打湿，连露水都没沾一滴。本来一心想着用它先擦拭脸颊和胳膊，可睡铺上压根儿没一丝雨滴声。

他伸长胳膊，身子后仰，边擦拭，边口中念念有词："一众怨魂，悉数退去！"

一颗心这才平静了下来。也不知道是不是这咒语灵验了，反正连蚊子嗡嗡声也都消失了，周遭重又恢复了原先的阒寂。

太安静了，他不由得又担忧起来，自己这身子会不会也消弭在了这安静中？本来已合上的眼睛，仿佛刚从睡梦中醒来，虽眼神恍惚，却双目圆睁，都能望穿那挺拔的灯芯。

这时，倏忽闪出个影子，透过光亮爬向行灯，是只蜘蛛，足有女子手掌那么大。一瞬间，云游僧吓得缩起了脖子。可不对，不像是蜘蛛，他终于看清了，那是树叶，先是撞在屋柱上，终至飘落到了行灯油壶前，是枫叶，还绿着。

云游僧下意识地伸手捡拾了起来。这么做是不是真想验证下到底是树叶呢还是别的，就连他自己也都觉着茫然。

接着又"唰"地闪过道影子，似乎是让斜刺里一阵疾风骤雨给刮了来的，滴溜溜打着转，掉落在地。

再次伸手捡拾起的当儿，他不由自主地脱口计数。先是前面那片落叶，他数了声"一"，还没等数完"二"，第三片落叶，是榉树叶，和贝壳差不多大小，已掠过行灯飘落了过来，闪过很大一道影儿。

"三。"口中刚这么嗫嚅着，第四片落叶已被挡在了行灯纸罩前，"哗哗"作声。

"第四片、第五片、第六片、第七片……"他边数边捡，堆在膝上，膝头很快便让落叶给掩埋住了。

他仰脸望向天空，但觉屋顶高不可测，自己仿佛置身在暗夜深山里。

哦，也许是哪个妖魔打算今晚从空中飞经此地，于是将这片森林当作进献给土地爷的伴手礼，以便从他那里换取关隘戍守予以放行的通行证吧。待拂去膝上堆积的落叶，他突然站起身来，整个身子也便随同纷然坠地的树叶一起，"哗啦啦"哆嗦了起来。

"咳咳！"像是想把咳嗽揉碎在喉咙里似的，云游僧嘶哑地咳了几声，漫无头绪地眨巴着眼睛，只想着能让心思挪移开去，只是去包袱里取出佛经来念也为时已晚。还真是哩，恍然间，他想到了隔扇门上草草贴着的那四五张半纸[1]。

天傍黑那会儿就已听说了，那还都是叶越明住进来后收集到的童谣，他把它们抄录下来，一朝一夕配上曲子唱上遍，或拖着调儿念上遍，好记在心里。

于是他这么伫立着，凑过身子去看了眼，最先落入眼里的，是用浓墨抄录的那首：

落叶一片

云游僧更是悚然一惊。

落叶一片，

1　传统和纸之一，制作方式与性质类于宣纸。

两片，三片，

十片，二十片，三十片，

落叶最终数到几片，也便是你几岁，

你几岁……

一回头，那边还有堆落叶，像是扫到一半丢弃在了那儿的，青绿中已泛着些黑，散落在一边。

令人怀念哟，石竹花。

霞川里流淌着你的倩影，

你那容颜啊，容颜……

透过半纸、透过隔扇门，似乎都能看到那边有个影影绰绰的白皙面影。云游僧竖起耳朵谛听，但觉耳朵深处传来了琴声，就仿佛是从高朗的天空和深厚的大地、从无限遥远深邃的星座和海中龙宫的夜明灯那儿一块儿传了过来。"丁零零！"那琴声，听上去就像有人晃了晃黄金铸的摇铃一般。

他惊讶地看了眼半纸。

丁零零

但觉这几个字似乎在瞳仁前应声晃动了一下。

紧随其后——

琴声……

那半纸上这么抄录着。

四十

云游僧思忖着得让心神安顿下来，先是重新披掖齐整掩襟，随后想到包袱里有尊佛像，可以取出来借这屋里的壁龛临时摆放下，便动手去打开那行李。深更半夜做出这番举动，还真有几分酷肖木曾道[1]上拦路盗贼的模样。

他双手捧出那个黑漆小佛龛，仅三寸长短，怕沾染污秽，用金丝织锦缎裹着。待叠好袈裟，铺在桌上，便把它摆放了上去。

这间屋子的陈设依照的本是京都的风尚。壁龛边上一排高大的橱柜，直挨至檐廊那儿，橱柜旁镶嵌着一个可以望向庭院的圆窗，和一轮满月似的。推开窗门，扑入眼帘的便是叶山。只见草树繁茂，层峦叠嶂，恍若涌向天际的波涛。叶越明说，眼下住着的这屋子太像他故乡老宅那间早已毁于火灾的书斋了，就跟一个模子里浇铸出来似的，不仅令他怀念不已，还让他觉着是个好兆头，预示他有望在这儿达成心愿。这儿把他给迷住了，因为这么觉着，便有些分辨不清，一下把这橱柜当成了自己的书桌，还把行囊中带着的砚台搁在了桌上，另外拽来张踏脚凳，权当椅子。

见四周还很宽舒，他又把水壶、茶具之类的器具一并都摆放上。

从见到他风尘仆仆模样的第一眼起，便隐隐觉得这人好像

1　从江户经内陆前往京都的道路。

118

心里已拿定了主意，所以古道热肠的宰八爷送被褥过来时，顺便还背了张几案来，见他没用，只是收在壁龛角落里，免得沾上灰尘，吃夜宵时还没忘了提醒道，住着要是还合意，想多逗留几天的话，可以用它看书写字。

那几案这时就搁在这儿。

云游僧放下佛龛，环视了下四周，正琢磨着该把它重新安置在哪儿，这当儿，蚊帐里足足传来三声喊叫，很痛苦，是叶越明被噩梦魇住了。只是他喊得撕心裂肺，还没等云游僧去摇醒他，谢天谢地，他便已先自安静了下来。

他曳开拉门，独自来到檐廊上。一侧的顺着庭院走进宅子来的口子那儿，平日且不去管它，今儿晚上倒是挺安静，什么事也没有。一个劲儿提心吊胆着正对着这边的那天花板的角落，就是大扫除时掉落了块木板的那儿，还有便是它的底下，从没见有人打开过的那道隔开两间屋子的隔扇门的接缝处。

"神佛保佑！"

他一边这么祝祷着，一边取过几案，用手摁住，目不转睛地注视着。正待从坐褥上站起离开的当儿，只听得有人说了声：

"且慢，稍候！"

那声音就像有重物掉落在地，又像是从地底下传来的。

是叶越明在招呼我吗？云游僧刚这么一寻思，待见到蚊帐里的叶越明仍被死死魇在噩梦里，他马上敛声屏息，在一旁静待着。

"……"

他脸色都变了。

隔扇门的背后——

"客僧稍候，马上有人往那边去，请别挡了道。您非走这儿不可，可以悉听尊便。不过为了佛像，还是请您稍作避让为宜。不，我可绝无冒犯您的意思。"

循声望去，只见隔扇门楣和屋梁之间现出个魁伟人物来，肩膀和雨漏在墙上勾描出的魑魅魍魉一般高，脑袋越过门楣探向这边，粗眉大眼，鼻梁挺拔，嘴角方正，脸颊丰满，必是气度非凡之人，殆可无疑。上身一袭薄麻料单衣，用漆描绘的家纹呈门把手状，洁白掩襟交叠着。下身穿着同样素白无纹饰的裙裤，折缝挺括。就仿佛瞬间占住了整整一道隔扇门似的，突然伫立在那儿。他右手露在短促的衣袖外，攥了把没打开的折扇，和颜悦色地大摇大摆着走了出来，慢慢腾腾地挪到客僧面前，一屁股坐了下来。云游僧就好像让一头褐色大牛给严严实实地压在了身下似的，但觉气势上先输了一头。

他勉力支撑住眼看就快趴倒在几案上的前胸，发问道："你是谁？"

"我正巡行六十余州。"

"姓甚名谁？何方神圣？"

"我便是无远弗届、无所不在的恶左卫门。"那人一边打开折扇，一边继续说道，"此番途经秋谷，自当唤作秋谷恶左卫门才是。"

"恶？"

"恶，便是善恶的恶。"

"哎呀！竟是恶魔！该不会又是来祸害人间的吧？"

"哪儿的话。你看我一路行来，还不都在避让着人？天宇里清光流溢，纵然是暗夜，乌鸦也总会翅翼生辉，香鱼在浅滩里银鳞闪烁。为了好好看一眼朗朗明月，不见有一丝荫翳的那种，让人丢弃在岸边的小船也好，山野荒寺的檐廊也罢，我一概都不会上那儿去观月。这深更半夜的，若要挑个绝不会有人迹出没的去处，您说还有哪儿能比得上这茅屋屋顶的呢？

"可是，还就有人偏偏挑了这么个时辰赶来看我热闹，倒了大霉那也只好怪他们自讨苦吃。"

四十一

"大白天，路经天下通衢大道时，若迎面有人过来，我便会让出道来。万一撞上了，便躲到路边，先待人过去，再随在后面重新上路。可要是有人时不时回头打量，我便会觉着心烦，不愿始终这隐着身。至于见了我的原形，受到惊吓，还不都得怪罪于这家伙自己？

"怎么，客僧您还信不过鄙人？"恶左卫门微微一笑，从屋顶俯瞰着客僧光秃秃的脑袋，继续说道，"都这么跟您说了，想来仍难以让您释怀，竟还会有我等异类生存在这世上，是吧？嗯，瞧您，都惊疑得瞠目结舌哩。瞪这么大，还不得马上眨下眼？

"这天下，哪怕有人整夜都不打个盹，可还没见有谁能不眨下眼的。我恶左卫门一众兄弟，便是趁着人眨眼的间隙，在经营着自己的世界。您知道吗？眨眼这一秒间，借着日光，便足以让我摄取你们容貌、衣饰的一切，直至每一根睫毛。有朝一日，等你们死去，仍能让它们栩栩如生，在这世上流传好几百年。木石相击，点燃篝木，不过眨眼间的工夫。扑灭篝火也尤非一眨眼的事。枪弹洞穿人体也同样是。

"世间所有生灭流转，流水也好，刮风也罢，树叶青翠，日头彤红，无不都是生成于一个人眨一下眼的瞬间。这世上从不会有什么真的消失，只不过是在某个瞬间，在某个人眨眼的那一刻暂时消失。一旦明白了这一点，您也便不会再觉得我等生存在世有什么好怪异的了。"

恶左卫门说着，又冲云游僧从容地点了点头。

"这后面呢，客僧您听我说。

"月亮隐入云中，天地倏忽变黑，都没人觉得有什么好奇怪的，却让一盏行灯意外熄灭给吓得乱作一团。天上有流星飞逝而过，没人觉得有什么好诡异的，却在那儿为地里的西瓜蹦跶了一下而死命嚷嚷。这些纵然可以说都是他们自找的，可眼下他们受到惊吓，毕竟是我辈的所作所为所致。一旦吓破了胆，身心大受伤害，我辈修业路上自又多了道障壁，罪孽也将加重，实在是太对不住您了。"

待稍稍叹息了声后，那人又重新说道："那会儿，是这个月的月初吧，这宅邸有别的客人进来暂住，身份境况也都和您相仿，是个好人。我们想陪在边上，像自己的眷属那样照料她。她本想找一处不会有人光顾的空屋，这才在这儿安顿下来的，可没想到，刚才在那儿酣睡着的少年，那个不惜赌上身家性命、一心想着要去完成心愿的主儿，在她之前便已推门而入，踏过草丛住了进来。之后也便有了杂七杂八的人在这儿窜进窜出，整天吵吵闹闹，四下里都被搅扰得不轻。就因为这缘故，我等知道了后，便想把他们都撵走，只是对这少年却下不了手。

"他的内心一点都不像他的容貌，要有多坚忍固执就有多坚忍固执。和人说话，谈的都是让人高兴和期待的事，而愚蠢的事，他自己就羞于提及，更不会当着您客僧的面透露半点风声。不，其实我还试探过他，手法不免有些残忍，我背地里作祟诅咒，让大磐石砸中他的胸口，再骑跨上去，掐住他的喉咙，用七条蛇缠住四肢，直至听任龇牙咧嘴的蜥蜴上前撕咬一番。可纵然如此，他还是死死撑住不肯退却半步，反倒还从容地唱起了歌来，最终我不得不彻底认输，于是只得动用最后一招，试着唆使这少年去杀人——被杀者嘛，还不就是客僧您？"说罢，他两眼直勾勾盯住云游僧。

虽也做了心理准备，可事到临头，云游僧仍忍不住浑身打起战来。"这……这……这儿莫非是……地府冥界？"

恶左卫门略略错动着眼珠，见云游僧已是这神情，丰肥的脸颊上便缀满了笑，强忍着吃吃笑出声来。"不，这儿仍是阳间，并无异常。只是刚才少年让噩梦魇住了的那会儿，想必客僧您也曾心口一阵作痛吧？"

云游僧脱口回了声："嗯。"

"那是少年给您下了毒。"

"……"

"这毒倒也稀松平常，只是些井水罢了，是用摆放在收纳挡雨板那柜子上的紫砂罐打来的。那井不是被掩埋了很久吗？井水颜色也都已发了绿，和澄清的草汁没什么两样。

"客僧你俩沏茶的水都是老爷子打来的，那是河水。虽有些浑浊泛白，可人家都觉着要好些，便都用它来沏茶。偏偏这少年，因为前面见过河里漂过的猫尸，便觉得喝不得，愿意喝这井水。

"方才我也都说了，他虽罪孽还不至非杀不可的地步，可我还是要咒他，昼夜备受责罚，睡眠不得有片刻安宁。不过我也不希望他因此而折寿，所以每天夜里，趁少年没留意时，我们便会替他穿上和服，系好绯红腰带，将一种盛装在宝蓝色玛瑙壶里、秘不示人的酽绿的酒当作起死回生的药剂，事先滴在那井水里，然后像往常那样，差遣长了张狗脸的女仆替他端过去。"

四十二

"少年尝了口，咂咂嘴，惊叹它和天赐的灵泉琼浆一样甘美。

"我辈当即便令少年魂魄进入梦境，让他做起前去向客僧您劝饮那酒的梦来。'只需尝上一口，准保您尝到清凉、爽快、醇芳的酒香。'见他这么劝，客僧您反倒迟疑起来，没有伸出手去。"

恶左卫门脸上又浮现出了微笑。

"'您若怕有毒——'少年'咕嘟咕嘟'先喝了几口，然后硬是要您也喝。到了这地步，您也只好接过，战战兢兢地把它都喝了下去。过了片刻，客僧您便觉得苦闷、烦乱，随后便痛苦得满地打滚，口中吐出漆黑的血块。"

客僧脸色苍白。

"少年见状大为惊骇，赶紧上前照拂，却未能如愿，人已是奄奄一息，临终时留下遗言：

'出家为僧，如能杀身成仁，实乃求之不得，了却平生心愿。速速逃离这妖魔出没之地，上别处去寻访您朝思暮想的那谣曲吧。'

"瞧这话！这不正说到我辈心坎里去了？

"客僧我跟您说吧，少年在蚊帐里被噩梦魇住的那会儿，梦见的正是这一幕。

"我刚想着这下他总该腾屋子走人了吧，啊呀，可事情还没有完。他见您危在旦夕，便流着泪，横了横心，竟打算和您共赴黄泉！

124

"我躲在隔扇门的阴影里，目不转睛地看着他从藤箱里翻出把护身短刀来，那是他之前偷偷藏在里边的，刀'唰'地从鞘中抽出，闪过一道寒光。

"'啊呀！且慢。'我赶紧上前阻拦。害他丢了性命，我心里会觉着愧疚。

"就因为这，我辈守护的那位住客，便打算离开这宅邸，搬去别处住。

"她还交代说，走之前得和客僧您见个面，想跟您说些事。

"因为那客人是女子，所以暂且由我出面，来跟您讨个话。我便是专门为此而来。秋谷恶左卫门谨向您转达此意。"

恶左卫门朗声说到这里，转而和蔼地问了声："您愿意见她吗？"

云游僧不由得回了声："好。"

话音未落，恶左卫门便已晃动着他那小山似的膝头，转身望去。

"您出来吧！"

霎时间，那嗓门就跟破钟似的在耳边轰然作响。就在云游僧被震得头晕目眩的当儿，这妖物的庞大形体，像是被角落里的黑暗吸摄去了似的，倏地挪移到一边，变远、变小，几乎只有萤火虫那么大，只是衣服的颜色、裙裤的颜色、脸色，还有绾扎成束的头发，依然清晰地映在云游僧眼里。

"打扰了。"

隔扇门当面一片，应声"唰"地变得苍白，雨漏泅渗出的那幅鬼域图，凌乱的轮廓仍残存着，画面上影影绰绰浮现出桃红来。

定睛看去，她一头浓密光润的黑发，用梳子绾成发髻堆垛在头上，裎裸出耳根的白皙。她低着头，垂着削肩，修长的衣袖交

125

叉抱在胸前。洁白掩襟下，是一袭天青色贴身长衬衣，外面罩了件无花饰粉红绫纱单衣。腰带则是缀在草叶上的露珠散落下来时的那种浅绿，不仅让腰肢越发显得纤细，还带着柔和娇艳的丝质光泽，映衬得胸乳和肩膀粉红中透着淡青，若隐若现地透出肌肤的皎洁。

月光如霰，洒落在她的秀发和掩襟上。和服下摆纹丝不乱，脚步恍若脚尖踮地似的轻盈，腰肢挺拔地款款走上前来，将那间幽深莫测的屋子留在身后，从中曳出漫漫长夜的黑暗。并没见她行走，就这么伫立在了眼前。挨近云游僧身边时，隔扇门不知什么时候已被曳开，一左一右点着两盏纸罩烛台，门槛前隐隐露出女子的膝头。云游僧根本顾不上琢磨，这中间哪个会是那个长了张狗脸的。

客僧窥了眼伫立在自己面前的人影，便惊叫了声："哇！"随即俯伏在地。

这脸实在太吓人了！两眼闪着斑斓银光，眼角处曳着一抹暗紫。颧骨高耸，下颌发青。居然是裂唇，微微泛蓝，还洼陷着。嘴里的牙染成漆黑[1]，舌头呈石榴状，牙齿如针尖般锐利，几乎都能啮咬住耳垂。

四十三

"哎哟，自己这脸一直藏着掖着，没想去吓着高僧您，出门时的衣服都还没换，便这么跑来见您。啊呀，怪难为情的。"

---

[1]　旧时日本女子成年仪式之一。

说着，她卸下白鬼[1]面罩，随手搁在一边，旋即露出了眉目秀美的真面目，端丽中带着几分威严，双手扶地，俯首行礼，举止十分娴雅。

"初……初……初次见面……"云游僧慌乱地颔首还礼道。

她这才抬起头来，脸上带着几分寂寞，朱唇微启，微微一笑。

"前面您上厕所去那会儿，我就已在走廊里和您照过面了哩。"

云游僧此时仍忐忑不安着，便问了声："您是谁啊？"这么发问时，神情似乎已是明白了对方大致是谁的。

美女重新掖齐整了和服下摆，端坐下来，偏过脸，朝蚊帐里望去。

一阵葱绿袭了过来，轻浅地裹住了她那和服的色泽。

"我便是他母亲的知己，也是明儿他好友。"说到这，她紧抿嘴唇，面带愁容。

云游僧跪坐着的膝头略略转向对方。"啊，您就是——"

"嗯，而且想拜托高僧您件事，还请您答应我。"说着，她再次朝蚊帐里瞅了一眼。

"可怜见的，人消瘦了好多。这么无辜的一个人，跟人无冤无仇，遭受了这么多艰难困苦，竟还念叨着豁出命来也要听到那首手鞠谣曲，还不都是深深眷恋着他母亲的缘故？

"他心心念念想着能听到那谣曲，近来都忘记了这世上还有他自己和别的世人，唉，竟然怀念起我来，阴差阳错地迷恋上了我。

"那谣曲，还是他小时候他母亲口对口教会我的，直到今天

1　日本旧时对妓女的异称。

我都还记得。

"您瞧他都已思慕成了这样。我本想去见他，稍稍唱几句这谣曲给他听，可又怕见面后他越发迷恋我，神魂颠倒得跟梦魇时那样，又是攥我衣袖，又是搂我胳膊，额头抵住我前胸，口中一迭声'妈'呀'姐'呀的胡乱叫唤。

"高僧您说，我怎么才能逃过这一劫，撇开他，挣脱他的啊？否则我一定会拽住他，抱住他不放。

"两个并非至亲骨肉的男女，若这么恣意妄为，想必天地都难以容忍。

"对我们说来，身体本该摒弃所有俗世羁绊，彻底放纵自在才是，可纵然如此，也还会有别的愿望需要满足。一味放纵身体只怕会妨碍到别的愿望。那好吧，纵然如此，纵然我准备豁出身家性命，纵然只是为了怜惜他、疼爱他而不惜精神错乱、心志迷狂，可若要说到心理准备，我是绝不会顾惜我这身子的。

"虽说我无所顾惜，可要是明儿他也这么做，岂不就跟我们一样了？

"真要那样，哎呀，看他这些天的心思，明儿他似乎也心甘情愿哩。"

美女絮叨着，似乎沉浸在悬想中，双臂交叉着抱在胸前，背转过她那白皙的鼻梁。

"客僧您瞧那边，那儿！就在这么说着话的当儿，明儿她母亲，从那看着还以为是花枝纷披，其实是从云端隐隐露出的琼楼玉宇，那看似霓虹的雕栏上，探出身子来，也没见叱骂，也没见瞪眼，她太疼爱这孩子了，连'鬼'这个词都没出口，在欠身向我施礼。她是那么的美，那么的温柔。可纵然瞥见了这容颜，思慕爱恋之情霎时化作血的潮汐，汹涌迸溅着染红了树叶，我也绝不愿提及半个'秋'字，以免冒犯了明儿的名讳。[1]

"纵然早已拿定了主意，就算不交一言，只要能这么静静地望着他的脸庞，我也便心满意足了。可此刻实在太爱怜他，我又怎么都硬不起心肠来了。我早已嫁为人妻，有自己的丈夫，可明儿对他母亲的思恋、他那温柔的心，还是深深打动了我，从那时起，我便恋慕上了他，这是我的不义、我的罪孽。

"就连生养他的母亲撒手人寰后，仍心心念念着能见到他的人影，哪怕幻影也好，想着替他喂奶、陪他入睡。可在天界，母亲怜惜自己骨肉，也都被当作恋情，就因为有这忌惮，她才一直躲着不肯露面。加上我又是个外人，不便再去折腾他、为难他。我打算藏匿起来，绝不让明儿知道我身在何处。孰料身边黄口小儿轻率冒失，竟让河水把手鞠给冲走了，这才酿出了这段孽缘来。

"这事让我俩饱受痛苦，简直伤透了心。眼看他明知危在旦夕都不愿离去，我只得先挪窝去别处了。

"我太心疼他了，那首手鞠谣曲竟让他梦牵神萦到这等地步。过两天，等时缘来了，我自然会设法让他听到的！

"说真的，待会儿等我搬出了这座宅邸，整幢别墅所有角落便会一下变亮堂起来，明儿也会改变主意，离开这里，重新踏上旅程。

"发生在这座宅邸里的那些蹊跷事，如今早已传得沸沸扬扬，一旦传到了周遭街坊村落那儿去——不远处，别墅里的那位……"

1　"秋"和"明"在日文汉字中发音相同，均为 aki。妖魔因爱慕叶越明而力避其名讳，以至于连发音相同的"秋"字都不愿言及。

四十四

"外面来的那女子，是病后过来疗养的，哎呀呀，那美貌啊，简直惊为天人。就因为脑子里总缺根筋的粗俗女仆不时撺掇，还有也是为了消遣，便私下里把宰八喊了来，吩咐说：'鹤谷家宅邸妖魔作祟的事，都是我和这儿的仆佣们闹着玩儿给闹出来的。本来只是想消愁解闷，打发时间，可一打听，竟伤了好多人，还把一个名叫嘉吉的给吓疯了。无意中犯下这等伤天害理的错，实在懊悔莫及。这些你先拿去好好安抚他们吧。'

"说着，给了宰八好多黄金白银。

"这下好了，世人得知了这事的来龙去脉，风传开后，因为这事患了病的，心里便释然了许多，发了疯的，也安心治病了。可这份摆脱不了的孽缘，也就这么传到了那位夫人的丈夫耳朵里。他刚从海上归来，偏偏又是个嫉妒心重得叫人害怕的主儿。

"鬼魅作祟的这段日子，幽居在那儿的，是个四处漂泊的少年。这名叫叶越明的书生想必和自己夫人之间有着不可告人的勾当。他暗中起了疑心，那女子那时早已有口难辩。丈夫从鹤谷本宅手里买下宅邸，打算把他夫人幽禁在空宅里。

"高僧您瞧，这位美若天人的夫人，在世人面前自然羞惭得无颜以对，便把自己反锁进一间屋子，就此幽闭在了暗夜里。

"然后呢，随着时光推移，也不知怎么的，原本还只是仰慕和怀念，最终竟变成了爱恋和渴望，就因为没见上面也没通过音闻，却让叶越明无端遭人诬陷，蒙受了不白之冤。她都快被思念给憋死了，爱意是如此的激烈，就和我此时此刻的心情，还有明儿发疯似的想要听到那首手鞠歌时的那种急切难耐，简直如出一辙。

"一年、两年，或者三年后，明儿仍四处漂泊游荡着，也没能打听到那首谣曲，便又回到了这乡间，想来他仍在怀念着这座空空如也的宅邸吧。

"到那时，美若天人的夫人，她那为恋情所浸润的灵魂，将化为五彩缤纷的手鞠，顺着霞川漂流而来。而叶越明的心愿，也将随同呼出的气息化作寒烟，升向天空，淹没月亮。爱情之火彼此交织，迸溅出白炽焰花，也引燃了隔扇门窗。映着这迥异于日月灯烛的光亮，他俩终于又聚首会面了。

"纵然这宅邸里聚集了世间全部的黑暗，纵然这十帖榻榻米大小的屋子再怎么漆黑如夜，映入叶越明那执迷不悟眸子里的屋顶积灰，俨然成了芬芳扑鼻的娇美鲜花。墙角蛛网随风飘来名贵香薰的气息，同样令他心神骀荡。大千世界凝缩于一室，又浩瀚阔大得胜过海洋，俨然如同镶满金银珠玉的宫殿一般。见到美若天人的夫人，就像见到了自己思念、崇仰的会唱手鞠谣曲的女神，叶越明不由得双膝下跪，拜伏在地。

"漆黑长发，寒意袭人，仿佛系在肩头的琴弦，正待拨出珠玉摇曳般的清音。无法说出的话语，化为肌肤下汹涌澎湃的血潮，将音律传向彼此失聪的耳朵。五指触碰到一起，隐隐发出水晶球蹭擦般的声响。衣角战栗，腿脚打战，感觉就像骑坐在飘浮的云霄上。

"'啊，只有我母亲才会这么……'

"叶越明拽住女子胳膊，依偎上去，女子死命搂住，将他重重摁向乳房，在胸前轻轻摩挲，温柔地用手抚摸，随后又一把揽进了臂弯。

"'我儿危在旦夕！莫非你双目失明了，都不知道自己掉进了罪孽深渊？快去找到那幢孤宅的灯火吧！'

"叶越明的生身母亲从天空中伸出手来，指向星光，旋即闪来一道雷电，劈打在屋墙上。'快离开她！赶紧躲一边去！'喊声轰鸣在梁宇脊檩间。泪如雨下。无限怜惜化为露珠，洒向树木和石头，连丛草也被润湿了，映在黎明时分的朝霞里，幻化成湛蓝、绀青、彤红的水滴。

"坠入罪孽深渊的他俩，惊骇得手足无措，反而搂得更紧了。

"太可怜了。生身母亲不忍看到这一幕，心里隐隐作痛，也便顾不得天界清规，就是刚才跟您说起的，母亲思念儿子都被算作恋情，有这禁忌。做母亲的已顾不得这些，她从云端上的琼楼玉宇揽过玉砌栏杆外的月桂树枝杈，攥紧了，把自己绱出了天宫。

"悬浮在天宇里的身子，正待从下界所能望见的月亮上下凡到人世间，这当儿，只见白云倒竖起来，化为足有亿万丈落差的万千瀑布，轰然跌落至深不可测的下界云霄。啊，只见瀑布之上，一缕衣裙，跟云霞似的，攀缘在月桂树的一根枝杈上，颤巍巍，眼看着就要折断了，好不危险！

"生身母亲的一众姐妹，月宫女官中的一个，突然发现了险情，慌忙止住手中演奏的天乐，扑了过去，往上拽起那枝月桂树杈。被半途拦回的生身母亲的人影，似乎又跟原先那样，重新出现在了月宫前，一袭淡紫色衣衫，发簪映着星光。

"透过昏暗，置身屋中的明儿无意中瞥见了这一幕。待察觉到和自己拽着手的那女子，竟是前来残害自己的仇家，刹那间，隔扇门也好，墙壁也罢，便纷纷还原成了大红莲地狱[1]中器具的模样，跪坐着的榻榻米竟然是针毡，衣袖里缠着蛇，膝头上盘

1　指佛教中八寒地狱的最高层。

踞着蜥蜴，目睹眼前这番地狱惨状，想必明儿会觉得周身彻骨寒冷，战栗着倒退上好几步吧。可到了这时，哪怕抢起大锤，将她的疯狂执念砸成了齑粉，恐怕也难以让她就此松开攥住了明儿的那手吧。

"心中的爱欲化为熊熊烈火，就仿佛在火焰前，手遮着光亮，在观赏着某幅出自名家之手的金碧辉煌的锦绘[1]似的，那女子在端详着自己。敷着白粉的脸庞上隐隐透出胭脂的色泽，眼角处突然落下了鲜红的泪水。一见到这，明儿自然又割舍不下这份恋情了。身子因为恐惧，也因为羞耻而震颤不已，对温存肌肤和炙热嘴唇的渴望，甚至一点也不逊色于对清凉月光前母亲倩影的思念，他无法断然拒绝，心思不由得又游移了起来。

"见他这般踌躇，母亲便在天上说道：'那就听听这声音吧，至少也得点慰藉。'于是便唱起下界那首谣曲来。天宫里一众女官揣想、体谅着她做母亲的心情，便附和着一起唱起了这美妙歌声，歌声想来便是那时传到了明儿耳朵里的吧。明儿渴望听到的这首谣曲，自然便是凭借着这份心灵感应，回荡在了心胸间，传递到了他耳朵里。"说话人神情端庄得似乎都有些神圣，这么絮叨着。

云游僧双手合十，默默倾听着。

他随即又想到，此时，甚至不用等着明儿醒来，只要眼前这位美若天人的女子用手触碰我一下，估计我也能听到那首手鞠谣曲了。

1　盛行于江户时代的一种套色印刷的浮世绘版画。

四十五

美若天人的女子再次开口说道："高僧，我和您说这事，只是想让您心里记住，切莫再去对别人说起。明儿对此还毫不知情，此时还得请高僧您好好抚慰他，他这些天让痛苦折腾得都累垮了吧。哎呀，竟睡得这么沉——"

说话间，她挨近过去，趴倒在地，双手猛地支在榻榻米上。霎时间，麻织的蚊帐气味扑向鼻端；蚊帐的葱绿色泽带着凉意，浸润至肩膀；女子衣衫的粉红则透过布缝，映入蚊帐——

"明儿……"她瘫倒在地似的这么唤了声，半边脸颊正待斜刺里贴向叶越明的脸颊，却又突然间缩了回去，敛起衣袖，望向云游僧的眼里噙着泪水，"就快要分手了。虽说当您高僧面这么做未免幼稚，挺丢人现眼，可还是容许我倾注上全部的爱，拍着手鞠，把那首谣曲唱给明儿他听吧。嗯……"

说话间，只见有个小女孩，剪着童花头，长了张兔子脸，恍若翩翩蝴蝶，冷不防从两盏烛台中间蹿了出来，双手隔着衣袖捧着那手鞠。美若天人的女子取过手鞠，在白皙的掌心里摩挲着，就像轻抚着红梅花蕾似的。想来也只有魔界的红梅花蕾才会这般肥硕吧？她佯装用洁白牙齿衔住衣袖，然后用系袖带轻轻缩起、系牢。

美女嫣然一笑，心荡神驰。"啊呀，光我一个人唱，可唱不成个样子，还是大伙儿随我一起唱，好吧？"

于是，桔梗和黄背茅，还有美丽的萩草和女萝，再加上优雅的金铃子和金琵琶[1]，都陆陆续续跑了来，在蚊帐边上围了一圈，

1　均为蟋蟀科昆虫名。

异口同声地唱了起来。

> 对面小沼泽里蹿出条蛇来，
> 八幡富贵人家的小女儿，
> 时而伫立，时而计谋，
> 手拿两串念珠，
> 脚穿黄金鞋……

墙壁和隔扇门都染上了秋枫的色泽，屋子恍若成了制作手鞠的锦缎——绕着行灯簌簌坠地的落叶，一片彤红。似乎有无数只纤纤素手在屋子里交织穿梭，恍若雪花纷飞。指尖不经意间轻轻触碰到云游僧手臂，惊骇得他直跺脚。

> 就让他上京城去演狂言
> 就让他上寺院去学修行
> 那寺院里的和尚
> 是个酒肉和尚
> 被人从檐廊高处一把推下

猛然间，手鞠被高高抛起，待"啪"的一声落下，随即又弹得老高。

慢着！我老家那边，到了涅槃会[1]这天，镇上的女孩儿都会打扮得漂漂亮亮的，捎上两三只手鞠贴身抱着，或用袖兜捧着，

1　佛教界纪念佛祖释迦牟尼入寂仪式之一，每年阴历二月（今三月）十五日举办。届时会张挂《佛祖涅槃图》，并口诵《遗教经》等。

上山里寺院去玩拍手鞠游戏，看谁技艺精湛。小伙儿怕人说三道四，便躲在钟楼里偷偷看着，魂都让那游戏给勾了去。黄昏时分，偌大寺院俨然成了一幅画，拍着手鞠、唱着手鞠谣曲的一大众女孩儿们的身姿，就跟远处大墙上张挂的那幅色彩斑斓的佛祖涅槃图一样，全都被集缩在这同一幅画面里。就在这时，只见正殿背后，牌位堂那昏暗的榻榻米走廊里，走出个美艳绝伦的人影来，手鞠抱在衣袖里，没拍，就这么娉娉婷婷，从那遮掩着墓地的屏风前走了过去。刚这么瞥了一眼，她人便已隐没在了不知谁的身后，混杂在了人群里。就是她！这人，哎呀，还是当初那模样，一点都没变。

云游僧心想，她从钟楼那边走了出来，叶越明多半也已在梦里见到了吧？说不定什么时候，那钟被撞响，他也就醒来了——

就在云游僧这么思忖着的当儿……

随着美女身子下俯上仰，两鬓一时抚拢不住的短发疏散开来，披覆在脸颊上，笼在这淡淡阴影下的眼角周边，不免显出几分寂寞来。

发簪掉落在地
小枕掉落在地……

她一边唱，一边玩挑花绳似的接住手鞠。发髻底部颠晃着，一头漆黑秀发"哗"地披散在了肩膀上。

也不知是羞于自己这披头散发的模样，还是早已打定主意玩到这儿为止，她都没顾得上去看一眼那捡起掉落在地的手鞠、把它抱在怀里的女侍童，便跟跟跄跄着站起身来，待人影挪移到蚊帐边上，便凌乱着和服下摆，伫立在了那儿，仰起脸来，定定地望向屋脊。

"啊呀，快看那天上，一时间变得乱云飞渡。花丛里，做母亲的心乱如麻。啊，莫非是在心疼爱子，想喂他口乳汁？抑或是让我这举止给搅扰得心烦意乱？客僧怕是没见到过，我们终年待在阴间地府，便是大白天也都仰着脸巴望着能见到星光，他母亲的身姿容颜，自然也就看得很真切。可越是看得真切，心里就越明白，她那边是天宫，我们这儿是地狱，两下里根本就说不上话。

"他还在做着美梦。

"快看！您母亲就在那儿啊！别让您挚爱母亲的执念再蒙上魔界的尘垢，请对着镜子，用我的衣袖擦拭下眼睛吧！此刻我这眼里噙着的泪水，便是您母亲传达她慈爱的露珠，那可是她的乳汁啊！"

说罢，她垂下衣袖，挨近过来，俯下脸，簌簌落下泪水。

"好啦，又回到了您年幼时的往昔，您在渴求着乳汁……怎么？您这就要醒了？

"再见了，高僧，这就和您道别了，趁他还没从梦里醒来——"说着，她一只手支撑着身子，行礼辞别。

玄关外，庭院前，传来了嘈杂的物和人的声响。

她擦了擦眼，睁开，与正拭着眼的云游僧道过别后，长着张狗脸的女仆"啪嗒啪嗒"地走上前来，翻飞着火焰似的绯红袖口，悄无声息地替她打开了挡雨门板，满天星斗就像镶嵌在门板上似的，那女子终于静静地出了门。半边脸颊呈现在残月尚存的阴历十四日的曙色中，自有一番朝颜在清浅云霞下初绽花苞的风情，只见她甩动着后发髻，又回头朝蚊帐里看了一眼。

"啊呀！"叶越明惊叫了声，撩开蚊帐攥着，一跃而起，和上前掣住他衣袖的云游僧，两人身子挤揉在了一处。

就在这当儿，他们眼前突然闪出了个魁伟的身影，就好像雾霭里耸立着的树林，又像打着金黄华盖、仁身在屋檐下的一尊金刚力士一般。只听他大声吆喝道："速速赶路！"

一众人便应道："是！"

让人觉得奇异的是，傍晚时，宰八替他俩汲来一满桶水，随手搁在廊檐边上，这时突然翻转过来，水"哗啦！"一下全倒在了地上，那水桶提梁竟不客气地迈腿走动了起来。

打翻在地的水追在水桶身后，迅疾流淌开来，就仿佛曙色初露时，天际的白云化成烟霞似的积水，流淌在庭院的草丛里。月亮沉没在这积水里，变成舟船，飒然开动起来，穿过胭脂花花丛，顺风顺水地一路驶去。身躯魁伟的妖魔，衣袖化作船帆。美女掩隐在屏风背后。

> 这是上哪儿去的小路呀，
> 小路呀？
> 上明神神社那儿去的小路呀，
> 小路呀。
> 且让我过一下吧……

这听到的，不正是令人心心念念、朝朝暮暮思念着的那首谣曲吗？刚这么想着，翁郁繁茂的树林间便突然刮起风来，落叶纷纷，舟船急急驶过碧绿浅滩，只见天际一抹横云，那一抹，横云。

（1908 年）

高野圣僧

一

"我本来已打定主意，再也不想去翻动那本参谋本部编纂的地图[1]，可这路实在太难辨认，只好又拈着连沾手都嫌溽热的、行路时穿的袈裟衣袖，抽出那本带封皮的折叠本地图来。

"深山幽谷间，由飞驒[2]通往信州[3]的这条近道，一路上连遮个阳、歇口气的树都找不到一棵。路的两旁除了山还是山，似乎伸手便能摸着山巅。层峦叠嶂，此伏彼起，既没见有一只飞鸟，又没见有半缕云影。

"山道和天空之间，只有我孤家寡人一个。估摸着已是正午，我让深深扣在脑门上的那顶桧笠挡着白炽得刺眼的毒日头，就这么在那儿翻看着地图。"行脚僧这么说着，双手握拳，垫在枕头

---

1 指明治年间刊行, 由参谋本部陆军部测量局所绘制的地图册。
2 旧时地名, 今岐阜县北部一市名, 为飞驒山脉及飞驒高原所环绕。
3 旧时地名, 今长野县。

上，支住额头，脑袋做低俯状。

我和这高僧结伴从名古屋过来，投宿在越前敦贺[1]的旅馆，这会儿刚睡下，这一路上，就我所知，都不大见他有仰脸看人的时候，俨然是个挺傲慢、目中无人的人物。

记得大概是投宿在东海道挂川旅店的那会儿起，我和他搭伴乘上同一班火车。那时他耷拉着脑袋，蜷缩在车座的角落里，脸上了无生气，我都没怎么拿正眼去瞅过他。

车到尾张[2]，其他乘客都跟事先约定好了似的，一个不落地下了车，车厢里便只剩下了高僧和我。

这班火车昨晚九时半自新桥发出，说是今晚抵达敦贺。到名古屋时是正午，我便买了盒寿司当午饭。行脚僧和我一样，也要了盒寿司。打开盒盖一看，里面只是稀稀拉拉撒了些海苔，这什锦寿司也太差劲了，我当即便冒失地嚷嚷道："哎呀，怎么尽是些胡萝卜、干葫芦丝？"

行脚僧瞅了我一眼，似乎没能忍住，吃吃笑出了声来。本来就只剩下了我俩，随后也便成了彼此认识的朋友。一打听，他接下来要去越前，造访跟他不属同一宗派的永平寺，只是要在敦贺住上一宿。

我是回若狭[3]老家省亲，和他一样，也得在敦贺过夜，于是约好了一路同行。

他说他的僧籍登记在高野山那边。他四十五六岁的样子，长得很和蔼，没什么奇异的地方，很容易亲近，也很沉稳。身穿方

1　越前，旧时地名，位于今福井县一带；敦贺，地名，位于今福井县南部、濒临敦贺湾的港湾城市。

2　旧时地名，即今名古屋。

3　旧时地名，位于今福井县西部。

袖呢绒外套，系了条白色的法兰绒围巾，戴着土耳其款式的无檐平顶呢帽，手上是绒线手套，脚下的白布袜，大脚趾与其他脚趾是分开的，蹬着双晴天穿的低齿木屐。乍一看，说是僧侣，反倒更像是俗世间某个俳句师或者茶道师，还别说，没准比他们还俗气些哩！

他问我："打算住哪家旅店？"于是我深深叹息道："一个人出门在外，就要数夜宿旅店时最无聊难耐。不说别的，先是女仆，拿着托盘就在那儿打起瞌睡来，然后掌柜的呢，嘴里尽说些言不由衷的奉承话，一见走廊里有人走动，便马上死盯住你不放，这也就罢了。最难熬的是吃过晚饭，他们刚收起碗筷，便马上换上盏行灯，打发你去灯火幽暗的地方歇息下来。我向来是没到夜深人静就不会有睡意的，得这么挨着，难受得简直没法说。尤其近来又是夜长昼短，所以从东京出发那刻起，我就为要在旅店挨上这一宿犯愁得不行，要是高僧您没觉得我太碍事，那咱俩就搭伴着住一起吧。"

高僧爽快地颔首同意了，还告诉我说，他在北陆地方云游时，通常是在香取屋歇脚过夜。这本是家旅店，可自从店主芳名远扬的独养女儿过世后，店招便卸下了，只是并不回绝老熟客登门投宿，自有老夫妻俩客客气气地照应着，我要愿意，就一起去那儿投宿。

说到半截，他搁下手里的寿司盒，呵呵笑道："能拿出来飨客的，可只有胡萝卜、干葫芦丝哦！"

起初我还以为自己遇见的只是位谨言慎行的法师，可他实在要比这风趣幽默得多了。

二

在岐阜那边还能见到湛蓝的天空，可随后便只能天天跟驰名于世的北国天空打照面了。米原、长滨的天色有些阴沉，模糊的日头照在身上，反而觉得有些寒气砭肤。到了柳濑便下起雨来，随着车窗外渐渐变暗，闪闪烁烁着掺杂进了银白的东西。

"是雪哩！"

"可不是吗！"

高僧只是这么附和了声，却并不怎么上心，都没仰脸瞅一眼天空。还不光是这时，就在我嚷嚷着贱岳到了，并且指着那片古战场给他看时，还有说起琵琶湖的风景时，这行脚僧也都只是漠然地点点头而已。

敦贺这边有拽客住店的陋习，让人厌烦得可怕。那天就跟事先料到的那样，下了火车，从车站门口到街市尽头，全是招待住客的灯笼和印有店家名号的纸伞，就跟筑了道长堤似的，想暗中夺路而逃，只怕连道缝隙都觅不到，出站的旅客被围堵得严严实实。店家各自嚷嚷着名号，势头猛些的更是乘人不备，抢过客人手中行李，作势说着"好咧好咧，谢谢大驾光临"之类的话，逼着客人就范。虽说患头痛症的会扛不住这架势，气急败坏得头晕目眩，可行脚僧倒是我行我素，依然低着脑袋，不紧不慢地左推右挡，从一众店家中摆脱出来，衣袖都不曾被人拽一下。因为这缘故，我也有幸随在他身后进了街市，忍不住长舒了口气。

雪没有稍作停歇，这时倒是不见雨再掺杂进来，雪就这么沙沙棱棱地扑打在脸上，轻柔而又干爽。夜色中的敦贺，人家都已合上了门窗，街道阒寂无声，纵横交错的十字路口，宽敞的街头积起了皑皑白雪，踏雪走出八百来米，来到一处屋檐下，这便是行脚僧在途中指名想投宿的香取屋了。

壁龛和客厅都没什么装饰，可立柱却很漂亮，榻榻米也坚实，炭火炉也大。炭火炉上方可上下伸缩的悬挂烧水铁壶的钩子，被制成栩栩如生的鲤鱼模样，鱼鳞就跟黄金锻造似的。并排着两只挺有气派的炉灶，搁在上面的铁锅大得惊人，似乎足可煮上一斗米饭。这屋子看来已颇有些年头。

光秃脑袋的店主，两手缩在棉布和服袖筒里，就挨在火钵前也都不伸手去烤下火，是个懒得挪动下身子的老爷子，老板娘倒是挺殷勤，待人接物和蔼可亲，老太太听行脚僧说起路上那寿司盒里尽是胡萝卜、干葫芦丝，便笑眯眯地端上了饭菜来，有小白鱼干、鲽鱼干，还有海带丝豆酱汤。言谈举止间，怎么看怎么透着对高僧的亲近，我这个做搭伴的都说不出有多舒心。

老板娘随后便去楼上替我们打点好被褥。天花板虽低仄些，可屋梁几乎有两人合抱那么粗，屋顶一路斜去，到了房间尽头处的檐头那儿，差不多站着就会撞到脑门。屋子盖得这么坚实，就是后面山上有雪崩，也一点都不用惊慌。

她还特地备了被炉[1]，我乐滋滋地趁势钻了进去。另一床被褥边上也备了一模一样的被炉，可行脚僧没去那炉里取暖，他把枕头并排着放在我边上，便在冰冷的被窝里睡下了。

睡时，高僧连衣带都没解开，自然也没脱下衣服，就这么和衣蜷着身子，俯下头去，先是腰部埋进被窝，待用两个被角掖住肩膀，这才双手撑住褥子，拘谨地睡下。睡姿跟我们相反，是脸枕着枕头。

1　冬天取暖的一种家具。底下生着暖炉，上面架着木架，盖上棉被兜住暖炉，可把腿伸在里面取暖，棉被上再覆以木板，可当桌子用。

看样子一转眼间他便会寂然无声睡过去，我也便顾不上客气，死乞白赖地跟小孩子似的央求他说：在火车上都已说过好几回，出门投宿旅店，不挨到深更半夜，我根本就睡不成觉，您要觉着不忍，那就再陪我说说话吧，说说您徒步云游各地时，遇见过的有趣的人和事。

听我这么说，高僧便点头答应了。他这么讲述了起来："我自中年那会儿起，就养成了不再仰脸躺在枕头上的癖性，上了床便一直保持着这样的姿势，可眼睛却还扑闪扑闪地亮着，一下子根本睡不着，就跟你似的，是吧？年轻人，我直白地跟你讲吧，虽说我是个出家人，可也并非整天只是讲经说法，持守戒律。"后来打听起来才知道，他可是净土宗名声显赫的说教师，六明寺的大和尚，法号叫宗朝。

三

"说是待会儿还会有个人来这儿过夜，跟你还是同乡，也是若狭那边的人，是个兜售漆器的行商。哎呀，别看他年轻，可人品好、正直，我挺佩服他。

"我此番出行，刚翻开序篇，也就是翻越飞騨山脉的那会儿，在山脚下一家茶屋里遇到了个同路的，是富山[1]那边出来卖药的。这家伙虽还年轻，可碰上他真叫倒霉，黏黏糊糊的，太讨厌了。

"准备爬山的那天，我先是赶了个大早，还只有凌晨三点左右，便从投宿的旅店出发了，赶在天还凉快的当儿，足足走了

1　地名，北陆地区位于日本海一侧的一县名。

二十来里地，赶到那家茶屋时，晴朗的清晨便已让人觉着暑气灼人。

"因为急着想穿过这段山路，赶得太急，喉咙干渴得都快受不了了，只想着马上能喝上杯茶，可店家却回说水都还没烧开哩。

"怎么回事，都已是这个时辰了？也难怪，这山道很少有人走，只要朝颜还绽放着，就不会有店家升起袅袅炊烟。

"看到店家长凳前有条小溪，水似乎挺清凉，我正想从提桶里舀水，却又一下警觉到了什么。

"是这么回事。暑夏季节，怕有疾病流行，那很可怕，刚才路过的那个名叫'辻'的村子，不就到处撒着消毒石灰？

"'喂，大姐！'我招呼了茶店老板娘一声。'这水，是这井里的吧？'我自己都觉着唐突，便踌躇着这么问道。

"'不是，是河水。'她回我道。嗬，我觉得挺意外。

"'山脚下流行病蔓延得挺厉害，这河水是哪儿流来的呢，不会是辻村那边流来的吧？'

"'不是的。'老板娘随口回我道。

"我先是觉着心里一喜。你听我说呀。

"他已赶在我们头里在这里歇着，前面不是提到有个卖药的吗？这厮是个兜售万金丹[1]的，穿着你也知道，细条纹的单衣，系着根小仓腰带，如今则时兴夹带个钟表什么的。又是缏带，又是秋裤，不消说，照例是脚下蹬着双草鞋，脖子里拴了个裹得有棱有角的葱绿色包袱。再用真田带将折叠好的桐油纸雨披绑在包袱上，然后加上把格子布蝙蝠伞。无非就是这么一套行商行头。粗一看，还别说，还真好像一个细心周到、通晓事理的人。

1　富山县出产的一种药丸。

"在旅店一住下，他们便会忙着换上一身纹样考究的宽松单衣，敞着腰带，在那儿一边呷着烧酒，一边把小腿搁在旅店女佣肥硕的膝头上。就是这么个货！

"'这不，来了个无法无天的酒肉和尚！'

"也不知我哪儿碍着他了，这厮从一开始就没给我好脸色看。

"'倒不是我说话不中听，就因为命中注定这世上不会有女人和他温存，便刨光了头跑去当了和尚，说到底还不是断舍不下一条小命？很奇怪是不是？可却狡辩不了。大姐你瞧他，都已经这样了，却还在那儿留恋这迷恋那，可人家愿意，咱管得着吗？'

"说罢，两人对视了下，发出一阵嘎嘎乱笑。

"我那时还年轻，跟你说吧，脸涨得通红，手上舀起的河水，喝也不是，不喝也不是，一时间迟疑着。

"这厮'嘭！'地磕了下烟管，又说：'客气什么呀？这水都够你冲澡的！怕小命会有三长两短，那我给你药喝。我就是为了这才随你一路过来的。对吧，大姐？喂，我这可不是白给的！不怕你怪罪，这可是神方，万金丹，三百文一帖。你要就得掏钱！再说了，我才不造布施和尚那份孽哩。你说好不好？你答应我说的？'这厮说着，拍了拍茶屋老板娘后背。

"我脚下跟跄着逃离了那家茶屋。

"哎呀，又是女人膝头，又是女人后背，我都是熬到了这把岁数的和尚，却跟你唠叨这些，真是难为情。正因为很不像话，还望多多包涵。"

四

"我又气又急，慌不择路，从山脚下朝田间小路胡乱走去。

"刚走出五十来米，路就一下陡峭起来，待我攀爬上去，从一旁可以看清，这去处拱成弯弓状，就跟用土堆垛起的一座敕使桥似的。就在我望着上方，正待踏上那桥面的当儿，先前打过照面的那个卖药的，三步并作两步地追了上来。

"我们谁都不想搭理谁。就算他吱声，我也不打算去理会他。这卖药的成天摆着不把人放眼里的嘴脸，斜着眼扫视了我一下，似乎存心想抢在头里，一转眼间，便手拄蝙蝠伞，伫立在了小山似的路头，随后就这么下了对面的坡道，不见了人影。

"我跟在后面，坡道渐渐陡峭起来，好不容易爬上了跟拱起的鼓壁似的小路的顶端，随后也便下了坡。

"那卖药的先下了坡，似乎正停下脚步，在那儿一个劲地打量着四周。莫非又在那儿死乞白赖地寻思着作弄人？我这么揣测着，老大不快地继续往前走去。待仔细看过后，才明白他这么做是有缘故的。

"路在这里分岔了开来。一条是径直上坡的道，很陡峭，两旁草丛繁茂，拐角处的一棵桧柏足有四五人合抱那么粗，桧柏背后则是三五成群的嶙峋巨岩，往上堆垒着，路则朝那巨岩背后延伸而去。我琢磨了下，觉得不该走这边，还是刚才那条道是正道，路也宽些。随后走了不到十五六里，便来到山上，接着便登上山顶。

"放眼一望，也不知道怎么回事，那不是前边提及的那棵桧柏吗？在那儿横着越过杳然不见人迹的路面，恍若一道虹霓，伸展在一望无际的田野上空，好看极了！树根那儿的地面迸裂开来，无数道树根裸露在外，跟虬结着的大鳗鱼似的。一股水流从树根那儿'哗'地冲了下来，流向地面，流到我正待前往的那条道上，水汪汪淹了一大片。

"田野没变成湖泊，还真是叫人意外，不过却成了道轰隆作响的湍急浅滩。路的前方可以望见一处灌木丛，以那里为界，汇流成一段足有两百米宽的河面。星散在河中的砾石，就仿佛庭院里铺设的石凳，似可借以轻松地大步跨过河去，值得端详一番。想必那是有人特意搬来这么摆放的吧。

"虽还没到须得脱下衣服、小心翼翼涉水过河这地步，可走这条大道，多少还是有些艰难，就算马匹什么的，也不见得轻易就过得了这儿。

"那卖药的估计也就是出于这个缘故，才在那儿犹豫的吧？他倒是干脆，趁着还在犹豫的当儿，便调转方向，大步流星地朝右边那坡道攀爬了去，一转眼间便穿过桧柏，把它们落在了身后，爬到了我头顶上方，然后冲着下面喊道：'喂！喂！上松本去，该走这条道！'

"随后又若无其事地走出五六步，从崖头上探出半个身子，冲我喊道：'别光顾着发愣啦，小心树精出来撄了你去！它可是大白天都不会放过人的哦！'

"就跟是在嘲笑我似的，待撂下了这些话后，他便钻进了山岩的背阴处，消失在了更高处的草丛里。

"过了一会儿，那蝙蝠伞的伞尖又出现在了还能抬头望见的那边，蹭擦着树枝枝杈丫，随后便消失在了茂密的树丛间。

"只听得有人发出一阵轻松愉快的'嗨哟、嗨哟'的吆喝声，隔三岔四地从那星散在水流中的砾石上蹦跳过来。是个乡间农民，背后系着蔺草编的坐垫，单手擎着根没担什么货物的扁担。"

五

"不用说，从先前那家茶馆一直走到现在，除了那卖药的，我这一路上都还没遇见过别的什么人。

"因为分道扬镳时那卖药的冲我大声说的话，加上这人看着就是对这儿地头挺熟的江湖行商，所以我不免心里有些惶惑，心想莫非还真是这么回事？前面我也已提到，今天早上出发时曾仔细查看过那地图，这时便又想到再翻开查看下。

"'能否跟您打听下——'

"'您这是想打听什么？'

"他跟我说话，用的是山里人见了出家人时的那种口吻，格外彬彬有礼。

"'不，其实也不用打听，就这么条道，顺着走去就是了，对吧？'

"'您这是要上松本那边去吧？啊，这是正道。还真是哩，前阵子梅雨发大水，都泛滥成了河流，还从来不曾经见过哩。'

"'这周边都是这么大水势的？'

"'什么呀，我跟您说吧，也就您眼前看到的地方水势大些，也说不清什么道理，反正水就淹到前边那丛灌木林那里，再过去呢，自然也是跟这边一样的路，一直通到山跟前，货车都可以并排着过的。灌木林那儿本来是医师的大宅第，那边还有个村子，可十三年前的那场大水把那儿全给冲走了，成了一片原野，死了好多人哩。大和尚您路过那儿时，快替他们念诵下超度亡灵的经文。'

"就连没跟他打听的事也都告诉了我，一点都不见外。经他这么一说，我也便明白了原委，心里有了底，可偏偏有人刚走岔了道。

"'那么，这条道是上哪儿去的呢？'我试着跟山民打探左手那条坡道。卖药的走的便是这条道。

"'啊，那是旧道。行人走这道，都差不多是五十年前的事了。也是上信州那边去的。全程比正道估计要近上五十里地。啊呀，可现在早已走不得了。大和尚我跟您说吧，去年就有搭伴进山参拜寺院的香客，是父子俩，走错了道。有人便嚷嚷起来，说，这下糟了，看到两个乞丐模样的进了这山道。人命关天，得追去救他们出来才是！于是三个巡警，十二个村民，前呼后应，愣是从这儿上了山，好不容易才把他俩带了回来。大和尚您可不能再意气用事，这近道万万抄不得。就是累趴下，露宿野地，也都要比走这近道的好。您可得听我劝，路上多多留意才是！'

"我和山里人道过别，正待踏过河中砾石朝对岸走去，突然想到那卖药人吉凶未卜，便不由得迟疑着停下了脚步。

"也许还不至于真像山里人说的那么危险吧，不过真要那样，我这不就成了见死不救的？好歹我是个出家人，用不着非得赶在天黑前住进旅店将息下来，还是先追去拦下他再说。就算走岔道，大不了也就是把旧道从头到尾走上一遍，没什么了不得。这个时候还不会有狼出没，魑魅魍魉也还来不及出来作祟，就算它们要出来作梗，也随它去！这么思忖着，我还想再目送热心肠的山里人一眼，可他早已走远，不见了踪影。

"'就这么定了！'

"我不再犹豫，断然决然地上了坡道。倒不是因为侠气，更不是意气用事。我这么说，听着就像突然开悟了似的，对吧？可并不是这么回事。我生性胆怯，连喝口河水都那么畏葸不前，比谁都惜命。为什么还会这么做？你大概也觉得疑惑，是吧？

"要是仅止于点个头、打个招呼的交情，说实话，我肯定也就随他去了。可因为他招惹过我、让我心里觉得很不痛快，所以就这么听之任之，不管不顾，就似乎有故意为之之嫌了，这会让我心里不安，所以……"

宗朝依然俯伏在被窝里，双手合十。

"要那样，念经诵佛时我也都会心生愧疚的。"

六

"那好，你再听我往下说。随后我便从桧柏背后穿越而过，由山岩脚下来到山岩顶上，又钻过一片树丛，顺着杂草繁茂的一条小径，一程又一程地朝前赶去。

"这么走着，刚翻过座山，不知不觉间，便又有座山挨近过来。隔在这中间，暂时出现了一片开阔的原野，路也要比前面走过的那条正道宽敞得多，平缓得多。

"东西并排着两条道，中间搁了座山。这么宽敞的道，就是枪戟林立的大名行列打这儿过，也该绰绰有余吧。

"就是这么开阔的原野，极目眺望，也不见有卖药人哪怕芥子粒大小的一点影子。灼热得就跟着了火似的天空中，时不时地有小虫飞驰而过。

"这么走去，不免生出些怯意来。周遭突然变成这样，仿佛一下失去了依托，心里挺不踏实的。跟人扬言打算翻爬飞騨山时，对这边情形——诸如店家寥寥，得隔开六七十里地才碰得上一两家，能捞上顿小米饭充饥都已是上上大吉——自然是有备而来，于是便利索着腿脚，啊不，是憋了股劲，一程程地往前赶。两边山峰又渐渐挤压上来，逼仄得快卡住我肩膀了。我只得赶紧朝高处攀去。

"好啦！这下该是名声赫赫的天生岭啦！我也便抖擞着精神，天气酷热，边喘着粗气，边重新系紧了草鞋绳带。

"登山口这一带有个风洞，风从这儿可以一直刮到美浓莲大寺那边，从正殿地板下穿过。这是我多年后才听说的，当时根本没心思去过问。光顾着拼命攀爬，景色啦、奇迹啦，都跟看不见似的，也顾不上天色是晴是阴，眼睛都不眨下，就这么气喘吁吁着，生掰硬踹地往上攀爬。

"想跟你说的都还在后头哩！

"一开始不是跟你说过，这路要多难走就有多难走，简直就不是给人通行的。可还有更吓人的哩。这路上有蛇！脑袋和尾巴埋在两旁的草丛里，跟桥似的晃晃悠悠着横在了路面上。

"第一次撞上时，我就这么头戴斗笠、手挂竹杖，倒吸了口气，两腿一软，一屁股坐在了地上。

"哎呀，我生来最嫌厌的就是这蛇了，说是嫌厌，其实是害怕。

"那会儿，这蛇像是对我发了善心，'哧溜哧溜'地曳着尾巴挪开了，在路的对面扬起了镰刀状的脖颈，我刚这么觉着，它便已'唰唰唰'钻进了荒草中。

"我好不容易站起身来，朝前走出五六百米，刚才那一幕好像又重演了，这蛇只晾着段身子，头尾隐而不见，正躺在那儿睡大觉哩！

"我'啊'地惊叫了声，慌忙倒退几步，随后那蛇也便躲了起来。待撞见第三条蛇时，哎呀，它都没急着挪动身子，好粗大的身子，等这长虫曳着尾巴哧溜开去，估计得挨上五分钟才行，无奈之下，我只好从它身上跨过去了。刚跨出脚去，下腹便隐隐觉着一阵鼓胀，身上的毛发和毛孔'唰'地全都变成了鳞片，连脸色也都跟这蛇成了同样的色泽，我吓得眼睛都不敢睁开。

"心里瘆得直冒冷汗，可腿脚发抖站立在那儿总不是回事。所以虽则害怕，我还是重又急着赶起路来。

"接下来遇见的那条蛇，身子被扯去半截，只剩下了尾巴似的，伤口发青，流着黄黄的汁液，正在那儿抽搐。

"我身不由己，稀里哗啦地扭头便往回跑。待回过神来，想到先前那条蛇这会儿该还在吧？现在就是杀了我也都没勇气再从它身上跨越而过。啊，都怪刚才那个山民，他要是告诉我这旧道上有蛇出没，就是下地狱，我也不会上这儿来的！我这么想道。暴晒在日头下，流下泪来。南无阿弥陀佛。至今回想起来，都还觉着毛骨悚然的哩。"

说到这儿，高僧手摁额头。

七

"就因为这么没完没了的，我反倒也就宽心了些，不再像原先那样急着打退堂鼓了。走过的路上还躺着丈把来长的一条死蛇哩。虽说我已躲得远远地穿过了那片草丛，可现在仍后怕得不行，唯恐它另外半截身子随时都会缠上身来。因为沮丧，腿脚也有些僵硬，让石头给绊了一跤，膝头疼痛似乎就是这时给伤着的。

"这之后呢，我一瘸一拐的，走路就不那么利索了。可想着倒在这里会被暑气闷死，便自己给自己鼓气，就跟被人提拎着后颈似的，愣是朝山顶爬了去。

"路边繁草暑气逼人。那该是大鸟下的蛋吧，在脚下滚来滚去，密密匝匝的。

"接着又是一段坡道，足足有十五六里，恍若盘踞在那儿的一条大蛇。到了山坳尽头，在岩角拐了道弯，又围着树根转了一圈，觉得这儿实在不像是有路可走的样子，于是便翻开参谋本部绘制的地图，在那儿查看。

"就这么条道，跟人打听也好，自己查看也罢，都不可能再有别的道了。旧道就是走这边，错不了。查地图也丝毫未能消解我的疑虑。按说地图一清二楚，可标识在上面的这条道，只是跟带刺的栗子外壳[1]上拽了根红筋似的。

"道阻且长，又是蛇虫出没，又是鸟蛋，又是路边草丛暑气逼人，像这些，地图上照例不会标识出来，你说是吧？于是我干脆合上地图，揣进怀里，朝胸腔下端'嗯——'地运足口气，用心念诵起佛经来，重新振作了一番。可还没等我喘过气来，就有条长蛇凶神恶煞般地断了我的去路。

"我觉得，这下多半是扛不过去了，准是撞上这大山的神灵了吧。于是便扔下挂杖，双膝跪地，两手支撑在被日头灼得滚烫的地面上，谦卑而又诚恳地央求道：'实在对不起，请您让我过境。我会放轻脚步，尽可能不去惊扰您午睡。您也都瞧见了，我连挂杖也都扔了。'

"我说完这些，刚抬起头，便听到了可怕的"哗啦"声响。

"想必又蹿出了条巨蛇！我揣想。只见足足有三五尺见方、

1　地图上精密的等高线，形状颇类于栗子外壳；而示意地貌险峻的髭状标识，则酷似栗子外壳上的刺。

一丈来长的荒草，先是在那儿晃动着，渐渐扩大开去，呈一字形，朝一旁的山溪那边相继倒伏下去，到了最后，更是所有峰峦也都摇晃了起来。我吓得毛发直打哆嗦，腿抖得都迈不开步，但觉一股寒气沁上身来，待回过神来，这才发觉，原来是在刮落山风[1]哩。

"这当儿声响开始蜂拥而至，听着像是由山神传来的。但觉大山深处，风打着旋涡从那边刮来，刚好在这儿吹刮出了一个洞穴。

"该不会是山神在显灵吧？蛇也不见了踪影，暑热都消退了许多，我的精神，还有性急慌忙中磕伤了的脚，也都恢复了不少元气，接着又明白了风怎么骤然就变凉了。

"那是因为，大片森林现在就呈现在了眼前。

"常言道，天生岭上，晴天下雨不稀罕。还听人说起，那儿有片森林，从神代[2]那会儿起，就没见樵夫下过手。饶是如此，至今树木还是太过稀疏。

"这下似乎不用再去担心蛇了，我倒是害怕会有螃蟹爬出，但觉草鞋凉飕飕的。不一会儿天色便暗了下来，借着从远处照进来的幽微日光，勉强还分辨得出周边哪是杉树、哪是松树和朴树。地上泥土全是黑黝黝的。多半是光线在森林里折射的缘故吧，给有些地方添加了一道道或红或绿的褶子，煞是好看。

"脚尖时不时会让树叶上流淌下来的水滴给绊住，就跟成串的珠子似的。这水滴先是打着枝杈，从高处飞溅而下，于是常绿

1　指突然间从山上刮下来的大风。

2　日本古史传说中最古老的年代，即自天地初开到神武天皇即位以前，由神统治的那个时代。

乔木便会倏忽间坠下几片落叶，浑然不识其名的树木也跟着发出散乱的声响，还会淅沥作声地洒落到我的桧柏斗笠上。有时我人都已走过，可还是被洒了一后背。那些水滴在枝头间积聚着，都不知道要隔上好几十年，方才滴落到地上。"

八

"虽说还没到让人鄙夷为胆小鬼这份上，可我生性顽劣，修行又不到家，此刻行走在这幽暗山林里，对开悟得道反倒是件好事哩。反正身子先就不觉得那么受罪，一时间竟忘了刚才的腿脚不济，故而接下来的路也走得顺畅了许多。正揣想着这片森林差不多都已让自己走去了七八成的当儿，只听得'啪嗒'一声，有什么东西从头顶五六尺高处的那树的枝杈上掉落了下来，粘在了我的斗笠上。

"我觉得像是被铅砣给砸了下似的。估计是果实吧，也不知是从哪棵树上坠下来的。我试着摇了两三下脑袋，它却粘得牢牢的，根本抖落不掉。我不假思索地伸手抓去，只觉一阵滑腻和冰凉袭了过来。

"我定睛一看，它竟跟剖了肚的海参似的，虽没长眼，也没长嘴，可无疑是种动物。我看着害怕，正想把它丢弃到一边，却被它哧溜一下吮住了指尖，耷拉着身子悬垂在那儿。甩开它后，只见指尖滴出殷红鲜血，我吓了一跳，忙将指头搁在眼皮底下仔细查看，马上又发现了一条，这会儿它悬垂在我折弯的胳膊上，模样和前面那条如出一辙，只是个头小了一半，是仅有三寸长的'山海参'。

"就在我错愕地望着它时，只见它缩起下半截身子，挪动鼓胀的身子，贪婪地吮吸着我的鲜血，污黑、腻滑的肌肤上带着茶褐色的条纹，状若长了一身疣子的黄瓜。这吸血动物不正是山蚂蟥吗？

"按说，谁都不会看走眼，可它个头实在太大，我反而看漏了。不管哪方田地，再怎么有来历的沼泽，都不可能有这么大个头的蚂蟥啊！

"我死命甩动胳膊，可见它吮吸得正欢，绝无松口的迹象，虽觉着害怕，却还是用手攥住，想扯去了事。只听得'扑哧'一声，总算把它扯了下来。我忍无可忍，将它狠狠摔向地面。可脚下正是这类恣意妄为的家伙结穴筑巢数以万计的地方，并且它们似乎早已想好了对策，这森林终年不见日光，泥土松软得根本就摔不烂一条蚂蟥，你说是吧？

"说话间，脖颈那儿也瘙痒了起来。我伸手撸去，手掌竟搓在了山蚂蟥又黏又滑的背上。我又'啊呀'惊叫了声，前胸下端的腰带里竟然也悄然钻进了一条。我铁青着脸，偷偷觑了眼，肩膀上也趴着一条。

"我不由自主地蹦跳了起来，浑身颤抖着，从这大树枝底下一溜烟跑了开去，一边跑，一边不顾一切地先把这几条沾在身上的山蚂蟥给扯了去。

"太吓人了，该不会是刚才那树枝上长着山蚂蟥吧？真是不敢想象！我回头望去，找到那棵树，也不知是哪根枝杈，果不其然，上面尽是山蚂蟥的肌肤，简直数不胜数。

"这可如何是好？我犯愁道。左右两边和前边的枝杈上，再也找不出一处空闲地方，全攒满了山蚂蟥。

"我情不自禁地叫喊了起来，喊声凄厉恐怖。这一来你猜怎么着？这时眼前似乎出现了这么一幕，从上面滴沥嗒啦地下起雨来，雨滴里嵌着黑瘦黑瘦的条纹，就这么落在了我的身上。

"雨也落在了我穿着草鞋的脚背上，在那儿堆垛起来，又攒挤着黏附到了两旁，连脚趾也都被埋住了。瞧那架势，就好像它们只要活着，就得这么拼命地吮吸我的血似的。也许是我心理作用吧，吸血时它们的身子似乎还一伸一缩，眼睁睁看着这一幕，我都快要背过气去了。就在这时，心里闪出了奇怪的念头。

"这令人毛骨悚然的山蚂蟥，上古神代时便已麇集在此，等着有人过境时便叮咬上去，千万年来不知饱啖了多少斗的人血，这虫子正是赖此得偿心愿。一旦让山蚂蟥吐出它们吮吸下的所有人血，到时候只怕泥土都会被融化，整座山岭都将化作泥血交糅的泽国，与此同时，这些遮天蔽日、把白昼变成黑夜的参天大树，想必也都将朽坏崩裂，生出一条条山蚂蟥来。哎呀！这可真是……"

九

"人类消亡既不是因为地壳脆薄破裂，也不是因为天降大火，或者为大海所倾覆，而是始于飞骅林木化作山蚂蟥，终至全都变成身上有着黑色条纹的虫子，扑腾在泥血交糅的泽国之中。这世界没准便是这么演化来的哩。我呆呆地这么想着。

"还真是这么回事。我刚踏进这片森林时什么事都没有，可进来后见到的却是这模样，再往深处走去，只怕连林木树根也都已朽烂成山蚂蟥了，看来这下是在劫难逃了，得在这儿被折磨致死。就因为突然间发现自己已挨近到了死亡边缘，所以才会浮想起这些不着边际的念头吧。

"既然在劫难逃，那就干脆尽力往前赶。我真想亲眼看看世人连做梦都想不到的泥血泽国会是什么模样，就是瞅上眼边角的也好。主意既已拿定，也就再也顾不上心里发瘆什么的。我用手扒拉开浑身挂满的、跟成串念佛珠似的山蚂蟥，将它们甩向一边，或者生拽活拉着扯了去。就这么手舞足蹈着，跟发了疯似的蹦跳着一路走去。

"我先是觉着长胖了一圈，浑身奇痒难挨，后来又觉着急剧消瘦下去，阵阵受不了的钻心疼就这么趁着我赶路的当儿，无情地向我轮番袭来。

"就在我觉着头晕目眩得快要瘫倒在地的时候，灾难似乎也走到了尽头，恍若从隧道中走出，迎面望见遥远处一轮模糊不清的月亮，我已来到了山蚂蟥森林的出口。

"谢天谢地，总算又来到了苍天之下！这时我什么都不记得，只想着把自己撂倒在山路上，恨不能将身子捣成微尘，也顾不得会有砂砾、针尖扎人，就这么在地面蹭擦着，待横七竖八地留下了十数条山蚂蟥的尸骸后，便猛地蹿到十来米开外处，浑身战栗地呆立在那儿。

"欺人太甚！把人当傻瓜？周边山上，随处都有夜蝉，藏身正待化作泥血泽国的森林，掐着嗓门在嘶鸣着。日头西斜，溪谷已然昏暗。

"要那样，让狼叼了去，倒还死得干脆些。赶上脚下正好是一段舒缓的下坡路，小沙弥我也便一反常态，竹杖搁肩上，拔腿开溜了事。

"只要不再受那份罪，让山蚂蟥叮咬得又痒又疼，跟让人硬挠着胳肢窝似的，说不出有多难受，我也许会眉飞色舞地独自在这翻越飞骅山的羊肠小道上替佛经配上小曲，给山神来上段祭神舞哩，然后再嚼碎些清心丹涂抹在伤口上。这一来，神志多半就会恢复过来。我掐了自己一把，证实重又活了过来，只是不知道富山那卖药的怎么样了。看样子他已化成了血，掺杂进了泥沼，尸骸仅剩下一张皮，横陈在森林背阴处，数百头生性贪婪的野兽正待连骨头一并吞下。这天就是在他身上淋满了醋[1]，结局想必也都是明摆着的。

　　"这么思忖着的当儿，那道缓坡似乎也被磨磨蹭蹭地给曳长了。

　　"待走完坡道，随即便传来了流水声，眼前突如其来地架着座土桥，跨度都不足两米。

　　"一听到这山谷里的溪流声，我便恨不能把自己这具拖累得我够呛、差不多已让山蚂蟥吸成空壳的躯体，倒着扔进溪流，浸泡在水中，想来也该会好受些吧。过桥时桥要是塌了，岂非正好让我得其所愿？

　　"我都没来得及去揣想下危险不危险，便径直踏上桥去，脚下虽也摇晃了几下，可没费什么事便过了桥。前边又是一道坡道，这下是上坡，够我辛苦的。"

十

　　"都已累成这样，怕是再也爬不了这坡了，就在我这么觉着

1　旧时日本有山蚂蟥怕醋的传闻。这话大致是想说，就算卖药人身上淋了醋，还没等避开山蚂蟥，便已先自葬身在了山中野兽腹中。

的当儿，突然传来了马的'咴咴'嘶鸣声，是前边传来的回声。

"是马夫归家，还是马驮了货物路经此地？今天早上和那独自赶路的山民分手后，还没隔多久，可感觉跟人世足足隔了三五年似的。只要有马，就不怕见不到村落人烟。这么一思忖，人也便来了精神。那好，那就脚下紧上几步。

"待我赶至一户山里人家门口，倒也没觉得像想象的那么费劲。因为是夏天，门窗都没掩上，就这么孤零零一户人家，说是敞着门，其实也说不上是门，迎面便是一道破败的檐廊，我也顾不上去分辨究竟是门还是檐廊，见有个男子在那儿，便求救似的，挨近去央求道：'劳驾！求您了！'随后又补了声，'恕我唐突！'

"可对方还是没搭理我。他脖颈耷拉着，歪在一边的脸都快让肩头给顶住耳朵了，跟小孩子似的瞪着双幼稚无知的大眼，死死盯住我这伫立在门口的过路人，似乎连眼珠子都懒得错动一下，竟是个缺心眼的主儿。一本正经地穿了身下襟短绌、衣袖吊在肘弯上、有股子新浆洗味道的和服，绾系着胸前衣纽，跟一两岁小孩子穿着无背缝和服似的腆着个胖肚子，恍若一面圆鼓，连肚脐也都鼓在了外面。只见他一只手拨弄着南瓜蒂模样的奇形怪状的肚脐，一只手悬垂在空中。

"他大叉着的腿就跟被忘在了脑后似的，幸好腰还在，要不然，这人还不跟张挂着的暖帘一下给折叠起来了似的？他年纪二十二三的样子。他大张着嘴，鼻子长得很低，仿佛翕动下上唇就能给卷住似的。他有个大脑门，原先剪的寸板头，头发也已长长，前边像耸起的鸡冠，一直翘到后颈窝那儿，都掩住了耳朵。这少年会不会是个哑巴或者傻子？似乎就快变成青蛙了。我吓得不轻。虽性命无虞，可他那模样实在太奇怪了。

"'想打扰您下。'

"无奈之下，我又这么招呼了声，可他还是根本不接话茬，只是突然间稍稍挪动了下脖子，这回是把脸枕在了左肩膀上，仍跟原先似的大张着嘴。

"看这情形，若是惹得他不高兴了，说不定他会猛地搂住我，边捻着他那肚脐，边一脸鄙夷地望着我，算是在应答。

"我不由得朝后退了几步。可不能就这么把他独自撇在这深山老林里，我这么寻思了下，便踮起脚尖，稍稍拽高嗓门，冲屋里喊道：'还有谁在吗？打扰啦！'

"似乎是屋子后门那边，再次传来了马的嘶鸣。

"'谁呀？'库房那边有了应答，竟是个女子，天哪！该不会是白皙颈项里长了鳞，身子趴在地板上，正待曳着尾巴迎上前来吧？我这么揣测着，不由得又朝后退了几步。

"'哎哟，是法师您啊！'说着走出个身材娇小的女子来，容貌娇美，声音清丽，神情温婉。

"我长长地舒了口气，什么都没说，随口应了声'啊'，向她低头致意。

"女子跪坐下来，身子做前探状，透过正无精打采地伫立在黄昏里的我的身影，打量了我一眼。'您有什么事吗？'也不招呼我坐下，看着就像是当家的不在家，不便让过路客人留宿过夜的样子。

"现在不开口，待会儿就没机会了，再怎么央求也都不成。这么一思忖，我也便索性迎向前去，恭恭敬敬地屈身询问道：'我正翻山越岭往信州那边赶去，不知道这儿离可以歇脚憩息的旅店还有多远？'"

十一

"'那您可还得赶上六十来里路。'

"'这儿就没有别的住家能让我歇下脚吗？'

"'这倒是没有。'她这么说着，清冽的眼睛一眨不眨，直愣愣地盯着我看。

"'哎呀，这可如何是好？说真的，就算这时有人跟我说，往前走上百来米，有家人家想行善积德，愿意腾出好房间让我住下，还替我打上一通宵扇子，我怕也都没力气朝那边哪怕再多走上一步了。您这随便哪儿，库房也好，马棚角落也罢，我都求之不得，求您开个恩吧。'

"刚才听到马在嘶鸣，除了这家不可能再有别处了，于是我提到了马棚。

"女子思忖了好一会儿，突然转向一旁，取过只布袋，跟倒水似的，把里边的米'哗哗哗'地倒进了搁在脚边的木桶，然后摁住桶沿，抄起把米，俯下身子瞅着。

"'啊，那您就住下吧。这米正够做顿饭。虽说山里屋子夏天凉些，可夜间被褥也还凑合。那好，您请先上屋里来吧。'

"没等女子说完，我已先自己一屁股坐下了。女子像是吃了一惊，站起身，走过来跟我说道：'法师，虽说这么答应了您，可有些事还得事先跟您说一下。'

"见她说得这么直白，我不免有些惴惴不安，忙应道：'好，那好。'

"'不，也没别的事。只是我有个毛病，喜欢跟人打听京城里的事。您就是捂住了嘴我也都会死缠着不放的。就算您记不得我有这毛病，到时候也得帮帮我，您答应我好吗？我死乞白赖着追问时，您可千万别搭理，再怎么死缠住您不放，也都决不要搭理。您可得用心记住哦。'女子这么叮嘱我，像是有着不便细说的什么隐情似的。

"这独门独户的山里人家的女子的话，听来就跟眼前的崇山幽谷似的，让人觉得高深莫测。不过，倒也不像是碍难持守的清规戒律，我便一个劲儿地点头应承了下来。'好吧，我答应您。我会按您吩咐的行事，绝不会违拗。'

"女子随即打消了戒备，变得亲近起来。'虽说屋子没收拾干净，还是请您快进来随便歇下脚，我这就打水来让您洗下脚吧。'

"'不，这可不敢当，借我块抹布就行。啊，抹布浸下水，拧拧干，感激不尽。这一路遭罪得让人心里发痒，真想撂下这皮囊一了百了，想擦拭下后背，真是抱歉啊。'

"'是吗？您身上都汗津津的。啊呀，这么暑热的天，敢情把人都蒸闷坏了吧。您稍等。听人家说，旅客最大的享受，莫过于到了旅店泡个澡。可这儿不要说澡堂了，就连像样的茶水也都端不出来。对了，这屋子后边的山崖下，倒是有条清澈的溪流，您愿不愿意上那儿去冲个澡？'

"光听她这么一说，我便恨不得飞了去。'啊呀！那可是再好不过啦！'

"'那好，我这就带您去。正好这会儿也要淘这米。'说着，她将那米桶掖在腋下，穿着草鞋从檐廊里走了出来，又屈身朝走廊地板下瞅了眼，拽出双旧木屐，合一起拍了下，掸去灰尘，替我摆放好，'您穿上，草鞋就搁这儿。'

"我抬抬手，对她施了一礼。'真不好意思，太谢谢了。'

"'留您在这儿过夜多半也是前世修下的缘分，法师您就别客气啦。'

"没想到，一切都挺天遂人愿的不是？"

十二

"'那好，请随我往这边走。'她挟着那淘米桶，毛巾掖进纤细的腰带里，站起身来。

浓密秀发绾束着，插了把梳子，再用发簪别住，那风姿，自有一份难以言喻的美艳。

"我也便麻利地脱下草鞋，草草换上她替我摆放好的那双旧木屐，趁站起身来的当儿，从檐廊下瞅了一眼，没承想，那傻子少爷也在那儿死死盯着我看哩。跟咬着舌头似的唠唠叨叨着，嘴里发出蠢里蠢气的声响：'姐耶，结个、结个[1]——'一边说着，一边倦怠似的抬手撸了把头发蓬乱的脑袋，'法师，是说法师吧？'

"女子丰腴脸颊上绽着酒窝，爽朗地连连点了三下头。

"少年应了声'嗯'，随后便又倦怠地拨弄起肚脐来。

"我觉得很过意不去，都不敢正眼看那女子，只是偷觑了一眼，见那女子倒似乎没觉得什么，便正待就这么随着她离开屋子，就在这时，绣球花丛的背后却冷不防地冒出个老爷子来。

"他像是刚从后门那边绕来的，脚下蹬着草鞋，草药袋的坠饰系在一根长长的带子上，就这么耷拉着提拎在手中，口中衔着烟杆，和女子挨近到一起，一时间我们都止下了脚步。

"'家里来了位大和尚啊。'

1　模拟傻子说话声，意为"这个""这个"。

"女子朝来者转过脸去。'大叔，怎么样了？'

"'嗯，你是说那个傻子吗？他才不是那种几口迷魂汤就能灌迷糊了的家伙哩！那边我总算两下里都已说妥，明天东西就会搬过来，保管您大小姐两三个月里用不着再左支右绌。'

"'多亏您啦。'

"'行，行。咦，大小姐您这是要上哪儿去啊？'

"'正想去崖下溪流那边。'

"'可别带着年轻大和尚掉进溪里去哦。我就守在这儿等着。'老爷子偏斜过身子，在檐廊里慢悠悠坐下。

"'法师，他都当您面这么说您。'女子望着我微笑道。

"'我还是自己去吧。'我退向一边。

"老爷子朗声笑道：'哈哈，去吧，快去吧。'

"'大叔，今天，我跟您说呀，还真是稀罕，来了两位客人。待会儿说不定还会有客人来。家里光次郎在，只怕会让来客手足无措。您就先在那儿歇着，等我回来，好不好？'

"'那敢情好啊。'老爷子应承道，扭过身子，挨近到少年身边，抡起看着就跟千斤顶似的拳头，照着少年背脊'咚'地挥了一拳。傻子的肚子应声晃荡了下，眼看就要哭出来似的咧着嘴，不料却抿嘴笑了。

"我吓了一跳，忙掉过脸去，可那女子却似乎根本没在意。

"老爷子大张着嘴：'小心你不在时，我把这少当家的给拐跑啰！'

"'好哇，真要那样，您可是积大德啦。法师，咱们赶紧走吧。'

"我意识到老爷子正在身后打量着我，便没再吭声，随在女子身后，顺着墙，这回没走有绣球花这边。

166

"随后便在想来是后门的那儿，见到左边有个马厩，传出一阵'咯嗒咯嗒'的声音，似乎是马蹄在踹着板壁。这时周遭天色已微微暗了下来。

"'法师，是从这儿下。虽不至于让您滑倒，可不好走，您走稳了。'女子这么叮嘱我。"

十三

"我琢磨着该从那长了棵松树的地方往下走去，树干很细，却高得出奇，晃悠悠地直蹿至足有十二三米的高处，中间连根小枝杈都没有。我从树底下穿过，抬头望去，一轮皓月出现在了树梢，形状倒也跟别处没什么不同。旧历九月十三日的夜晚，不禁让人感慨尘世无常，不知身在何方。

"走在头里的女子的身影一时间从我眼前消失了，我抓住松树树干朝下望去，刚好就在我脚底下。

"只见她仰起脸来说道：'这坡下得急，可得当心些。我说，法师您穿木屐可走不了这路，要不，换上我的草鞋吧。'

"女子似乎察觉到我是穿着木屐行走不便才被落在了后面，可她又哪儿知道，我只想急着赶去洗净身上山蚂蟥留下的腌臜，哪怕一路滚跌了下去的也都不在乎。

"'说什么呀？真要不行了，大不了便脱了木屐，干脆打赤脚。您别管我，我怎么忍心让大小姐您操心？'

"'咦？您叫我大小姐？'

"女子稍稍抬高嗓门道，笑得很娇艳。

"'啊，刚才老爷子不就这么叫您的？莫非您要我叫您夫人？'

"'再怎么说，我这年纪也都够做法师您的伯母婶娘啦。哎呀，赶紧下来吧。草鞋虽行走方便些，可却挡不了扎脚的荆棘什么的，再说湿漉漉的，穿着也难受。'她头都没回，冲着前方一边这么说着，一边使劲攥起和服的半边下摆。只见一团白影掺和在昏暗里，随着脚步，跟霜也似的消融了去。

"'噜噜噜'，一路往下走去。

"一旁的草丛中慢悠悠地爬出只蟾蜍来。

"'哎呀，真恶心！'女子嚷道，脚跟在身后甩得老高，一下蹦到了前边，'没见有客人在吗？胡乱绊脚挡道，也太嚣张了吧？虫子哪儿没有，还嫌填不饱你们的肚子？

"'法师您只管往这边走，不会有什么事。这么个去处，连这类东西也都想跟人亲昵，您说讨厌不讨厌？就跟认作朋友似的，好没臊啊，哎呀，可别胡来！'

"蟾蜍慢条斯理地拨开草丛，重又钻了进去。女子径直朝前走去。

"'快上来，这儿土松软，一踩就塌，地面上过不去。'

"荒草丛里掩埋着一棵倾颓的大树，裸露着树干。待爬上树干，倒也没觉着穿木屐碍事。虽就这么根原木，可却粗大得吓人，从这头走到那头，还颇费了点时间，待走到尽头，耳朵里便一下灌满了溪流的轰鸣。

"仰脸望去，松树早已没了踪迹。九月十三夜的月亮比刚才低去了一大截，正悬挂在刚从那儿下来的那山顶的半腰处，仿佛一伸手就够得着似的，格外的清丽皎洁，其实却高不可测。

"'法师您往这边来！'女子招呼我道。刚喘了口气，她便已下到了那底下，伫立在那儿，等我赶去。

"那边已全是山岩，山谷里的溪流从岩石上冲刷而下，在这儿汇聚成了水潭，水面约两米来宽。待挨近水边，水声倒没刚才那么喧闹了，清冽得就像翠玉融化后流淌而来，反倒在远处骇人地轰鸣着，非把山岩震颤成齑粉不可似的。

"水潭的对面是另一座山的山麓，山巅那儿一片漆黑，月光从山脊照向山腰，嶙峋的山岩映在月光里，恍若无数大大小小的海螺，或棱角支棱，仿佛刀斧劈削一般，也有做剑戟状或球状的。一望无际的视野里，只见山岩渐次为洋洋溪流所浸没，只呈现出一座座小山的模样。"

十四

"'赶巧了，今天涨水，不用下到溪里，在这上边就能洗。'

"女子脚背浸没在溪水里，勾着脚尖，光着一双雪白的脚，站立在一块石板上。

"反倒是我们驻足的这边，山麓濒临水面，形状酷似洞穴，踏向溪流的这石板，就跟定制好了镶嵌在那儿似的。根本看不见上游和下游。对面山岩呈九曲十八弯状，想来那溪流时宽时窄，或五尺，或三尺，或六尺，从上游遥遥流来，跌宕起伏，时隐时现，穿行在山岩间，沐浴着月光，恍若身披银白铠甲一般。近在眼前的这截溪流，就像织机上的丝线，让织女纤纤素手梳理着，漂泛着一片洁白。

"'好湍急的溪流！'

"'可不是吗？这溪水，源头处是个瀑布。上这山里来的路人都会听它的动静，就跟哪儿刮起了大风似的。法师您上这边来的路上莫非没留意到？'

"真要这么说，正待踏进山蚂蟥丛林前听到的那阵山风，想必便是了。

"'那，不是山林里在刮风吗？'

"'谁都这么说来着，但却不是。离那森林足有二十来里地有条岔道，走进岔道，那儿就是大瀑布。啊呀，说是日本最大的瀑布。只是路太险峻，十个人里边都过不去一个。听人说，这瀑布也会暴怒发威，整整十三年前就曾闹过场洪水，真叫可怕，连这么高的地方也被淹进了河底。不管山下的村落还是山上的人家，全都被冲走了，一处都没留下。上面这山洞，本来盖着足有二十间屋子，就是让这洪水给冲成山洞的。您瞧，连山岩也都跟这儿似的，被洪水冲跑了。'

"不知不觉间，女子已将米淘洗干净。她和服掩襟有些散乱，乳端隐约可见，挺着鼓胀的胸脯，站立在那儿。她鼻梁高挺，抿着嘴，出神地抬头望向山顶。山月依然一个劲地映照在山腰处那层峦叠嶂着的山岩上。

"'就是这会儿这么看着，也都心里直发瘆。'我蹲在那儿拭洗着两条胳膊，才这么随口说了声，那女子便马上抢过话头，道：'哎呀！法师您这么循规蹈矩，沾湿了衣衫的，怕穿着不好受哩。干脆打着赤膊洗吧，我来替您冲洗好不好？'

"'别——'

"'别跟我推三阻四的。喂喂，瞧您这袈裟，袖子都浸了水的不是？'说话间，女子冷不防地从身后解去了我的腰带，三下两下便把那袈裟从我痛苦得缩成一团的身上扒拉了去，就好像一点怜悯心都没有似的。

"我师父管教得严，加上我天天虔诚念经，从不记得有过赤身裸体的时候，更何况当着女子的面，还不跟蜗牛被剥了壳似的，一时间竟连话都说不利索，手脚也都动弹不得了，只得佝偻着腰背，夹紧双腿，把自己蜷缩成一团。女子将扒拉下的袈裟轻轻挂在了一旁的树枝上。

"'袈裟就这么挂着好了。快把后背给我。哎呀，您别动，就这么待着。大婶这么照料呢是在谢您，就因为您喊了我一声大小姐。这可都是您自作自受哩。'

"说话间，女子用门牙衔住半边衣袖，白玉般的两只胳膊直截了当地搁在了我背上，目不转睛地注视着，随后便惊叫了一声'哎呀!'

"'怎么了？'

"'好像是痣哩，背上全是的。'

"'啊，您说这话，我可是遭了大难啦。'

"想起那番遭际，我仍忍不住身上直打寒战。"

十五

"女子一脸惊骇。

"'这么说，您在森林里受了不少罪哩！路过这儿的客人都说飞騨山里下山蚂蟥雨，说的就是那儿了。法师您不知道可以抄近道绕过那儿，这才闯进了这山蚂蟥的巢穴。幸好神佛保佑，性命总算无虞。那可是牛和马都咬得死的东西，可又叫人痒得跟钻心疼似的，对吧？'

"'这会儿就只觉着疼了。'

"'要那样，用这使劲搓，只怕会把细皮嫩肉给搓破了。'

"说罢，她用手轻柔地触摸着。

"随后便从两个肩头'哗啦啦'浇泼溪水，搓揉着我的背、腰窝，还有臀。

"这下不是该凉爽到骨头缝道里了？那倒也没有。时令正是大夏天，自然也不可能那样。也不知道是我自己血气旺盛，还是那女子身上温乎？反正她用手替我拭洗时，沾在身上的水，水温恰到好处。你别说，好水就是柔和，还真是这么回事。

"我只觉心里有着说不出的舒坦，也没睡意袭来，只是有些迷糊，背上伤口不疼了，神志恍惚起来，女子用身子紧紧贴着我，我就像被花瓣裹拥住了似的。

"不用说，她不像是山里人，容貌气质就是放在京城里也都难得一见，似乎有些娇弱。见她替我拭背时还暗中直喘气，我曾几次三番想拦下她，却又跟神魂颠倒了似的，一边留意着，一边仍由着她去拭洗。

"也不知道是山气，还是女子的体香，我还隐隐嗅到了一阵芬芳，想来是这女子在我背后呼出的气息吧。"

高僧稍稍停下正说着的话，招呼了我一声："我说，你那边靠得近些，替我把那盏灯拨拨亮。黑灯瞎火的，说这事可有些不像话。接下去这一幕，我干脆豁出去跟你都说了吧。"

高僧躺在和我挨在一起的枕上，在昏暗下来的灯火里，身影有些朦胧难辨。待我拨亮灯芯，他随即又面呈微笑地继续往下说去。

"嗨，这么着，不知不觉间，神志恍惚着的当儿，我便这么被轻柔地、温馨地裹拥进了那散发着馥郁芳香的花蕊之中，那么神奇，先是从脚，再到腰、手、两只肩膀，然后经由颈窝，直到脑袋，整个儿把我掩覆在了里边。我受了惊吓，一屁股跌坐在石板上，两只脚被甩到了溪里，就在我以为自己掉进了水里的当儿，女子迅即从我背后伸出手来，越过肩膀搂住我前胸，于是我便死死攥住她那手。

"'法师，这么紧挨着您，汗味都熏着您了吧。天太热了，都已这么待在溪边了，仍觉着暑热难当。'

"我慌忙松开手中攥着的她那搂住我前胸的手，直愣愣地站立在那儿。

"'真是太失礼了。'

"'没什么，又没旁人在边上瞧着。'女子平心静气地回我道。不知什么时候，她竟已脱去和服，裸露着一身恍若丝绸的肌肤。

"我都被吓了个半死！

"'长这么胖，怕热得连自己都觉得害臊。这时节天天要上这儿来两三趟，就为了冲洗下汗水。要没这溪水，真还不知该怎么办哩。法师，给您毛巾。'说话间，她递来了绞好的毛巾。

"'快拭下您的脚。'

"我木然不知所措地把全身都拭了个遍。

"恕我跟你讲了这些，哈哈。"

十六

"还真是的，她长得肉感丰盈，跟穿着衣服时比，就跟换了个人似的。

"'您还没来那时，我在收掇马厩，沾了一身马的鼻息，又黏又腻，闻着都恶心。这会儿正好，我也好一块儿洗拭下身子。'

"女子那口气，就跟姐弟俩在说着体己话似的。她边抬手掳住黑发，边用毛巾使劲拭洗腋下，随后双手绞干毛巾，直立起身子来。雪一样的肌肤待用神水洗净过后，越发皎洁了。女子的汗水就这样化作桃红，流淌在了溪涧吧。

"她用梳子来来回回地梳着头发。

"'哎呀，一个女子都这么不安分，要是掉进溪流，那可就糟啦！只怕冲到下游，村里人还不知会怎么嚼我舌头。'

"'以为是白凤桃的桃花。'我突然闪出这念头，无意间便脱口而出。刚这么一说，她便朝我转过脸来，开心地冲我嫣然一笑。片刻间，天真无邪得就跟突然年轻了七八岁似的，恍若处女，面含娇羞，俯首看向地面。

"我一直没敢拿正眼去看她。那沐浴在月光里的身影，裹了层薄薄的雾气，越发清晰地映在了对岸让水花打湿了的黝黑、润滑的巨大石板上，看着似乎隐隐有些泛蓝。

"于是呢，虽说夜里看不大真切，可隐隐觉得那儿似乎本来就有个洞穴。先是朝这边扑扇而来，随后又往那边扑扇而去，是个头和鸟差不多的蝙蝠，一下挡住了我的视线。

"'啊呀，这可不行！没见有客人在吗？'

"女子就跟意外遭袭似的扭动着身子。

"'怎么？我唐突到您了吗？'

"这时我已穿好袈裟，便壮起了胆子这么问道。

"'不是。'

"女子只这么回了声，便羞涩似的背转过身去。

"这时，只见有个小沙弥模样，呈深灰色，跟条小狗似的动物屁颠屁颠跑来，我刚想'啊呀'惊叫起来，它便从女子身后的崖头，斜刺里腾空跃起，'嗖'的一下，紧紧地趴在了那女子背上。

"女子裸体站姿，腰背一截仿佛从眼前消失了，那是让它给搂抱着的缘故。

"'畜生！没看见有客人在吗？'

"她声音中带着恼怒。

"'你们也太目中无人了！'

"她边厉声呵斥着，边扭头朝正待从腋下探出脑袋的那动物脑门上打去。

"小沙弥一阵'吱吱'怪叫，朝后腾空跃起，刚以为它舒展臂膀，攥住这之前挂着袈裟的那根枝梢，悬吊在了那儿，孰料又跟吊桶翻转似的一骨碌坐到了树枝上，并趁势'嗖嗖嗖'地直往树梢爬去。咦？这不是猴子吗？

"只见它在枝头蹿来蹿去，出现在了仰脸才能望见的高处，没多久，'沙沙沙'的声响便从树梢处传来。

"树叶间洒下稀疏的光影，月亮已离开山脊，悬挂在树梢上方。

"女子似乎仍在生着小沙弥的气，就为了刚才的恶作剧。哎呀，真是没完没了，先是蟾蜍，再是蝙蝠，第三回便是这猴子的不是？

"她那让恶作剧给惹恼了的模样，活像年轻母亲嫌家里小孩太吵闹时常常会出现的神情。

"这下真要发作了。

"见她带着这神情，很不耐烦似的穿上了衣服，我便再也不敢多问半句，只是赔着小心，默默待在一边。"

十七

"这女子，性情天趣，自有一种萧然绝俗的风致。优雅中带着强悍，看似率性随意却处处持重沉着，跟人熟不拘礼又凛然不可近亵。哪怕身处绝境也都不足以令她惊慌，总能应对裕如。这时竟露出这般娇媚恼怒模样，想必不是什么好事。我若再去惹恼了她，岂不就得和树上掉下的猴子落得同样下场？我胆战心惊着敛声屏息地守在边上，不过，嘻，结果倒也没像我担心的那么可怕。

"'法师您想必觉得很奇怪吧？'她似乎自己也察觉到了，脸上转而呈现出欣然的微笑。

"'我这也是不得已哩。'

"于是她又回到了原先的样子，重又和我熟不拘礼起来。见我腰带也已系好，便说了声：'那咱们这就回吧！'便掖起淘米桶，趿拉着脚下的草鞋，突然朝崖上爬去。

"'路不好走，得⋯⋯'

"'没事，路况我七七八八都还记得。'

"本以为来路自己都还记着，待爬上去一看，那崖头远比想象中的还要高。

"待会儿还得从来时走过的那根大原木上过，就是前边说过的横卧在荒草中的那棵大树，树皮看着就跟鳞片似的，也难怪人们常常把松树比作蝮蛇。

"山崖上，蟠虬着往高处长去，模样别提有多像了。真还以为是来时路上遇见的那条长虫，露着中间一截躯干，长短也正好相仿，脑袋和尾巴隐没在荒草里，映着月光，历历可见。

"一想到山路上那一幕，我便忍不住脚下打起了哆嗦。

"女子放心不下身后的我，一路好意地叮嘱着。'从那树身上过时，千万别朝下看。这儿刚好是半山腰，山谷深着哩，一个头晕眼花，那可就糟啦。'

"'好的。'

"可不能磨磨蹭蹭的。我嗤笑着自己，先上了那树身。树身上已有人刻凿过，似乎想让人踩踏得稳当些吧，所以只要不犯晕，就是穿着木屐也该过得去。

"可就因为前面说到的那事又让我挺气馁的，一踏上树身，便觉得脚下软软地在摆动着，似乎正待这么'嗖嗖嗖'地窜了去。我'哇'地惊叫起来，'扑通'一下，骑跨着，重重跌坐在树身上。

"'瞧，露怯了不是？穿木屐走不了吧？快换上这草鞋。对了，刚才关照您的话可得好好记着哦。'

"这之前，也说不出什么缘故，我对这女子已生了敬畏心，只要她吩咐，随它是好是坏，都会一口应承。我顺着她的话，换上了草鞋。

"于是，你听我往下说，那女子穿上木屐，攥住了我的手。

"我一下觉得轻松了好多，没费什么劲，便随在她身后，很快来到了这独门独户的山里人家的后门边上。

"只听得有人劈头说了声：'哈呀，还以为会在那边耽搁好久，没想到大和尚原样儿回来了。'

"'说什么哪？留大叔您在家照看，怎么没在照看呢？'

"'时辰已差不多啦。我还在担心哩，要太迟了，这路可就没法走了。正寻思着牵出青骢马来，先准备准备。'

"'真是让您久等了。'

"'说什么呢，快去看看吧，少当家可平安着哩。哎呀，要他听话还真是不容易，哈哈。'

"没什么好笑的，竟也能引得他这么开怀大笑。老爷子便这么笑着，一步步朝马厩那边走去。

"傻子仍是原来那样子，呆坐在原处。就跟俗谚说的那样，只要没日头暴晒，海蜇总还在那儿，化不了。"

十八

"先是马在'咳咳'嘶鸣，人呵斥了声'咕'，随后响起'嘚嘚嘚'的马蹄声，从后门绕出，传到了檐廊这边。老爷子曳着匹马，出现在了门前。

"他手攥马辔头，站在那儿。

"'大小姐，那我这就走了。对了，替大和尚做些好吃的哦。'

"女子将行灯挪去了灶边，低头点起灶下的火，然后抬起头来，拿着火箸的手搁在膝头上，冲老爷子回了声：'辛苦您啦。'

"'没什么辛苦，不用这么客气。'老爷子说罢，又冲马呵斥了声'咕！'拽了拽粗粝的缰绳。青骢马裸露着腰背，高大威武，鬃毛稀疏，是匹公马。

"那马呢，我倒也没觉得有多稀罕。只是我正襟危坐在傻子少当家背后，正闲得有些无聊，这时见老爷子牵着它正待离去，便一个激灵，冲到檐廊边上问老爷子道：'这马是要上哪去呀？'

"'哦哦，还不是去诹访湖那边，那儿有个马市。打算明天一大早，走大和尚您过来时走的那山道，上那边去。'

"'喂！该不会您这会儿就想骑上它逃走吧？'女子忙打断我和老爷子的话头冲我喊道。

"'不，岂敢。修行出家人不会以马代步，绝不会有这念头。'

"'这马好歹也已驮不了人。大和尚才捡了条命的不是，今晚就乖乖待在大小姐身边，让她好好料你吧。回头见！我这就去

178

一下.'

"'好.'

"'畜生!'老爷子呵斥了声,可马就是不肯挪步。硕大的鼻端似乎不安地蠕动着,扭向这边,像是一个劲儿地瞅着待在这儿的我们几个似的。

"'嘚嘚嘚,挪步哇!畜生!又和我捣蛋不是?喂!'他一边呵斥,一边攥住缰绳左拽右拉。可那马就跟脚底生了根似的,直挺挺站立着,纹丝不动。

"老爷子焦躁起来,又捶又擂,随着马的身子,来来回回转了两三圈,可那马仍不肯开步。老爷子似乎想用肩膀撞开它,待身子撞上马的侧腹,这时马总算抬了抬前蹄,可随即四条腿又死死地支棱在了那儿。

"'大小姐,大小姐——'

"听到老爷子叫唤,女子稍站起身,踮着白皙脚尖,一下藏身到被烟火熏成一团漆黑的粗大立柱背后,躲过那马的视线。

"这当儿,老爷子拽出腰间掖着的沾满汗腻的毛巾,在刻满皱纹的额头上来回抹了好几把汗,自己替自己鼓气道:'那好吧!'重新绕到了马的正前方。见那马依旧纹丝不动,便两手攥住缰绳,双腿并拢,口中发出'嗨!'的一声,倾尽全身力气,人绷紧了直往后仰去。这下你猜怎么着?

"马凄厉地嘶叫着,两只前蹄跃起在半空,老爷子个头小,被拽了个仰面朝天,'扑通'摔倒在地,月夜里升腾起一阵沙尘来。

"傻子似乎也被这一幕给逗乐了。之前都没见过,偏偏就在这一刻,他竖直脖子,翕开厚唇,绽露着大板牙,耷拉在空中的手,恍若被风吹刮着,飘落了下来。

"'尽给人惹出些麻烦事来！'

"女子故意不予理睬似的撂下这话，趿拉着草鞋，进了没铺地板的屋里。

"'大小姐您可别误会，这可不是您给惹出来的，它从一开始便盯上了那边的大和尚啦，估计这畜生和大和尚还挺有俗缘的哩。'

"和我有俗缘？我吃了一惊。

"于是女子问我道：'法师您上这儿来时，路上可曾遇见过什么人？'"

十九

"'是的，在岔路口那儿，我遇见过一个富山的卖还魂丹的。他走得比我快，多半也是走了这条道。'

"'啊，是这样。'

"女子露出会心的笑容，朝青骢马看去。神情中带着些鄙夷，就好像在看什么可笑难耐的东西似的。

"见她这般随和不拘泥，我便趁势打听道：'莫非，他也上这儿来过了？'

"'没有，我可不知道有这事的。'

"说这话时，她神情又一下变得端庄凛然，很难接近。于是我只得就此打住，不再多言。女子扔下手中勺子，拂拭了下衣服上沾着的灰尘，眼睛望向老爷子。老爷子站在马的前肢下，个头被衬得很矮小。

"'真没辙哩。'

"她口中这么说着，一把扯去似的解下细长腰带，随后提拎起眼看就要耷拉在地上的腰带的端头，稍稍踌躇了片刻。

"'啊啊，啊啊——'傻子口中含糊地嚷嚷着，像惯常的那样，颤巍巍伸过手来，女子便将解下的腰带递了过去。傻子重新盘好腰带，跟抖开的包袱布似的，傻乎乎地，绵软无力地将它搁在了膝头，跟守着宝物似的守着它。

"女子掖好掩襟，摁了摁胸腹，悄无声息地来到屋外，倏忽间便挨近到了那马的身边。

"我在一旁看着这一幕，目瞪口呆。只见她踮起脚，手轻柔地伸向空中，抚摸了两三下马鬃。

"女子正对着马的硕大鼻尖，纹丝不动地站在那儿，身影仿佛突然间变高大了。她目光沉着，嘴唇紧抿，眉头舒张，恍若出了神似的。平日里的和蔼可亲、娇媚可爱，就跟被世人说滥了的'冰消雪融'这个词所形容的那样，一下全都不见了踪影，不由得让人心生狐疑：眼前这女子，究竟是神，还是魔？

"此时此际，前后左右、远近各处的崇山峻岭，全都转过脸，昂起头，望向这位将老爷子拽至身后、自己挺身冲到马前的美女，她那映在月色里的身姿，萧然绝俗得仿佛来自另一个世界，充盈着苍莽深山间郁勃的生命元气。

"还以为她正在那儿磨蹭，却不料已褪去左边肩膀上的和服，又从衣袖里曳出右手，再绕至胸前，卷撩起丰满胸脯那儿穿着的内衣，攥在手中，上半身随即便一丝不挂。

"紧绷着的马腹、马背松弛了下来，汗水泗流，死死支撑着的四肢也变纤弱了，身子抖了抖，待鼻尖凑向地面，刚喷出一簇白沫，便前蹄一屈，眼看着就要跪倒在地。

"就在这时，女子一手揽住马的下颚，一手轻轻抛出攥着的

181

内衣，正待蒙住那马的眼睛，只见玉兔跃起一般，仰脸翻身躲闪到一边。透过笼了层妖气的模糊月光，刚察觉到她那裸露的身子被夹在了那马的两条前腿中间，一转眼间，她已将那脱下的内衣一把扯在手中，从马腹下'咮溜'一声钻了出来。

"老爷子心有灵犀似的，趁势攥住了缰绳。那马一时没了主意，显得有些惊慌，随后便迈开了矫健的腿脚，朝山路走去。'当嘟、当嘟、当嘟当嘟'，一转眼间便走远了，消失在了视线外。

"女子已穿好衣服，回到檐廊里，正待作势取过那腰带，不料傻子却舍不得，死死摁住不肯放手，扬起一只手，正待推开那女子的胸脯。

"女子冷冷地甩开那手，拿眼狠狠瞪着他，显得颓然失望，头耷拉了好一会儿。所有的光景映在幽微的行灯光亮下，看着恍若幻境一般。想到灶膛里柴火还在摇曳着火焰，女子这才忙不迭地奔了进去。遥远处，就跟去了天上那月亮背后似的，传来了马夫赶马时随口哼唱的谣曲。"

二十

"好吧，随后便是吃晚饭的时候了。端出的饭菜里，有山里人家腌制的咸菜和生姜、煮裙带菜，还有里边放了叫不出名儿的腌山蘑菇的酱汤。哎呀，这可比胡萝卜和葫芦干丝不知要可口多少哩。

"品类虽然清贫，可烹饪手艺上佳，我正饥肠辘辘，受此款待，还真是造化。女子双肘支着膝上的托盘，手托腮帮，在一旁乐滋滋地看着我。

"傻子仍在檐廊里，见没人理会，百无聊赖得难耐难挨了吧，于是便疲惫不堪地挪动膝头，拖曳着那硕大的肚子，挨近到女子身边，就跟瘫倒在地似的，盘腿坐在那儿，一个劲地打量着我的饭菜，手指比画着：'嗯嗯，嗯嗯嗯。'

"'又怎么啦？待会儿替你端饭菜来。没见有客人在吗？'

"傻子可怜巴巴地撇撇嘴、摇摇头。

"'不乐意？真拿你没辙哩。好吧，那就一块儿吃吧。法师，对不住，扰您清静啦。'

"我不由得搁下筷子。

"'快请一起吃吧！我没事。没想到给您添了这么多麻烦。'

"'没麻烦，法师您这都说到哪儿去了。你待会儿和我一起吃多好，可偏偏……真够烦人的啊。'

"女子这么抱怨道，可丝毫未见有什么不快，仍一脸和蔼，手脚麻利地备了份同样的饭菜，摆放得整整齐齐地端了出来。

"连添饭也利索得一看便知是内当家模样，并且总带了份娴静和优雅，那可是大户人家才有的风姿。

"傻子抬起混沌的眼睛，瞪着食案，嚷嚷道：'那个，啊，那个，那个……'

"眼神在饭菜上方慌里慌张地逡巡着。

"女子静静地望着他。

"'哎呀，行啦，那个平日都吃得到。今天晚上可是有客人在哦。'

"'呜，不嘛，不嘛。'

"傻子摆动着肩膀和肚子，哭丧着脸，眼看就要哭出声来的。

"女子似乎窘迫极了。我这旁人看着也都挺心疼她的。

"'大小姐，虽说我不清楚怎么回事，可请您就随顺了他的意思吧，好不好。您这么担心我，反而会让我觉得过意不去的。'我诚心诚意地这么跟她说道。

"女子再次冲傻子问道：'不乐意？这不好？'

"眼看那傻子快要哭出来了，女子边佯装有些怨恨地斜眼瞅了他一下，边从破旧柜橱里取出煮钵里的东西，麻利地盛放在傻子的食案里。

"'来啦！'

"她像是故意，又像是憋气似的这么招呼了声，装作满脸笑容。

"哎呀，这下可轮到我尴尬了。

"傻子当着我的面大快朵颐，吃的该不会是蒸煮黄颔蛇和炖烹猴胎吧？就算没这么造孽，也该是林蛙干吧？我偷偷瞥了一眼，他一手拿碗，一手从碗中捞出的不过是用米糠腌渍过的陈年萝卜。

"都还没仔细切碎，只是草草剁成三截了事，只见他将这粗大的腌萝卜横叼在口中，就这么吞着。

"也许是觉着很难敷衍过去，女子偷偷觑了我一眼，羞红着脸，虽早已不是那个年龄了，可却仍那么天真无邪，羞涩地将膝头上那毛巾的端头摁在了嘴角上。

"原来如此！所以这少当家才面带菜色，身子这么浮肿。他不一会儿便不由分说地将那食物一扫而尽，随后都没要上口热水，便这么呼哧呼哧着，费力地冲着前方喘起了粗气来。

"'也不知怎么了，我只觉得心口堵得慌，一点食欲都没有，这饭菜还是待会儿再吃吧。'

"我这么一说，女子都还没动下筷子，便将两个食案都收走了。"

二十一

"我就这么无精打采地待了好一会儿。

"'法师您是累着了吧？我这就收掇去，让您先歇下。'

"'谢谢，可我还没半丝倦意，刚才冲澡时便已把疲乏都给冲走了。'

"'那溪流包治百病。我哪怕劳累得身子枯萎成皮包骨，只要去那儿泡上半天，便又会变回水灵鲜嫩的样子。本来再过些时日就是冬季，山让冰给冻住，溪水和崖头都封在了雪下。可就是这样，法师我跟您说吧，就只有您刚才冲澡的那儿，溪水没被封冻，仍一个劲地冒热气。

"'受了枪伤的山猴，法师，还有瘸了腿的苍鹆，好多好多的鸟兽，都来这儿泡澡，足迹几乎在崖上踩出了条道，想必是因为这溪水疗伤治病特别奏效吧。

"'您要没觉着那么累，那就说说话吧，也好解下闷。说来还真是丢人，想到像这么困在深山里，只怕连话都忘了怎么说，我便心里直发怵。

"'法师您要觉得困了就吱声，千万别客气。家里虽说没间像样的卧室，可倒也不会有蚊子侵扰。城镇上的人讥笑上面山洞里的山民，说他们上那边做客过夜，见有人替他们张挂蚊帐，不解该怎么睡进去，便嚷嚷着要借把梯子。

"'早上再怎么高卧不起，都不用担心会有钟声和鸡鸣狗吠来扰您清梦，您只管安心睡您的懒觉就是了。

"'他嘛，出生后就一直由这大山养育长大，虽说无知无识，可心地淳厚，您根本无须挂念。

"'再说了，若是来客风度做派显得特别，他一准都会记得跟人恭恭敬敬地行个礼，只是还不会打招呼。这些天他看着有些疲惫，都懒得挪动下。不，他可一点都不傻，什么都心里明白着哩。

"'来！快跟法师打个招呼！哎呀，鞠躬行礼，忘了吗？'

"女子亲昵地挨近去，瞅着他的脸，刚兴冲冲说了这话，傻子便马上颤颤巍巍地用双手撑着地面，跟一截折断了的发条似的，突然间无力地拱着腰背，鞠了一躬。

"'可以了，可以了。'

"我胸口有些发堵，不由得也俯首还了一礼。

"就在冲着我这么鞠躬行礼的当儿，傻子看样子支撑不住了，身子正待瘫倒在一边，那女子忙温柔地扶住他。

"'哦哦，做得真好。'女子满脸佩服似的夸赞道。

"'法师您瞧，只要吩咐一声，他什么都会做，只是医生和那溪水都治不了他的病。他两条腿站不起来，就算学会了什么也都不济事。您也看到了，他就连鞠躬行礼也都这么费劲。

"'要他学会那些别人教他的东西，想必得费好大的劲，我知道这只会让他更受罪，所以也就什么也不让他做，久而久之，动手做事也好，开口说话也罢，他全都给忘了。可就算是这样，他也会唱谣曲，至今仍记得两三首。来，这就唱一首让客人听听，好不好？'

"傻子看了女子一眼，又目不转睛地盯着我看，似乎有些怕生，摇了摇头。"

二十二

"女子想方设法撺掇着，连哄带劝地，于是傻子便歪着脑袋，一边拨弄着肚脐，一边唱了起来。

　　　　木曾御岳山，夏日犹自寒，
　　　　身上披夹袄，脚下添布袜。

　　"'他都清楚着哩，是吧？'女子凝神谛听，微笑道。
　　"真叫人难以置信！唱谣曲时那傻子的歌喉，别说这会儿正在听我讲着这事的你了，就连我自己也觉得跟揣想的简直霄壤云泥！旋律婉转自如、抑扬顿挫，气息平匀悠长，音色清澈透亮，根本不像是出自这少年的喉头，听着更像是用管子从黄泉之下去接了来，灌进了他那鼓胀的肚子里。这可是他上辈子才该有的歌喉哩！
　　"我端坐着听他唱完，双手摁在膝头，都不曾挪动半下，说什么也抬不起头来去看他俩一眼，心头针扎似的隐隐作痛，眼泪扑簌簌地掉了下来。
　　"女子似乎一眼便察觉到了。
　　"'咦！法师您这是怎么啦？'
　　"我一时语塞，过了会儿才渐渐缓了过来。
　　"'啊，没什么要紧的。我都不怎么过问大小姐的事，您也就什么都别再问我了。'我含糊其词、故作深沉地这么回她道。说实话，单凭她那容貌，我便早已明白：饰以金钗玉簪，缠以蝶衣，足蹬珠履，活脱脱便是丰腴妖娆的杨贵妃再世，理应被唐玄宗召入骊山、拥在怀中。她对这男子如此体贴，不弃不离，纯然出于心地善良，虽说是人家夫妻间的事，可你看我这外人，不也都满心欢喜得忍不住流下泪来了？
　　"于是，就跟轻易便能读出别人肚子里心思似的，那女子一下便了悟了。

"'法师您真是慈悲心肠。'说着，眼睛里满溢着难以言喻的神色，凝眸注视着我。见我垂下脑袋，这才俯下头去。

"哎呀，行灯好像又暗下去不是？恐怕得归咎于那傻子。

"这时……

"有些意兴阑珊地沉寂了下来，一时间无事可做的当儿，一心系念着想唱谣曲的太夫[1]，看着有些百无聊赖，不由得打了个大哈欠，似乎要把紧挨着他脸的那盏行灯的灯火都倒吸进大张着的口中。

"他晃动着身子嚷嚷起来：'我想睡觉，睡觉吧。'

"'困啦？想睡了？'女子询问道。待重新端坐好，似乎突然察觉到了什么，环视了下四周。屋外俨若白昼，门窗大敞，斑斑驳驳的月光照进屋来，连绣球花也带着些幽蓝，显得格外鲜艳。'法师您也请歇下吧。'

"'好，给您添麻烦了。'

"'我这就打发他去睡下。您好好歇着吧。您那儿虽紧挨着外边，可夏天还是屋子宽敞些睡着舒适。我们上库房那边睡去，法师您也好在这边睡得宽舒些。请您稍等。'

"说到这儿，女子突然站起身来，匆匆走下没铺地板的堂屋。她脚下走得太轻快了，随着那脚步，原本绾着的一头乌发，便一下披散在了她脖颈上。

"她一手摁着自己的鬓发，一手扶住门扉，隔着门望向屋外，口中喃喃自语道：'咦？咦？莫非是我刚才忙乱时，把梳子给弄

---

1 本指日本能乐、歌舞伎表演中，念、唱、身段等技艺均十分高超精湛的艺人，这里则戏指那个当家的傻子。

丢了？'

"准是从马腹下哧溜一下钻了出来的那会儿给弄丢的。"

二十三

"这之后，下面走廊那边便传来了脚步声，很轻，步幅却很大，寂静中听着格外清晰。

"不一会儿，像是有人撒尿，传来了'哗啦'打开挡雨窗板的声响，还有长柄勺在洗手钵里舀水的声响。

"'哦哦，堆起来了，雪好厚。'

"是客栈少当家的在独自嘟囔着。

"嗬嗬，若狭那行商说不定也在哪儿住下了，这会儿正做着什么好梦哩。

"赶紧说下去，接下来……"

见他宕开去又扯起了旁的事，正听说着这事的我便不耐烦起来，冷着脸催促他接着刚才的话头继续往下说。

"这不，都已到了深更半夜的。"

行脚僧重又讲了起来。

"你大致也都能猜想得到，我就是再累，可在深山里，就像我前面跟你讲的，这么幢孤零零的屋子里，说什么也难以成眠。心是悬着的，一开始就没能让我睡着，一直干瞪着眼。可我实在累透了，便有些疲神，迷迷瞪瞪的。总不见得就这么耗着，望眼欲穿地等着黑夜变成白天吧？

"于是，我先是无心地指望着会有钟声响起。这会儿该敲响了吧？就快敲响了吧？结果时间已过了许久也没听到钟声，好生奇怪啊。随后才发觉，自己待着的这地方，根本就没有什么山寺。这么一思忖，不由得心里陡然一紧。

"这时夜色仿佛到了谷底。傻子忽高忽低的呼噜也消停了下来。可屋外突然间有什么东西作势闹腾了起来。

"听着像是野兽的脚步声，从不远处跑了过来的。这儿本来就是猴子、蟾蜍出没的地方，我这么宽慰自己，可没料想到闹腾得越来越厉害。怎么回事？

"过了一会儿，我觉得那家伙已蹭近到了门口，随后便传来了几声羊叫。

"我不是枕头正冲着那门口的吗？屋外羊叫声就跟贴着我枕头似的。不一会儿，似乎是右边吧，正盛开着的那簇绣球花下，又有了动静。这回是鸟翅在扑扇。

"也不知道是不是鼯鼠，一阵'吱吱'乱叫，蹿去了屋梁。随即又发觉有东西挨近过来，差不多就要压着我胸脯，跟座小山似的，接着便是几声牛鸣。一阵小碎步，从远处飞快地跑了过来，似乎是两脚穿着草鞋的兽类。哎呀，各种动物都跑了来，把这屋子围了个水泄不通。鼻息声、翅膀扑扇声，足足不下二三十种，里边也有独自嘟囔着的。要说跟什么似的，活脱脱就是佛教地狱图绘里六道轮回中畜生道的那一幕，映在月夜里，奇形怪状的，和我只隔了块木板门窗。这大概便是人们所说的魑魅魍魉了吧？树叶看样子都在簌簌发抖。

"我屏息敛气着，库房那边有人倒吸了口长气，吁了声：'嗯——'

"是那女子让梦给魇住了。

"'今晚有客人在哩。'她喊出声来。'没见有客人在吗？'过了会儿，她又说道。口齿清晰，声音清冽。

"待翻了个身，她轻轻说了声'有客人在哩'，又翻了个身。

"门外似乎作势闹腾得更厉害了，稀里哗啦地，房屋也都被搅扰得摇晃了起来。

"我心无旁骛地埋头念诵起《陀罗尼经》来：

　　若不顺我咒　恼乱说法者
　　头破作七分　如何梨树枝
　　如杀父母罪　亦如厌油殃
　　斗秤欺诳人　调达破僧罪
　　犯此法师者　当获如是殃

"一阵骤风裹挟着树叶，飒然朝南边刮了去。周边顿时安静了下来。夫妇俩睡着的库房那儿也不再有声音传出。"

二十四

"来日正午时分，在村子不远处的瀑布那里，我又遇上了昨天那老爷子，他正赶完马市归来。

"这时我正寻思着，打消前去修行的念头，折回那独门独户的山里人家，就此与这女子一起打发余生。

"说实话，一路走到这儿，我也一直在琢磨着这事。就算侥幸没撞见横亘路面的蛇，也没经见山蚂蟥森林，可又是道阻且长，又是汗流浃背地受着这活罪，此时此刻，我越发嫌厌起了行脚生涯的无聊难耐，连一天都不想再多挨了。就算披上紫色袈裟，住进七堂伽蓝[1]，又有什么乐趣可言？让人称作活佛，大声顶礼膜拜，还不是要被人推来攮去，直在心里叫苦不迭？

"说出来不知你会做何感想，故而刚才也就一直没跟你明说。前一晚打发傻子睡下后，那女子便又来到灶边，跟我拉起家常来，说是看着我去世上这般受苦受累，还不如和这夏凉冬暖的山溪一起就这么待在她身边。她还絮絮叨叨说了好多这样的话，就跟一时间对我着了魔似的。于是我便跟自己这么辩解说，这女子想必也是有什么困难，她是不得已才这么说的。孤零零地住在这深山老林里，晚上身边陪侍着的又是这么个无法交谈的傻子，长年累月，只觉得连话都快忘记怎么说了，这过的都是什么日子啊！

"这天早上，黎明时，我正待去和她挥袖道别，不料她却抢在头里对我说：'真舍不得哩！只怕直到风烛残年也都无法在这儿再见上您一面啦。您要是在流淌着的河水里，哪怕只是涓涓细流，见到哪儿正漂流着白凤桃的花瓣，想必那便是我沉入山溪、被撕成碎片的身子了。'她虽有些失落和沮丧，却仍体贴地嘱咐我：'您只管沿着山谷里这条溪流走就是了，不管走多远，总会找到村子的。一旦眼前的飞流急湍跌落成了一道瀑布，您就可以松上口气了，因为附近就有人家。'她替我指着路，把我送到早已见不到深山里那处孤零零屋子的地方。

"就算无法和她亲近到十指相扣的境地，但朝夕之间，能陪伴在她身边一起说说话，喝着她做的山菇汤下饭，或者我忙着添火，她忙着架锅，再或者我捡拾山果，她削皮，隔着纸拉门

1　泛指佛门七种堂宇（金堂、讲堂、塔、钟楼、经藏、僧房、食堂）齐备的寺院。禅宗则或指佛殿、法堂、三门、库院、僧堂、浴室、东司七类。

窗，里里外外有说有笑，然后呢，两人一起来到山谷溪流，女子赤身裸体，在我背上大口呼吸，我呢，就跟被拥在了弥漫着微妙馨香的花瓣里似的。真要是这样，即便就这么丢了性命，我也都乐意！

"待见到瀑布，我越发觉得难忍难挨。岂止如此，简直直冒冷汗。

"我浑身筋骨疲沓不堪，精神跟散了架似的，已腻烦了这行脚僧生涯，傍近人家便不由得心里一喜，可充其量也不过是有个爱唠叨且满嘴臭气的老太婆，出来替我斟上碗苦涩的粗茶而已。因为讨厌走进村子，我便在一块石头上跪坐了下来。瀑布恰好就在我眼皮底下。这瀑布呀，后来跟人打听起来，才知道叫男女瀑。

"突兀在瀑布正中的那方黝黑的棱角锋利的巨岩，恍若龕张着嘴的一条大鲨鱼。山溪从上游过来，掠过浅滩后陡然湍急起来，一头撞向这巨岩，被劈成两绺，化作飞流直下的瀑布，形成足有四丈来深的落差，俨若织就的一匹白布，衬着微微发黑的碧绿，飞箭似的直往村外奔去。一绺被巨岩堵着，宽约六尺，虽是从同一道溪流中撕裂开来的，却显得纹丝不乱；另一绺则窄了许多，仅宽三尺。瀑布跌落处，看着像是堆垒着众多杂乱的岩石。瀑布俨若一道玉帘，闪闪烁烁着被捣成万千碎片，蹭着、绲着那方鲨鱼巨岩，从高处一泻而下。"

二十五

"女瀑一心想着跃过巨岩搂住男瀑，哪怕只有一缕能和它厮守在一起那也该有多好！可巨岩不为所动，从中作梗，自始至终连零星水滴都不肯放过。一味听凭其搓揉和摆布，备尝辛酸和痛苦，处境既是如此苛刻，姿色和容颜自然也便日趋消瘦和憔悴，甚至流水声也都听着有些异样，又像是怨恨，又像是啜泣，悲伤中透着股温婉，那便是女瀑了。

　　"男瀑那边呢，正好相反，挟势做裂石贯地之状，浩浩荡荡，势不可当。望着溪流撞向巨岩，被强行分至左右，化作两道瀑布跌下崖去，但觉寒气袭人，直沁骨髓。女瀑俨若心碎不已的美女，偎住男子膝头，战栗着身子在啜泣。就是在岸上这么待着都叫人心惊肉跳的，更何况昨天，就在它上游，我还和那独门独户的山家女子冲凉洗澡来着。一念及此，也许是心理作祟吧，那女子的身影便一下从女瀑里浮现出来，历历在目，跟画中人似的，随即便被瀑布裹挟了去，眼看着就要沉入水底，却又浮了上来，就这样载沉载浮着，随同乱作一团的千万缕溪水一起，肌肤碎作齑粉，恍若凋零的花瓣。我刚惊叫了声'啊呀！'本已化为碎屑的脸、胸、乳，还有手足，便又完好如初。忽而沉下，忽而浮起，眼看着刚被剁碎，却转眼间又出现在了眼前，让我难忍难挨得直想一头扎进瀑布去紧紧搂住那女瀑。待回过神来，只见男瀑正一泻千里，在山谷间激起隆隆回响，惊天动地地呼啸而去。啊！你既拥有这等力气，何以都不愿出手搭救一把呢？也真够任性哩！

　　"赶紧折回原先那家孤零零的人家去吧，说什么都要比纵身一跃死在这瀑布里的好。正因为心存不洁欲念，我才落得这般境地，并且仍在踌躇不决。只要能见到她，听到她说话，任由他们夫妇同床共眠，我挨着他们睡在边上也都没什么大不了的，就是这样也总要比汗流浃背着修行个没完、一辈子都在当和尚的不知

194

要好上多少哩。那就豁出去了。我决定原路折回，便从石头上站起身来。

"'啊，大和尚。'有人从身后拍了下我的后背，这么招呼道。

"这人还真是会挑时辰。趁着我心猿意马、心生悔意的当儿，就这么吓了我一跳。待回头一看，倒也不是什么阎王爷派来的喽啰，原来是老爷子！

"看样子那马已被售出，他一身轻松，肩上挎着个小包袱，手中晃悠悠拎了条金鳞鲤鱼。这鱼足有三尺来长，稻草穿着腮帮，似乎还鲜活着，泼刺地甩着尾巴。他默不作声地，就好像突然间说不出话来似的注视着我。老爷子就这么死死地盯住我在看，然后默默地笑了笑，还不是寻常的那种笑，是窃笑，多少有些瘆人的那种。

"'您这是怎么了？一个出门修行的大和尚，天还没热到非躲在岸边歇凉的地步，脚下若走得紧些，从昨晚的住处到这边也就不到四十里地，这会儿都该进村去拜过地藏菩萨了。

"'怎么？该不会是心里牵挂俺大小姐，起烦恼了吧？嗯，可别跟俺藏藏掖掖的，就算俺得了眼病，是黑是白总还分辨得清楚。

"'本来跟俺差不多的一个人，让大小姐用手撩泼溪水帮着搓过澡后，按说这会儿早已失去了人样了。

"'或是变成牛马，或是化作猴子，还有蟾蜍、蝙蝠什么的，反正都得在那儿上蹿下跳着折腾个没完。见您从山溪上来时，手脚和脸竟还和原来一模一样，俺连魂都快被吓掉了哩！想必您道行高洁，诸佛定聚在心，故而身处此境也都能逢凶化吉，不得不叫人感慨钦佩。

"'俺牵走那马时您也都看到了，是吧？您不是还说，来这深山里独门独户人家的路上，见到有人兜售还魂丹，是富山那边的？您瞧，这下流坏早已变成那马，我在马市把它换了钱，这钱呢便又这么换了鲤鱼，晚上做成菜肴，大小姐最喜欢吃了。这下您也该琢磨透了吧，大小姐她到底是怎么回事。'"

"我不由得脱口而出：'上人[1]，难道……'"

二十六

"上人边颔首，边口中念叨着：'嗨，先听我说。'

"这独门独户住在深山里的女子，似乎本来就跟我有些因缘。踏进那片挺瘆人的森林前，不是出现了岔道，路面又水漫金山，有个山民指给我看，说那边从前有幢屋子，住着医师一家的？大小姐呀，便是那医师家的千金。

"当时呢，整个飞骅山脉，怎么都找不出能让人觉得新鲜和稀罕的东西，可奇怪的是，偏偏医师家这位千金长得出挑，生来就像块碧玉似的。

"听说她母亲大胖脸，眼角耷拉，塌鼻子，吮吸着这俗称大胖奶的两个鼓得刺眼的乳房，怎么便养育出了这么个美人坯子，真是咄咄怪事。

"一时传言纷纷，说是故事书里也都写着哩，要不便是屋梁上让人给射了支白翎箭[2]，要不便是狩猎时让贵人一眼相中召进了

1　旧时对内含德智、外有善行的高僧的尊称。

2　日本传说中，神祇一旦爱慕上了某个女孩，便会往她家屋子上射去一支白翎箭，作为征召的记号。

豪宅，说的不就是这样的女孩吗？

"她那当医师的父亲呢，颧骨高耸，满脸胡楂，并无多少医术，却爱端着架子，对人爱理不理的，还不是这么个主儿？乡间到了收割季节，自然会有让稻穗扎了眼睛的，于是麻烦来了，有人眼屎腻住眼睛啦，有人眼球又红又肿啦，有人患上流行结膜炎啦，患者一时增多了起来。这医师虽也稍稍治过些眼疾，可有人找来看内科，他便左支右绌地不知所措了。若是来看外科，他便往鬓发油里滴上些凉水，涂抹下伤口，让人打上个冷战的就算了事。差不多就这么点本事。

"真所谓'有志者，事竟成'，凭着这点门道，竟也让人康复痊愈了，也是这辈人命不该绝吧。正因为这个缘故，加上这儿除了这家，再也找不出另外挂有'竹庵''养仙''木斋'招牌[1]的，故而场面倒也相应地做得挺大。

"尤其他那女儿，长到十六七岁这妙龄时，越发出落得美貌又善良，人们啧啧称奇，莫非是药师如来发了慈悲心，下凡到医师家里来救济众生的不成？随后不管是虔诚的善男信女，还是真得了病的男女，便都蜂拥而至，把门都快挤破了。

"这事最早是这样，小姐先是很和蔼地询问那个见天打照面的很熟识的病人：'手还疼吗？好点了没有？'顺便用掌心温柔地摩挲了下他的手指，就这么着，这名叫次作兄的小伙便一下痊愈了。随后她又冲另一位小伙说了声'您看着挺难受哩'，便替他揉了下肚子，刚才还因为喝了不洁净的水给折腾得死去活来的人，转眼间，那腹痛便消失得无影无踪了。起先这些只对年轻小伙挺管用，慢慢地，连上了岁数的病也总能手到病除，后来，女

————————
1 　诸如上述这些名号, 均为当时医家喜欢使用的招牌名。

患者里边也有用这招给治好的，就算没治断根，也还是解除了病人不少痛苦。那医师还不是就那么点三脚猫本事？割痈疽、挤脓血时，竟用生了锈的小刀在病人身上划来划去，病人自然是疼得连连打滚，一迭声凄厉号叫，小姐便走拢来，让他后背牢牢倚住自己胸脯，双手扶着他的肩膀，这么着，据说那病人自然也便熬了过来。

　　"有一阵子，来了群马蜂，就在灌木丛前边那棵老枇杷树上筑了个蜂巢，大得瘆人。

　　"于是，有个名叫熊藏的小伙，他本是跟医师学医的，却兼着下人的差事，平日里不光在药房里忙碌，还要清扫擦拭屋子，去菜地摘菜挖薯，若遇上医师要去周边出诊，自然还得替他拉车什么的，当时他二十四五岁的样子，时不时地私下里往稀盐酸里兑上些单糖浆，装在瓶子里。那当家的挺吝啬的，他怕被发现后遭叱骂，便将这瓶子和紧腿裤、裙裤一起搁在橱顶上，有了闲空便啜上几口，就这么个人。那天他说是去打扫院子，便发现了那蜂巢。

　　"他来到檐廊前，请求说：'小姐，我来做件好玩的事情让您开开眼，冒昧地请您攥住我这手，待会儿我用它探进蜂巢去，当您面将那马蜂手到擒来。因为让您触碰过，这手便是被蜇了也不会觉着疼。若挥舞竹帚打去，它们会四散开去，然后蜂拥着蜇来，挡都挡不住，非被当场蜇死不可。'小姐面露微笑，本在袖手旁观，这时却愣是被他攥去握住了他的手，随后他便大咧咧地朝蜂巢走去。待传来一阵骇人的'嗡嗡'声，不一会儿他便已折回，左手攥着足有七八只马蜂，有的徒劳扑扇着翅膀，有的干蹬着腿，有的正待从他紧攥着的指缝里爬出来。

　　"'啊呀呀！只要让这神手触碰过，愣是连枪弹也都伤不了的哩！'

"人们议论纷纷，仿佛一张翕张开的蛛网，将流言向四面八方传了开去。

　　"从那会儿起，也说不清到底什么时候，她身上便有了这么些本事，就跟神佛感应或显灵似的，后来又因为什么缘故以身相许了那傻子，被困在了深山老林里，随岁月推移而越发变幻莫测，神通广大得几乎无所不能。起先是用身子紧挨着，后来只需用脚和指头，最后更是隔空呼上口气，便能让走失了道的过路人一下失去人样，全看大小姐她的心思了，想变什么就能变什么。

　　"当时老爷子正讲着这事，突然发问道：'大和尚，这孤零零屋子周遭，猴子啦，蟾蜍啦，蝙蝠啦，您都没少撞见吧？还有野兔和蛇？他们可都是让大小姐带去山溪洗澡后才变成这畜生模样的哩！'

　　"可怜见的，那时这女子又是蟾蜍绊脚，又是猴子搂腰，还让蝙蝠给咬了。还有深更半夜在噩梦里让魑魅魍魉给魇住的。想到这些，我便觉得心口被撞得一阵阵生疼。

　　"老爷子还说了：'如今这傻子呢，也正是大小姐被传言得神乎其神的那会儿，上门来找医师治病的。当时他还是个孩子，让朴实木讷的父亲陪护着，背在披着一头长发的哥哥背上，从山里赶了过来。说是脚上生了脓疖，怎么都好不了，这才前来求医的。

　　"'本来租了间屋子，打算逗留几天。可医师说了，这脓疖切除起来挺棘手，大意不得，多半得流不少血哩，更何况还是个孩子，手术前得先补下身子才行。于是先每天喝上三枚鸡蛋，再敷上膏药，让他安心养神。

　　"'揭膏药也得父亲、哥哥还有旁人帮着。疥疮结了硬痂，粘连着的肉也都被一起撕下，那孩子自然就会哭闹起来是吧？可说也奇怪，若是大小姐替他揭，他便一声不吭，愣是熬着。

"'说穿了，医师因为束手无策，这才推说孩子羸弱，想多拖延一天是一天。过了三天，留下他哥哥，忠厚老实的父亲穿着紧腿裤的膝头蹭擦着地面，倒退着从玄关下到没铺地板的地面，穿上草鞋，手扶地面，边行礼边央求，救救我家二小子的命吧！拜托啦！拜托啦！然后便回山里去了。

"'就是这样，也仍没见有什么进展。都已过去七天，留下来照拂弟弟的哥哥也终于熬不住，说是眼下正是收割时节，忙得都恨不能生出三头六臂来，天气看着又像要下雨，雨要下久了，还没来得给山地下种，收上来的稻谷就会先发霉朽烂，人就得饿死。他是家中长子，体力活得靠他，在这儿这么耗着可不行。说着，边和声细语地安抚着弟弟，要他答应自己别哭，边搁下病人径直走了。

"'后来便只剩下这孩子独自一人。当时在村长簿记上被记作六岁。大概是他父亲故意弄错的，误以为自己年届六十时，做儿子就是满了二十，也可让人打马虎眼给免除兵役的，所以报户口时少报了五岁，其实当时已十一岁。虽说出生在深山老林，连村言土语都听不懂几句，可他生性聪慧，乖巧懂事，想到每天喝三枚鸡蛋，开刀时都变成血，一滴不剩地流走了，便忍不住想哭，可想到哥哥叮嘱过别哭，这才忍住没哭出来。小小年纪便就揣上了这份心思。

"'大小姐心疼他，端上饭菜，让他和家人一块儿吃，他衔了片腌萝卜便躲到角落里。就是这么个招人疼爱的孩子。

"'终于挨到就要动手术的前夜，一家人都已睡下，万籁俱寂，半夜起来小解的大小姐发现他正抽抽搭搭啜泣着，声音轻微得跟蚊子似的，也便顾不上那么多忌讳，过去搂住他，哄他睡了过去。

"'手术时，跟往常似的，由大小姐在背后搂着他，他一边淌着黏汗，一边惊讶地盯住刀子扎进正待割除的痈疖，一声不吭地忍着，也不知哪刀扎偏了，血流如注，止都止不住，眼看着他脸色都变了，性命危在旦夕。

"'医师也是脸色苍白，手忙脚乱。也许是冥冥中神祇护佑吧，好不容易才捡回了条小命。足足三天，血才算止住，可人却瘫了，不用说，从此便成了个残疾。

"'男孩拖曳着腿脚，他望着那腿脚，脸上神情令人心碎，就像一只衔着拧断了的腿在那儿哭泣的蟋蟀，让人不忍直视。

"'男孩终于忍不住哭出声来。医师生怕他声张出去，心下有些焦躁，便铁青着脸，狠狠瞪着他。男孩只得紧紧攥住心疼他、抱他起来的大小姐，脸埋进她的胸口。见了此番情形，多年来一直凭此庸技胡乱打发患者的医师，便只得败下阵来，无奈地抄起胳膊，叹息了声。

"'终于他父亲要来接他回家，说是命该如此，指望不上能治好了，别的倒也没抱怨什么。可这男孩说什么都不肯离开大小姐。也算万幸，医师有了托词，便推说为了抚慰他父兄，决定让自家女儿送那男孩回家。

"'于是她将这男孩送回了大山深处这孤零零的家。

"'当时这儿还是个庄子，差不多也有近二十户人家。大小姐来后，碍于情面先待了一两天，待逗留到第五天，天下起了滂沱大雨，就跟瀑布倒翻了似的，不见有片刻的停歇，就是在家闭门不出，也都得身穿蓑衣、头戴斗笠，才不至于被雨兜头浇湿。别说修葺茅草屋顶了，就连大门打开一道缝都不行。人们只能扯破嗓门和隔壁邻居吼上几声，多少确认彼此是不是还活着。困在这雨里整整八天，感觉就跟熬了八百年似的。到了第九天半夜，刮起了大风,风势转眼间便将周遭山顶全都化成一片泥海。

"'说来真是不可思议,躲过洪水这一劫,最终幸存了下来的便只有大小姐和男孩,还有那时从村里陪他俩过来的俺这老爷子。

"'传言便在当地人中间沸沸扬扬传开了。说是医师一家也都让这场洪水给夺了性命,没想到那般穷山恶水的地方竟也能生养出这等美得不可方物的女孩子家,只怕是个预兆哩,看来世道、朝代都得更换了吧?

"'大小姐成了无家可归的孤儿,便和那男孩一起留在了山上,就像大和尚您见到的那样。那场洪水已过去了十三个年头,她至今仍陪伴在那傻子身边,无微不至地照料着他,天天如此。'

"老爷子讲完上面那些话,又暗自吃吃嬉笑起来,让人心里不由得发瘆。

"'跟您讲了大小姐的身世,想必您也会觉得她自有她的难处,不免动了恻隐之心,想着要去帮她砍砍柴、汲汲水什么的吧?您本是心里爱慕上了她,便胡乱地找上些由头,慈悲呀,怜悯呀,只想马上能回到山上去。这万万使不得!她既已做了那傻子当家人的妻子,与世隔绝,少了许多拘束,对男人自然也就越发挑剔起来,一旦厌倦了,便呼上口气,让他们变牛变马。尤其那场洪水过后,新添了这么道穿山而来的溪流,这溪水还真是诡异,就好像天道或者神祇特意赐给她去诱惑那些男人似的,我都还没见过有谁能从这溪水里活着走出去的哩。

"'就连魔界也不免会有三患[1],更何况大小姐哩。若是她头发

1　按照佛教的说法,龙、蛇等都不免要身历三种苦恼:身体遭受热风、热沙烤灼;衣服被恶风刮走;为金翅鸟所啄食。

蓬乱，脸色苍白，乳胸干瘪，手足消瘦，只要去那山溪里洗上个澡，马上便能恢复如初，肌肤重又变得娇艳欲滴。招招手，鱼儿都会欢跃而至；瞥一眼，鲜美果实便从树上应声落下；衣袖遮下太阳，天便会下雨；抬抬眉，风便扑面而来。

"'再说大小姐天生好色，尤其喜欢年轻的。估计她跟大和尚您也说过些什么，您要是信以为真，马上就会被她腻烦，不一会儿，您就会长出尾巴，耳朵翕动，腿脚也被拉长，一转眼间，整个人形便都变没了。

"'哎呀，过会儿，真想让您看看她大咧咧地盘腿而坐，就着这鲤鱼做成的菜肴，在那儿喝酒时的那副魔神模样。

"'趁着妄念未起之际，赶紧离开这儿！能让您捡回条小命，还真是西天出了太阳哩。多半是大小姐对您额外起了份恻隐之心，也是神佛在暗中护佑您哩！年轻人，好好修行去吧！'

"老爷子这么说着，又拍了下我的后背，随后便提拎着鲤鱼，头也不回地顺着山道往上攀爬而去。

"我目送着他渐行渐远，刚觉着他的身影隐没到了大山背后，便见到成团云霓从山顶涌出，撑满了都快被烈日灼出油膏燃起火来的天空，瀑布也一时间喑哑了下来，随后便传来了隆隆雷声。

"我失魂落魄地伫立在那儿。终于回过神来时，我朝老爷子走去的那边拜了拜，便挟起竹杖，斜戴着斗笠，转过身，一溜烟地匆匆往山下跑去。走进村子时，山上便下起了骤雨。因为这场大雨，等老爷子赶至深山老林那独门独户的屋子时，他替女子捎回的鲤鱼想必都还是鲜活的吧？我这么思忖道。"

高野山圣僧跟我讲述这事时，并没有替自己开脱或对我说教的意思。

翌晨分手时，我目送他冒雪翻山越岭而去，心里依依不舍。高僧顶着纷飞大雪，在坡道上一步步往高处攀去的身影，望着就跟驾云而去似的。

（1900 年）

歌行灯

一

> 神宫立柱挺拔壮观，俨若当地名物宫重萝卜，神
> 祇慈悲心肠，柔软得如同炖萝卜一般，守望着七里航渡，
> 风调雨顺，波澜不惊。乘坐往来于两间的渡船，由热田
> 平安抵达桑名，心下忭欢何似……

有人即兴吟诵似的念叨起《膝栗毛》[1]第五编上卷里这段文
字，那是霜月[2]十日昼去夜来时分。中天月光清冽，星星跟清水
冲洗过似的，走在站台栈桥上的人影被曳得又高又大。打量着眼
前闪烁的灯火，还有远近各处凋落得只剩下枝干的树丛，他在桑
名车站下了车。

1　全称《东海道中膝栗毛》，即《东海道徒步旅行记》，江户时代著名通俗小说
　　家十返舍一九所著。
2　旧历十一月。

他的墨黑色外套和月色倒也般配，可他身子瘦削，穿着略嫌肥大。簇新、入时的深棕色呢帽似乎还没戴惯，本该凹着的顶部竟被拱成了小山状，帽檐又扣得过深，耳朵都给埋住了，加上随时都在提防着被风刮走似的，干瘪的脸颊上随意耷拉一根系帽带，那神情便不免显得有些无奈，就好像是在抱怨："世道变啰！出门行路都不让人戴斗笠啦！"

这便是弥次郎兵卫了。他都六十二三岁了，可心气还跟毛头小伙似的。

看样子行李不重，藤蔓纹饰的天鹅绒手提包上挂了只布袋，他一手提拎着提包和布袋，一手拎着蝙蝠伞，边走边在口中念念有词。

"'欣愉之余，便就着桑名名菜烤蛤贝，推杯换盏，对酌起来……'书里写的不就是这地方？那好，投宿旅店前，先上车站前小酒馆里去喝上杯酒。'你说如何，喜八多？'正待这么发问，可念及你比我年长，似有些不相宜。不过书里不是写着，自以为有头有脸的弥次郎兵卫，在伊势一带与同伴喜多八一时走散，一个人无精打采地走着，找上那家'吊在棚架下'[1]的旅店去，又累又急都快哭了？要这么说，咱俩不也就是松荫道上结识的道伴？既然做了道伴，说什么都得一起喝上杯酒吧？喂，捻平君？"

"瞧你，又唠叨起这了。"道伴脸做苦涩状，回道。

这人比他还年长四五岁，该有七十了，深扣着一项旧帽子，

1　《膝栗毛》中人物弥次郎兵卫本来准备与同伴喜多八投宿名叫"藤屋"的旅店，因一时走散又急又累，说不出旅店名中那个"藤"字，故只得模糊意会成"吊在棚架下"云云，这也正是小说俚俗、诙谐的一面。

海獭皮，没帽檐儿的那种，都掩住了花白眉毛，一袭旅行时穿的灰色薄呢外套，日式紧身秋裤，一双厚实的白袜和牛皮底的草鞋。早已褪了色的郁金香色包袱布用带子拦腰捆结实了，斜挎在背上，在胸前绾个结，同样也是一手提拎着布袋，一手拄着手杖，只是腰腿还硬朗，一看便知是位德高望重的老爷子。

"快别喊我'捻平'啦，怪不中听的。喊'道伴'虽还凑合，有个'松荫道上结成的同伴'的意思，可听着又觉得像是拦路蟊贼的同伙。"

老爷子说着，手杖冲地面"咚"地蹾了下，随后紧赶几步，抢先出了检票口。

弥次郎兵卫有意落在后面，望着忙不迭抱怨的同伴那隐士模样的背影，一边继续调笑道："哎呀，料想你会这么抱怨，所以才喊你'捻平'哩。何以见得'松荫道上结成的同伴'就得是拦路蟊贼？可谁知道呢，你年轻时是不是干过这行当？哈哈。"

见站台检票员从旁若无人在发笑的自己手中拽抢似的拿过车票去，弥次郎兵卫没能反应过来，便看了他一眼，脸色一下僵滞住了。

也难怪，谁叫这老爷子落在最后出站，是上哪儿闲逛去了吧？到站的火车都已驶远了，吐着当地烹制名菜烤蛤贝时四处弥漫的那种白烟，穿行在如梦似幻的月色里，在幽蓝色原野的路上闪耀着光亮，疾驰而去。

"从这儿顺着这条道走去，要不了多久，待听到旅人的歌声……"

这老爷子虽落在最后出站，可还满不在乎，随即便又唠叨开了："捻平君，你听，这倒是狂歌佳句哩！

秋雨阵阵

烤蛤儿香

宫中阿龟[1]面团团……

"嗬，这句还不错，挺不错。"

"老板，您坐车吗？"

车站前，夜色中的角落里，寂寥地停着四五辆人力车，显得影影绰绰，有个双手交叉着抱在胸前的车夫，慢慢悠悠地上前来招呼道。

听到招呼，弥次郎兵卫撇了下嘴，半边脸颊绽出笑意。

"谢天谢地，还真是赶巧了！可一样是揽客，怎么不说成'两位老板，请搭乘我的回程车好吗？'[2]"

车夫"嗯"了声，一脸茫然不解地呆立在了那儿。

二

老爷子弥次郎兵卫晃荡着和服外套袖子，跟喝醉了似的吩咐那车夫："来，说上声'搭乘回程车好吗？'后生，快替我们摆个

架势。"

"嗯，您是要我说'搭乘回程车好吗？'这话？那好，搭乘

1　旧时日语中泛指丑女的词。凡是塌鼻梁、高颧骨、脸盘肥胖的女子，皆可称"阿龟"。

2　原是《东海道中膝栗毛》中人物的话，弥次郎兵卫此时仍沉浸在小说里，模拟着小说中人物的口吻，也难怪接下来车夫会一脸茫然不解。

回程车好吗？"跟说绕口令似的，这车夫倒也老实。

"哈哈。'一喊他法性寺入道前关白太政大臣他便恼于是便改喊他法性寺入道前关白太政大臣阁下'。"弥次郎兵卫突然想起有这绕口令，脱口说了一遍，随后又哈哈大笑起来。

"请，快请上车！"见弥次郎兵卫已说定雇车，车夫也不再介意他在说些什么，只是拽过车把，转向客人。

老爷子弥次郎兵卫故意死死盯住车夫。

"咦，你这不是人力车吗？那好吧，人力车就人力车吧。"

"好什么呀好？"

是个白发老翁，独自呆立在边上，跟倚着竹柱子的枯菊似的，用深谙月夜旅愁的口吻在说话。

"快雇上这车吧！手提行李转悠在这陌生的街头，都不知会撞上什么哩。"他嘟嘟嚷嚷地，一半像发牢骚，一半像自言自语。

"不行！少了'那好吧！'这话，还怎么和书里故事接上榫了？这时便该由喜多八问上声：'四文钱，搭乘这车，行不行？'马夫回道：'四文便四文吧。'随后马儿'哎哎'嘶鸣了几声。"

弥次郎兵卫仍在那儿喃喃自语着。

"小伙儿，别管他神神道道的，赶紧送我们上旅店去，河口那边叫'凑屋'的那家。"捻平道。

"哦哦，那就备上两辆车。"

"随你安排，只是急着……"捻平说着，转身攥住车，踮起穿着牛皮底草鞋的脚，跨过人力车踏板上搁着的皮包，上了车，颈上架着的包袱都没卸下，任由它晃荡着。

"一莲托生[1]，生死与共！捻平，等等我！"

老爷子弥次郎兵卫"咻咻"笑着，也老老实实坐上了另一辆车。

"上'凑屋'。"

"好嘞！"

于是，月色下，让昏黄的行灯映着，两辆人力车驶进了广场端头的黑地里。车子"咯噔咯噔"地颠簸在坑坑洼洼的石子路上，沿着板壁旁的小道、土筑围墙间的十字路口，见缝插针般地抄着近道，拐过好几处萧寂无人的街角，终于来到了一排两层楼的屋子前。巷道逼仄得恍若一条细线，月光被挡在檐头，两侧昏暗的檐下，几盏行灯泛着稀疏的白光，星辰凌乱地缀在枯柳枝头，四下里随处都是幽蓝色的墙垣。绵长巷道尽头处，有座瞭望火烛的谯楼，消防长梯划破远山雾气，火警吊钟恍若盆景饰物。

"小心火烛！"守更人的吆喝，随同铁杖的打更声，越发衬出夜深人静。

寒霜肃杀，月光兀自落在格子门窗上。看样子，桑名艺妓天一傍黑便已睡下，花街柳巷一片清冷寂寥。

流逝在车辐下的街道，恍若涓涓流淌着的一缕水银，两旁则是鳞次栉比的柱子和黑黢黢的屋舍，人力车穿行其间，就跟传说中水獭过节时，踏过挂满了纸罩上写着双关语、俏皮话的行灯的那座铁桥似的。

走在头里，拉着捻平老爷子的那辆车，突然间停了下来。

1　佛家语，指死后同往极乐，趺坐同一个莲花座，也即《阿弥陀经》所谓"诸上善人俱会一处"之意。

"咦？快听……"

一路震得寂寞花街屋瓦嘎嘎作响的车辙声也一时间止息了。

是唱腔！

仿佛海涛涌向河口，恍若银色丝线将同样映在千里开外的筑前海湾[1]上的月光拽了过来，与星星争相交辉。

> 腰系博多带，
>
> 身穿筑前绞缬染，
>
> 凭谁，
>
> 还会嫌俺乡巴佬？
>
> 花街柳巷走一遭。
>
> ……

前面那屋檐下传来一阵博多曲调。有个细高挑的瘦削男子，素白毛巾兜住头脸，侧着脸，低着头，伫立在乌冬面馆那红字店招牌前，看上去就跟个影子似的。

捻平似乎听到身后有人在喊着什么，一下从车上扭过头去，布包袱仍架在脖颈上。差不多同时，拉着弥次郎兵卫的那辆车也已赶到，一个急刹，停了下来。两辆车，一前一后，刚好把那唱腔夹峙在了街中间。只是车夫没听懂捻平意思，又拉车朝前驶去。后面那辆也便尾随而去，眼看着就要剐蹭到一起，却又随即跟原先那样拉开了间距，两辆车仿佛任意流淌着似的，在月夜里行走着。

1　筑前，旧时地名，今福冈县西北部；筑前海湾，即博多湾。

三

月儿跃出东山坳，

地上松影斑驳，

咿呀！啊呀哟嗨——

仿佛琴拨"嗖"的一下被掷进海涛月影里去了似的，划破寒霜的唱腔随后也便消歇下来。在乌冬面馆门口弹唱博多曲调的男子稍稍扶正琴身，松开摁在琴弦上的指头，另一只手倒持着琴拨，用琴拨柄"嗖"地拨开了微微泛红的门板，朝门里招呼了声：

"抱歉，打扰啦。"

见锅中蒸腾的水汽后面突然露出双清冽的眼睛来，头脸让头巾裹得严严实实的，面馆老板吓得不轻。他正叉腿坐在账台端头，脚奔拉在店堂泥地上，听着门外的博多调出了神。他上身穿着藏青色的筒袖外褂，系着藏青的格子纹围裙，下身穿着葱绿色的日式紧身秋裤，后衣襟掖进腰带里。这时他忽地站起，脱口说道："我这儿可没赏钱给你！"

嗬，还挺会耍心计！凡上门卖唱，一概当作义唱，真要索讨起赏钱来，便咬住上面这话绝不松口。想来，老板本已打好的如意算盘，却让裹着头巾的这人突然闯入给搅了，弄得惊慌失措，还好这时店堂里没客人。

卖唱人镇定自若地合上身后的拉门，斜提着三味线，径直走了进来。

"啊哈，不敢惊动老板您出迎，还是我自己进来吧。老板娘，您说是不是啊？"他说话时掺着笑。

老板娘也跟无意间让刚才那博多调摄去了魂似的，怔愣着伫身在锅前的蒸汽迷蒙里。她的和服衣袖让淡黄色带子绾系着，洁白的手臂轻搁在厚实锅盖上，圆圆的发髻绾在脑后。见卖唱的在冲着自己发问，这肤色白皙、染了牙、岁数稍逾中年的女子，眼睑一下涨得通红，木屐噼啪作响着，离开灶前，走向一旁账台，从店老板膝上斜探过身子，固执己见地将手伸进了钱箱。

　　"啊，您不必担心。"卖唱的语气里透着和善，"我是在和您说笑，我才不敲您竹杠，我是来做您食客，做客的。"

　　店堂狭长泥地一侧，随意地铺着六帖榻榻米，带格子纹饰，略有几处污渍，抬腿便可落座在上面，可他却舒腿落座在傍着灶台的长凳上。

　　"哎呀，外面冻得够呛，都扛不住了，所以便想着不如进来先喝上一杯。喂，老板，我可绝不是存心来找您麻烦的。"

　　店老板打量了他一眼，发现他刚温婉地摘下裹住头脸的头巾，脸上非但丝毫找不到想搅扰人的迹象，反倒还挺眉清目秀的，脸颊虽清瘦了些，眼睑那儿也有些憔悴，可眼神清澄，眉毛浓黑，一看便知是个人品上佳的好小伙，年纪二十八九岁模样。

　　"嘿嘿，啊呀，多谢您惠顾！"

　　店老板迎上前来，一边搓着手，一边说道："不过，这些天连着放晴，还算让您赶上了好天气哩。"说话时，他时不时地抬头望向天花板，那儿除了被烟熏火燎成的漆黑一片，什么都没有，随后他的目光又挪向账台上方的神龛。

　　"大师傅——"

　　老板娘轻轻抹了下围裙，微微笑道："这就替您烫上壶酒来，可好？"

　　卖唱艺人将琴拨搁在布巾上，又将三味线稍稍拢近腰间，内

213

撅着支棱起半边膝头，光着脚在长凳上盘腿坐了下来。

待将下襟扒搂到一处，他才招呼道："快，来上一合[1]，要好酒！"

"好嘞好嘞，这就替您烫上壶头等好酒。"

老板娘横穿过店堂里那截泥地，用火箸往摆在左边榻榻米上的火钵里使劲耙搂捣杵一番，待炭火蹿红了，便径直搬去放在了卖唱艺人坐着的那长凳边上。

"来，快烤下火。"

"多谢多谢。"

卖唱艺人大咧咧地拽过那火钵，夹在两腿间，长长舒了口气。

"想到世上竟有如此暖和的炭火，也便牵惹起了乡愁来，越发觉得天寒地冻，难忍难挨。老板娘，酒烫好了吗？给我来壶滚烫的！我这人生性顽劣，稍喝上几口便想着干脆大醉一场，您可得多担待些啊，喂，我说老板——"

"嘿嘿。家里的，客人吩咐要壶滚烫的。"

老板娘风韵犹存，绽着染过的门牙，一迭声地应道："好，好，来啦来啦。"

四

"刚才好像有两辆车，拉了客人从门前经过，顺着这条街……"卖唱的用手中喝干了的酒杯指着门外这么说道。

1　日本容积计量单位，一合为十分之一升。

"就停在两三百米开外处，左手边，屋顶看着挺高大的那幢屋子那儿。借着幽蓝的月光，都还能看得见。那是个什么去处？是家旅店吗？"

"是'凑屋'吧，好像？"老板娘从锅前望向店老板。

"没错，是'凑屋'，准是'凑屋'，准是'凑屋'。这一带，哎呀，也就开了这么家旅店。屋子虽老旧些，可名头挺响。从前是家大妓院，改成旅店后，所有房间都还保留着原先那模样。最里边那个客厅，栏杆外便是跟海连成一块儿的揖斐川的入海口，挂白帆的船只也都从那儿过往，还时不时会有鲈鱼、鲻鱼跃出水面，这么好的景致，别的旅店哪儿找得到？只是听说也会有海獭从堤岸后面的石垣那儿钻过来，弄灭了点在走廊上和厕所里的灯，也就是淘气一番，倒也没做过什么特别吓人的事。月色若像今晚这样清丽，有时还会见到它们在庭院里嬉闹，跟和尚念经或敲着钲鼓做法事似的。骤雨过后的夜晚，花上一枚天保铜钱，还能差遣它们去买豆腐哩。住店的旅客不就爱听这种闲话？就因为这缘故，旅店名头挺大的。我说客人，这地方您还什么都不知道吧？"

"是的，我昨晚刚流落到这儿，压根儿连方位都闹不清，两眼一抹黑，就跟月夜乌鸦躲在暗处似的。"

卖唱艺人埋下头去，啜了口酒。

"那好，趁这乌冬面还劲道，先吃上碗！也好填下早已饿瘪了的肚子，暖暖身子。嚯——"说着，便揉着眼，背过脸去。

"辣、辣……这辣椒辣得吓人！不瞒老板您说，前些天我就吃过这亏来着。也怪我自己托大，心想京都、大阪这边的辣椒，大不了就跟酸浆果皮似的，又能辣到哪儿去呢？便没放在眼里，还随口问了声'这玩意儿辣吗？'反正调料又不用加钱，便

'哗'地撒了满满一碗，结果辣得我就跳起了松阪盆踊[1]似的。这不又来了！辣得我面无人色，一时间眼泪、口水全淌一块儿了。"他一边说，一边用手背拭着泪水、口水。

老板娘新烫了壶酒，用掌心试了下够不够烫。

"大师傅，您府上是关东那边的吧？"

"是的。可虽生在关东，却落了个挨饥受冻的命。"说话时，他晃荡着酒壶底，把里边的剩酒都沥进了酒杯里。

"这么说，您刚才是要打发我上'凑屋'那边去投宿，是吧？"

"是啊。"店老板打断了他的话头，别有深意地露出了和颜悦色的表情。

"您这可是在笑话我哩。住处我找了家只需付份薪柴钱的。便是留着凉席、斗笠、草鞋看家，老鼠在破墙洞里伸长脖子等着我回家的那种。我打算在这桑名盘桓上四五天。您要真觉得我还有住得进高档旅店'凑屋'那份体面的话，我倒是很想觍着脸，求大当家的留我一宿。您肯答应我吗，老板娘？"

"您要不嫌弃这破屋子，就尽管住下来好了。"老板娘手脚灵便地端着酒壶走拢来说道。

店老板跟受了惊吓似的，颤动着眉毛呵斥了声："都快说得没边啦。"背倚着账台，像是挡在那儿似的坐了下来。哎呀，说这话之前，他还一直两手笼在藏青色和服套袖里，站在那儿跟个稻草人似的。

"哈哈，不劳您开口我也明白，能在您这乌冬面馆留宿的，也无非就是酱油啦鲣鱼干之类，对吧？"卖唱艺人独自呵呵笑道。

1　即伊势盆踊，发源于三重县一带、于每年阴历七月十五日盂兰盆会上表演的民间歌舞，因歌词里有"翻越过松阪"一词，故名。

"大师傅，我再替您烫上壶酒！"老板娘从格子纹榻榻米那端稍欠着身子，隔着中间那截泥地店堂，伸过手来取走了酒壶。

"真不敢当，都把您忙累得……"

"哪来什么忙累呀？我们这面馆，主要就是把艺妓馆那边来订的饭菜给送上门去，日子嘛，就像您也见了的，挺清闲的。大师傅您唱腔可真是动听！是吧，当家的？"老板娘偏过脸去，冲着店老板秋波流盼了一眼。

"可不是吗？"店老板赶紧附和道，一边"啪嗒啪嗒"吸了几口烟。

"跟您说吧，刚才您唱的那博多曲调，我才这么一听就被打动了，都忍不住打起哆嗦来。"

五

"您这么夸我可是扫了我兴，本想借酒消愁，看样子也都借不成啦。我充其量也就是个江湖艺人罢了。"

这俊小伙抄起胳膊，似乎有些羞涩。

"我这可不是在恭维，我是在说大实话哩！嗯，嗯，就是啊，跟浑身打着寒战、魂都被摄了去似的，又像被人勒住脖子、死了过去，随后便又松了手。啊呀，我这笨口拙舌，都不知道该怎么来形容。要是海里有棵柳树，只想着纵身一跃，干脆死在那婆娑月影里算了。差不多就这心情，可真要说又说不上来。"

老板娘又是扭动腰肢又是耸着肩膀，在那儿分辩着。

"家里的，家里的，没听见我在喊啊？"

老板脸上好没来由地挂了些不悦，出来喝住老板娘。

"又有什么事了？"

老板娘刚一回头，便见到店老板不知何时正候在神龛下，边翻着账页，边从斜刺里狠狠瞪着她。

"卖升斗那家赊下的账，还没让人送来吗？"店老板噼里啪啦拨弄着算盘问道。

"这会儿怎么就想到了这的？不是都还没到月底吗？大师傅您瞧。"

"我没在说大师傅，我是说卖升斗那家的赊账。"

"你要真觉得等不及了，那就赶紧去收来啊。"老板娘撇着下嘴唇回敬道。

被老板娘这么一戗，店老板只得败下阵来，佯装着继续埋头算账。

"逢二进十，逢二进十，二一添作五，五一三六七八九……"

就这么点乌冬面账，再怎么伸长缩短，加减几下便能算清，可他非添油加醋地用上番乘除不可。

说话间，锅里正热气蒸腾，白蒙蒙一片，屋外传来盲人按摩师的笛声，听着就像寒风呼啸在皓月当空的冬日街巷，凛冽得都能冻住星星。

卖唱帅小伙猛地抱住自己瘦削的肩膀。

"啊，响彻霜天……"说话声就像是在念小说，爽朗畅快中透着股灵敏和严厉。

"有个按摩师刚走了过去，老板娘。"

"是啊，还吹着笛子哩。"

"岂有此理！简直不像话！这笛子吹得人直打寒战，越发寒冷难当了。"

卖唱艺人双膝分叉端庄地坐着，将喝剩下晾在一边的茶倒进

218

碗里，随手"哗"地泼向店堂地面。

"斟上一大碗，免得再一趟趟劳烦您。"

"瞧您说哪儿去了，我可没什么好劳烦的。"

"不，谢谢您真诚待客。只是跟锅中开水熄了炭火止沸变凉了似的，又好像喉咙里有冰块在挠着，听着这啾啾笛声，整个身子都跟一寸寸绽裂了开来似的。斟酒来。"

他冲老板娘招手要过酒去，"咕嘟咕嘟"一口气把一碗酒全喝了。

"啊呀，好酒量！"

老板娘惊讶地瞪大了眼睛。"嗨，可海量也得悠着点喝才是，免得好多人替您担心，您说是吧？"

"家里的，菜店老板那儿付他账了吗？"

店老板边嚷道，边冲老板娘眨眼，还比画着下巴。老板娘一半像是有意逗弄老板似的，头都没朝他扭一下，便回道："等人家来要账时再付也不迟啊。"

"嗯，总共三百零三文吧？"老板又佯装扒拉起算盘来。

"老板娘！"卖唱艺人招呼道，声音显得低沉。

"客人您有什么吩咐？"

"再替我烫上壶酒，待会儿再给我续上，明白了吧？"

"好吧，我知道了。您哪，真是海量啊。"

"好歹还能喝上两口，要是连酒都喝不了……"卖唱的豪气地大声说道。忽然仰起脸来，怒目而视。

"听！又来了不是？盲人按摩师那笛声从北边十字路口那儿传了来。哎呀，都还没到深更半夜，就隔了一条街的屋脊，又好像是在田野地埂上吹着似的。"他边说边焦虑不安地支起条腿来，漫无头绪地东张西望。

219

"虽吹的是同一个曲子，可调儿却截然不同。老板娘，这是谁在吹？这盲人按摩师长什么模样？"他问道。就在这当儿，盲人按摩师翻动着不见有一星眼黑的苍白眼珠，似乎在那儿窥视着月光下幽蓝的夜色似的，仰脸望向屋脊高处，眼神里透着锐利。

"哎呀，我说您哪，又不是麋鹿分得出雌雄，光凭笛声哪儿分辨得了盲人按摩师的长相呢。"

"还真是，我这也问得太不着边际了。"卖唱艺人孤寂地笑道。

......

饮尽杯中明月酒，

盲人按摩师。

......

他一边目不转睛地注视着碗里都快斟得满溢而出的酒，一边低头独自吟哦道。也不知是不是博多调里的词，只是听着有些低抑，让人越发觉得寂寞。门口那道拉门也像通体透明了似的，腊月霜天的月光毫无阻碍地映进了店堂里。盲人按摩师的笛声响彻路口、街巷，袅袅余音飘荡在海上波涛间。

六

"呀，是按摩师吧？怎么回事？突如其来地，把人吓了一跳。没人要按摩啊，没人要啊。"

是弥次郎兵卫在"凑屋"最深处那个旧客房里说话。主房间十帖榻榻米大小，地板略高，附带着六帖榻榻米大小的一个小间。曳开隔扇便是檐廊，一长溜的栏杆和玻璃窗的外面，水烟缥缈，晴天都跟云蒸霞蔚似的。一道狭长的沙洲尽头，有颗星星傍着水面在闪烁的那边，便是揖斐川的入海口。白雾裹挟着潮汐，月色里樯桅林立，掩了苫帘、晾着蓑衣的船只，正静静歇泊在石垣脚下。客房里，弥次郎兵卫正挨着烛台，手架在火盆上，一脸诧异地读着《膝栗毛》中的一节：

　　"啊呀，您到得早，路途辛苦了。"有个半老徐娘端出茶来，招呼道，随即又退了下去。我正琢磨着接下来该要上份饭菜和酒的当儿，眼前便晃晃悠悠地现出个人影来，一看那脸，咦？

　　我目送半老徐娘下去时还在想，这回该换个年轻女侍进来了吧？真要那样，非好好正面瞅瞅她那留着刘海的脸。谁知竟是这么一张丑八怪的脸，就跟遭霜打过的冬瓜又让草鞋猛踹了一通似的。

　　那张脸是从隔扇门后面斜着探了出来的。

　　"我是来替您按摩的。"她掩襟拽得很开，露出一大截后颈，佝偻着胸，侧身坐下，一声不吭地正对着点着蜡烛的纸灯笼，前倾过半身去，那神情活像带着雪女前去拜见见越入道[1]的那妖怪化身的佣人荞头似的。

　　我刚回了声"我不用按摩"，她便默不作声，后背先自退进走廊的昏暗里，随后便"嗖"地没了踪影。

　　"怨敌，速速退去！怨敌，速速退去！"

1　日本神话传说中的妖怪，身高颈长，出家人打扮，据说常躲在屏风后窥视人的背影。

读到这儿，他苦笑了下，看了眼长着法然大师[1]脑门的道伴，在壁龛前抱着火盆的那老爷子。

"捻平君，咱俩可都不甘心自己老迈的是吧？吃晚饭前本该有人来弹唱一段三味线，不想却来了个按摩的。这不明摆着是在嫌弃咱俩老迈了吗？"

"还不都是你老不正经给惹的？谁让你一进客栈，眼珠子就死死盯住梳着寡妇发髻出来殷勤招呼的那老板娘，口中念叨着《膝栗毛》里的词：'啊呀呀，真是三生有幸，让我撞见了佛龛里的美女！是从竹苇天花板上掉了下来的……'就跟中了邪似的？瞧这屋子，真够有年头，够气派。"

捻平仰脸打量着立柱，还是几乎未经斧凿的原木。

"该是千年桑木做的吧？揖斐川在这儿又是那样的深不可测，连灯火也都暗了下来，看样子水獭就快露脸了，得惩治你一下，也好让你收敛些。"

"谨受命，这回非吸取教训不可。"

弥次郎兵卫鼓着腮帮子不出声地笑着，双手插进怀里，挺胸抬头，辨认着隔扇门上方挂着的匾额，上面题写着"临风榜可小楼"字样。

"题额还挺应景哩。"

"壁龛那插花，是野白菊吧？随手攥成一束，嘿，还真是'无边佳趣在天然'。"捻平也称赏道。

"哎呀，这评语未免也太老气横秋了吧？"

"什么什么？刚说了要吸取教训，可话音一落便又变卦，有你这样的吗？真是的。啊呀，瞧，你衣袖里有只褐色爪子在蠕

---

1 日本平安末期至镰仓前期高僧，净土宗开山祖师。

动，都耷拉出来了，是揖斐川水獭的爪子。"

"哎哟喂！"弥次郎兵卫觑了眼，"糟了！"匆忙缩了回去。

"那是什么呀？"

"哈哈，我生性冒失，常丢东落西，所以家中老婆大人想了个对策，手套用带子这么左右系住，由袖管穿过胸前，待两边曳齐了，再套在手上。够绝妙吧？捻平君，看她这么替我持家，咱也不好喊艺妓、吃花酒这么胡乱花销，你说是吧？啊，南无阿弥陀佛……"

"够狡猾的家伙。"捻平弓着背，朝一旁看去。

"哎哟，半老徐娘来了，得藏掖好了，得藏掖好了。"弥次郎兵卫忙将手套掖进衣袖。

女佣俯首致礼，询问道："客人这是打点行装准备离开吗？"

"啊不，刚好不容易脱了草鞋打算住下，都还没吩咐准备饭菜哩[1]。"弥次郎兵卫一脸正经地回她道。

半老徐娘肤色稍显黑些，可模样还算俏丽，听弥次郎兵卫这么说，脸上有些困惑不解。

"那好，客人是要我端上饭菜来吗？"

"先喝酒。"

"客人要什么下酒菜？"

"大姐，这还用说，当然是这儿的名菜，烤蛤贝啊！"

1　"打点行装"和"准备饭菜"在日语里使用同一个词"支度"（したく），弥次郎兵卫故意用"准备饭菜"置换前面的"打点行装"，意在逗趣那女佣。

七

"客人您说的烤蛤贝，是这会儿街市尽头挂着苇帘的铺子里都在做的一道菜肴，得用松果火才烤得出那股香味。我们店里是清蒸着飨客，蒸时加些料酒、酒糟进去，吃起来格外鲜美。"

"哈哈，路旁小摊那吃法，听着就像海螺连壳烧烤似的。就这么眺望着前边那片松荫，任由松果火悠然摇曳、烤炙蛤贝的烟气弥漫在月夜里，要是再来上段龙宫里的田乐舞，小龙女装作俏姐儿，潇洒玩闹上一番，那就更是有趣了，不过咱俩也不是专为了这才溜出家门来的。这店家用料酒、酒糟清蒸蛤贝，想来也很美味吧。"

老爷子冲女佣点点头，答应在旅店里用膳。

"那客人您是要蛤贝对吧？"

"你说什么？"弥次郎兵卫佯装没听清，故意凑过耳朵去。

"我说，您是要蛤贝下酒对吧？"

"不，我就用筷子吃吧，哈哈。"弥次郎兵卫自顾自笑着，从怀里取出《膝栗毛》第五编，说了声"谢谢啦！"随后用书"啪"地敲了下额头。

女佣忍俊不禁，也"扑哧"笑出声来。"咦，您就是弥次郎兵卫先生吧？"

"还真让你说着了。这回参拜伊势神宫，也是凑巧，在那家名叫'五二馆'的旅店过的夜。去皇大神宫路上，路经古市那边有家叫'藤屋'的旅店时，想起上回曾在这儿得到过诸多照拂，待看到那深宅大院的幽暗门口，两侧把手为狮子龇牙咧嘴造型的那铜火钵里炭火正旺，便从人力车上脱帽行礼，略表谢意。孰料街巷狭窄，却让我这稍稍谢了顶的脑袋给对面茶馆那新媳妇看在眼里，想来好不懊恼！"说罢迎向灯光，头顶被映得锃亮发光。

"呵呵，呵呵。"

"啊哈哈哈。"捻平也大笑了起来，该不会是受了这笑声蛊惑吧？刚才他俩进旅店时，满屋子都还喧闹着"琤琤琮琮"的三味线琴和"咚咚锵锵"的锣鼓，和这边隔了间三合土地面的屋子相邻的客厅里，一行十四五个人，正哄闹着踩踏在铺设成九曲桥状的踏板上，里边还掺杂着女人的声音，可待按摩师一现身，室内却跟大河退潮似的，刚才还在闹腾着的，便"哗"地散了，消退去了远处，客厅又变寂静了，只有几个年幼艺妓的尖细嗓音传了过来，七嘴八舌在争执着什么，听上去就像几只小猴在空旷的客厅里一边叫喊一边来回奔跑着。随后，似乎又有低沉的声音插了进来，也不知在说什么，反正有好多人在说话，恍若风儿穿过洞穴后重又汇聚在了一起，这时人声再次鼎沸起来。

女佣也便趁着那边笑声消退的当儿，倏地站了起身来。

"哎呀，咱们这边好沉寂啊。"

"不是沉寂，该说萧索悠闲才是。"

屈身烤着火的捻平，觑了眼弥次郎兵卫扔在一边的《膝栗毛》，道："我倒是有了主意。我晚上本来就睡不踏实，有这书在，正好可以凑着枕边行灯读上一通宵。"

"算了吧！读了只怕替你心里添堵，让你亢奋得更是辗转难眠。"

"说什么呢？越说越不着调。你又见过谁读《膝栗毛》伤心落泪的？还说我哩，我看喊你捻平倒正合适。"

正说着话时，之前来过的那半老徐娘，这回又带了个小女孩，把食案和酒壶一并搬了来。

"清蒸蛤贝马上就好。"

"好嘞好嘞。"

"先喝上杯酒。"捻平忙跟着端起酒杯。

"替您也斟上，趁烫得热乎，先喝上杯。"

弥次郎兵卫按喝酒规矩，微颤着手，将一饮而尽的酒杯，稳稳搁在了食案外傍着《膝栗毛》的榻榻米上，郑重其事地吩咐道："大姐，再替我斟上杯酒。"

转身替捻平斟了杯酒的半老徐娘早已参透了客人的心思，见小女孩一脸茫然地愣在那儿，忙回头提醒道："喜野，还不快替客人斟酒？你身边那位老板可是弥次郎兵卫先生哩，他这是要给喜多八先生敬酒啊。"

八

不知何故，老爷子声调变得有些低沉。

"啊，说得好。谢谢你肯把我当作弥次郎兵卫。这儿住着适心，酒也香，搭伴同行的真要是喜多八的话，那岂就不是一部真人版的《膝栗毛》？你我也都成了太平盛世里的人物。来，可着劲儿喝吧，烛光就这么摇曳在斟了酒的杯子里，像是在给堕入阴间的饿鬼饯行似的。还不知道那混账东西又怎么样了呢。"

他双手支在膝盖上，盯住榻榻米上的酒杯，一脸郁郁寡欢。

见到此状，捻平也便抄起胳膊，赶紧把脸扭向一边。

"那老板您怎么就没带喜多八先生一起上这儿来呢？"半老徐娘装作笑容可掬地问道。

弥次郎落寞地笑笑，回道："嗯，要说怎么嘛，还不跟那书里写的那样，这家伙在伊势山田那边走失啦。都一把年纪了，竟还动起红尘凡念来，又是喝酒又是胡闹的。人生在世好比出门旅行，不管天暖天寒，一路上有个年轻道伴，就好像还有根拐杖可以倚恃，一旦走散，这上了六十岁的人岂不就跟迷了路的小孩子似的？在嘈杂的大街上，孤零零地拖着两条腿，四处跟人打听着：'喂，劳您驾，这附近可有家旅店，店名中有个字，跟棚架上奉拉着的那玩意儿一个意思？'找得倦乏了，便嘟囔声'真叫人失望！'便一屁股坐在了人生地不熟的一家店铺前，也顾不上客气，跟人讨了杯茶。读到这段，真不是诓你，捻平君，我眼泪都快掉下来了。"

说时，烛火闪闪烁烁地映着他的眼睑。

"大姐啊，过来剪一下烛芯。"

"这就来。"女佣转过身去的当儿，捻平也赶紧眨了下眼睛。

"嗬，那边闹得可真厉害。"捻平伸长脖子，探身望向隔了间三合土地面客厅的邻室。

"可不得了！连铜洗脸盆也都用上啦！人好像都倒栽葱似的扑腾在半空中，碗碟在榻榻米上蹦跳，啊呀呀，三味线和太鼓也较着劲似的死缠烂打在一起了不是？"

"我说，吵着您了吧？真对不住哩。眼下霜月，正赶上本年度新兵入伍，开送别会，到处都是这光景，不过到了晚上睡觉那会儿也就安静下来了，还得请您多担待些。"

"不，还没吵到那地步，也还好。"

老爷子冲两个女佣一并摆摆手。

"热闹些反而还好些，太凄清了，冷不防来了个按摩盲人，那才尴尬哩。"

"是吗？您大概讨厌按摩的吧？"女佣不明就里，一脸疑惑，随口应了声。

捻平咳嗽了声，像是想打断这话头似的。

"来，再喝上一杯！再喊几个人来替我们斟酒，好不好？嗯，那谣曲怎么唱来着？'桑名爷们，黄昏骤雨，吃着茶泡饭……'好像唱的是这个。来，给我们来首当地谣曲吧，要欢快、高亢的。俗话说'出门在外，不怕丢丑'，我也来段歌舞伎《劝进帐》，主子呵斥下人那折。"

"可缺副假髯，权且折叠起毛巾，顶在我这法然大师般的光脑门上。"捻平说罢，坐着伸腰挺直了身子。

弥次郎见状睁大了眼睛。

"嘻！今天可是西天出太阳了，你竟能想出这么个主意，还真是稀罕哩！那好，我也干脆来它个顺水推舟。"

弥次郎抖擞起精神，大模大样地指派起女佣来："大姐，再去喊上四五个人，没什么讲究，谁都行啊。"

半老徐娘收起手上正斟着的酒壶，将它搁在膝头，一边站起身来，吩咐那小女佣："快，刚才那边客厅也说要一两个，已跑去招呼了。喜野，赶紧去问问，还有没有艺妓。"

小女佣用粗短的脖子点着头，回道："那边说没了，都走了。"

"是这样啊？老板，真是对不住了。我们这儿地方小，本来就没几个艺妓，加上这会儿又都在忙着从军送别会，有点姿色的一眨眼工夫都跑出去了。总不见得让太不像样的来见你俩这样东京来的贵客，怎么也得有点姿色和才艺的才行，您说是吧？"

"不，要这样，就是不付住店费半夜逃走，那也非得听上段三味线不可，要不我俩可跟你们没完。除非只剩下一只眼珠子，或者兔唇豁嘴巴的，就算人老珠黄的，也都替我喊几个来。"

"您别急，请稍等。哦哦，对了，岛屋那边新来的那艺妓想

228

必还在。赶紧去打听下，喜野，去走廊打电话，跑着去！"

九

"快拿来！怎么回事，是纸风车？"弹唱博多小调的帅小伙在乌冬面馆里喝着酒，骤然间这么威武地说了声。

烫过的热酒的酒意转眼便消散在了满天寒霜的月光里，他脸色依旧白皙，不见有丝毫酡红，可毕竟一口气喝下了两三碗酒，眼角还是不经意地泄露出了几分醉意。

"'啾啾唧唧'，这夹杂着'咚咚'鼓声的笙笛声，准是这儿的小孩子在吹，是吧？孩子他妈……啊，不，老板娘。怎么说呢？桑名这边，似乎按摩师还挺多。"卖唱的说道，眼神随笛声飘忽着。

"您也看出来了，都说这儿按摩师多如牡蛎。本地名物虽说得数蛤贝，别的没一样及得上它，可因为花街柳巷新开张，加上街市又设有旅店，一众按摩的也就不由自主地从各地赶了过来，在这儿找活攒钱。"

"难怪，果不其然，这花街柳巷才新开张。"卖唱的似乎独自想起了什么，一边觉着老板娘说得在理，一边一只胳膊支着，跟泄了气似的。

"大师傅，待会儿不妨上艺妓馆门前去亮上一嗓子，也好让人见识下您的歌喉，准会迷死她们都说不定哩！"老板娘口中这么说着，手中漆盘在前襟处骨碌翻了个面。

"瞧您也说得太没边啦，迷死人那还得了？不说别的，这艺妓馆门前岂是可以随便去的？"

"怎么？"

"弄不好会撞见冤家仇人。"卖唱的垂下头去。

"咦？不是有这一说？'一艺在身，胜积千金'。大师傅，莫非您是因为艺妓才落到这等身世的？真要这样，那可真是您冤家仇人哩。"

"不，您弄反了！该是艺妓觉得，我是她们的仇敌！"

"哎呀，打住打住，快别在这儿提起这么可憎可厌的话头了。"

说话间，月光正洒落在对面一侧，狭窄街巷，万物俱寂，一阵"呱嗒呱嗒"的木屐声，从昏暗的屋檐下传了进来，跟渗进了店堂地面似的，随后马上又响起了按摩师的笛声，仿佛从脚板底下钻了出来似的，听着凄清而又寂寞。

卖唱的神色严厉地望了一眼。

"刚说到艺妓，门前就来了艺妓。客人您若是想看，就把拉门拉开好了，可我想那会不会是来找您复仇的？"

"啊，找我雪耻什么时候都行啊，只是快别吹这笛子了，听着心烦。"

"嘎啦啦啦"，门被人从外面拉开。

"啊呀，把人吓一跳。"

"晚上好。乌冬面，六碗，等着要！"

门外突兀地探进只通红鼻子来。来人脚蹬草鞋，身穿短褂，后背沐浴在洁白月光里。

"好嘞。"

好让人听清似的，老板大声应承道，在账台里"嗖"地站了起来。

"家里的，赶紧去下面吧。"

老板娘装作若无其事，仍在谛听，并自顾自发问道："脚步声好优雅，这会是谁家的艺妓呢？"

"还不是山田新町刚搬来的，这边岛屋家的新艺妓。"红鼻少年说着，偏过脸，朝外觑了一眼。

卖唱的朝背后墙壁仰过身去，微微踮起脚，越过站在门口的那少年的肩膀，望向皎洁月光下延伸在花街柳巷里的狭窄小路。

木屐声刚稍稍消歇下来，随即又"呱嗒呱嗒"地响了起来。

"上你们那儿去的艺妓还真不少哩！"

"还行吧，哪赶得上您这乌冬面生意。"

"瞧您要得这么急，这就马上替您送去。"

"那好，拜托啦。"少年说罢，便扭身走了。

老板背过身，伸脚探向木屐，下了账台，先是稀里哗啦地闹出不小的动静，随后掀开硕大锅盖将它搁在一边。啊哈哈，就这么家夫妻老婆店，可怜见的，这做店老板的，看样子还得额外兼上份送外卖的差事哩。

"里里外外得多留些神，听到了吗？啊？我还要顺道上别处转转去，听到了吗？我说家里的。"

他这么叮嘱着，四下里打量了番，见新辟花街柳巷的月光还敞亮，便没提灯笼，一只手揣在怀里，准备送外卖去。"哗啦"拉开大门，也没顾得上合好，就这么头也不回地匆匆走了。

锅里的蒸气倏地被分成了两股，阴影飘落在卖唱艺人脸上。

老板娘从一旁走拢过来。

"望个没完哩，人家背影都怕让您望穿啦，就这么巴望着仇家找上门来复仇？"

"老板娘，桑名这边都是做按摩的，在陪侍艺妓，替她们提拎琴匣。"

卖唱艺人跟打了个冷战似的耸了耸肩膀，趁势坐直下身子，抬头看了眼老板娘，脸色苍白而憔悴。

十

　　"是啊，虽然俗话说，'伊势的浜荻，难波的苇'[1]，可按摩是按摩，我想还不至于跟艺妓跟班是一回事吧。刚才无意中看着那艺妓的背影，也不知是哪家青楼新来的，往那边去了。她'呱嗒呱嗒'地走过一家家门前时，身上和服忽而在檐下行灯里泛着淡青，忽而在月光下发着蓝，既是去宴席陪侍客人，想必该是淡紫色的装扮。脚下迈着款款细步，绝不会踢翻下摆的那种，文文静静，低俯着白净衣领，看着有些踟蹰，又有些沮丧，身后拖了截深灰色影子，那要是她的人影，该是月光映着蹭擦伸缩在地面，可分明就是尊寒夜护路神，拉开四五尺间距，不紧不慢地在身后一路护送着。那腰肩、走路模样，还有那脑袋，笨拙丑陋得跟泥巴胡乱捏成安在脖子上似的，说什么都该是替人做按摩的才会有。看样子还是个盲人。'快来蒙眼捉迷藏哟！'跟您说吧，就因为这，我才觉着不该把按摩跟艺妓跟班混为一谈。说不定是眼睛瞎了，才去替艺妓提拎三味线琴匣的。"

　　"您这是在说谁呀？长什么模样？"

　　老板娘想去门外看个究竟。

　　"不，早不见人影啦。这会儿恐怕已进了来喊的那家大门，两个人都消失在了大老远的前边。对呀，啊，好像没看到有盲人

1　难波，大阪古称；伊势，今三重县一带。这是日本旧时一句俗谚，是说芦苇这种植物，在伊势被人称作浜荻，到了难波便被称作苇，有异称而同指之意。

替艺妓提三味线琴匣。呀，一下又来了这么多影子，一个个在笛声里冒出来的影子。那按摩的笛声好像消歇下来了。要是凛然寒月下堆垛满了这尖利、苍白的音色，这桑名城还不得像地狱针山似的折腾得人没片刻安宁？真要命，要命。"

卖唱的说着，仰头一饮而尽。

"嗯，干脆豁出去喝它个痛快！老板娘您也来陪我喝上杯酒好不好？老板没在家，可门都敞着，不怕招人说闲话。那前边，跟这儿隔着三道屋脊，跟堆雪人似的那道山影，正在那儿瞅着这边哩。"

卖唱的朝门口扭过脸去，"啊"地惊叫了声。"来了来了，真来了真来了，按摩摩摩，按摩。"他焦急得连口气都不换下地一迭声嚷嚷着。

是在叫我吗？按摩的忽地伫立在街上，手中拐杖斜挂在脚边，仰着白色眼珠，任由月光流溢在鼻翼上，似乎知道有人在招呼他，一动不动地，恍若凝冻在了那儿。

卖唱的一时间看得不甚分明，便厉声喝问道："是影子吗？是不是影子？孩子他妈，真是按摩？还是影子？"

"真是又怎样？客人您就这么痴迷按摩？"

"痴迷哟！啊……"卖唱艺人舒了口气，重新望向门外，皱着眉朗声大笑道。

"哈哈，就因为心心念念痴迷按摩，才沦落成这模样。哦哦，按摩的，按摩的，快进屋来！"

卖唱艺人挪走琴拨，拍拍长凳道："求您了，老板娘，抱歉得借用下您这店堂。"

"干脆躺这榻榻米上来吧。按摩师傅，有客人要您按摩，顺手替我把门给拉上。"

"好嘞。"对方答应道，随后便响起一阵"嗒笃嗒笃"的拐杖声。

"是啊，还真跟影子没什么两样。"

那人声音嘶哑，哈着白气，黑色绢绸和服外罩了件紫酱色短褂，褶皱在灯影里看去有些泛红。虽看不清木屐，但大致可看清人形。一只手游水似的划动着，一只手抓拉着跟嗅闻酒香似的，走进店堂。

"听到我说话了？"卖唱的语气中透着些许傲慢，顺手把摆着五六个酒壶的食案撸到了一边。

"哧哧……"

按摩的倒啜鼻子，嗅闻着店堂里扑鼻而来的酒香，脸上似有几分欣羡之色。

"望眼欲穿哪，连门外跑过条狗都觉着是按摩师来了，我这可没想要贬损人。这不，'嗖'地就出现在了眼前。这会儿正喝上了头，还迟疑着会不会只是见了个幻影。"

"没诳您，这位客人真已等得不耐烦了哩。一直在那儿留意着笛声，我还挺纳闷，这下总算弄明白啦，原来他是迫不及待地在等着您出现。"

"哎呀，这可真是……老板娘生意兴隆。"

"还不就孤家寡人这么一位客人？您先替他好好推拿。要是推拿时睡着了，您就让他在店堂里歇夜好了。"老板娘道。

按摩的平静地回道："嗯，客人既如此急着想按摩，我自会替他仔细推拿一番。"

说着，他猛地发力，攥住自己手，先揉捏了下，就好像要把它给揉碎了似的。

"好嘞，老板。"

"我可不是老板，不过是沿街要饭的。"

卖唱的又仰头一饮而尽。

老板娘悄悄睃了他一眼，接口道："您可真会信口开河。"

十一

"不，哪用得着躺榻榻米上？就这儿，这就够好了。说实话，后脊梁经这么一推拿，还不知能不能喘上气来，弄不好昏厥倒地，再也起不来，就跟让按摩师给掐死了似的。"

卖唱的一脸正色，不像是在说笑。

"客人言重了。虽说穷乡僻壤，可我这毕竟也是修习多年的手艺，渊源有自，属杉山流，便是给心窝针灸，也绝不会有丝毫闪失。"

按摩的惊愕地瞪大两只苍白眼珠。

"我哪有资格品评您手艺到不到家？自来到人世，都还不曾尝过让人按摩的滋味哩，只想着什么时候也能洒脱一回。"

"原来是这样，也难怪您这么急不可耐。"

"哎呀，浑身酸胀难耐，两眼盼得都快昏黑了。可真要按摩，却跟女人头回生养孩子或跟初次针灸似的，懵里懵懂，还不知是痛还是痒。听人说会酥痒不支，那就权当胳肢窝让人挠了吧，可偏偏我母亲是看重操守的妇道人家，我自然也不会是私生子，所以只怕谁都怕挠痒痒。看您这手势就跟捏饭团似的，这不得听任这手揉捏吗？光这么一琢磨，便已觉得身上酥痒难耐了。快饶了我，啊呀，要命……"

随即他便跟躲开挠痒痒的手似的，胳膊肘紧紧护住腰窝，扭动着脊背，整个人缩成一团。

"哈哈，客人您这可真是的。"一时无从下手，按摩师有些手足无措。

老板娘又窥了眼卖唱艺人。"客人您似乎还挺娇贵哩。"

"哪来娇贵哟，真叫作孽。您别说，这酸胀起来，身子皮肤全僵硬成石头似的，后背脊挤兑得慌，前胸这边都快裂开了，再不揉捏都支撑不下去了。快揉捏吧，随您怎么揉捏我都认了。"卖唱的急促地说道，还神情严峻地支起个膝头来。

"死命揉捏就是了，我都豁出去了，赶快！对了老板娘，不是有这一说？行途中和人交臂而过，那也都是前世修来的缘。出门在外，承蒙您这么照料，想来也是前世修下的什么缘吧。总觉得像是见了故人似的，都难舍难分的。真要被掐死，也就再也见不着您了。麻烦您再替我斟上碗酒，说不定这便是和您道别的酒了。"

待沥尽酒碗里的酒，卖唱的一把将碗杵到老板娘手中。见他酩酊大醉似的，两眼通红，怒目圆睁，眼眶都快迸裂了，老板娘惊骇得瞠目结舌，一时竟说不出话来。

"快，按摩的。"

"哎哎。"

"老板娘，替我斟酒来！"

"就来。"老板娘答应着，斟酒时，手微微发着颤。

卖唱的一仰脸将一碗酒一口气喝下的当儿，按摩师这边也便下手揉捏了起来。

卖唱的身子瑟瑟颤抖着，幸好脸上仍泛着红潮。

"啊，直沁到了肠子里。"

"怎么这么担忧？担忧什么？按摩会有什么事呢？"

按摩的也觉着惊讶。

"暂且……"

卖唱的有些疲乏似的松开支着的手，说道："性命似无大碍，可是，可就跟锥子扎进骨髓似的。"脑袋颓然耷拉着，身子有些东倒西歪，"就好比骨髓深处，凛寒月光和火焰般炽热的手指，互不相让地在争夺着地盘似的。胸口冰冷，耳朵滚烫。身上都着了火，血却是凉的。啊……"卖唱艺人嗫嚅着，垂下了双手。

按摩的被吓着了，忙抽回手去，嘴讶异成了章鱼的模样。

卖唱的边坐直身子边说道："别，别停下，继续揉捏。只是再体恤些，下手轻些。哪怕揉得很轻柔，我都觉得浑身都快给揉碎了。

"怕按摩都怕成这样，连我自己都觉着讨厌，平白无故添出种种烦恼，缠住你躲都躲不开，走过他面前会被拽去，刚想逃走便追了上来，不见形迹，却有动静，那啾啾笛声便是准备袭上门来的鼓点。我生性孱弱，实在消受不了这么步步紧逼的。与其站在悬崖上都不敢朝脚下深渊里望一眼，倒还不如倒栽着纵身一跃干脆些。好吧，那就破罐子破摔吧！按摩的，我也不清楚是不是你堂兄表弟或者侄儿外甥，反正只要和你沾上些亲带上些故，那你就冲我复仇来吧！我杀过人，就是你这行当，一个做按摩的。"

十二

"算起来，正好是三年前，比这时还晚上个把月，是阴历十二月的最后几天，我到名古屋这边来办些事。说来有些不大虔诚，我看到挣得的钱大致够我去参拜下伊势神宫，也是伊势神祇

237

护佑赐福，心下自是十分感激，便在古市逗留下来，打算趁着这机会好好看看浅熊山的云，听听鼓岳的曲调。不是还有个名叫'二见浦'的去处吗？待上那儿去看过元旦日出，再堺桥、池浦、冲岛这么一程程地走去，从上郡前往志摩，游览日和山。要是海上无风无浪，还准备坐船出海，就着伊良子崎[1]出产的海参好好喝上通酒。心里盘算着怎么也得逗留上个五六天的，投宿在山田尾上町一家名叫'藤屋'的旅店。说来你们别惊讶，那时候我只穿单衣，从不再罩件短褂什么的。

"我身边备着的纹有家徽的礼服，连上下条纹都纹丝不乱对齐了的，就是这么一副阔少爷的派头。啊呀，千万别以为我这是穷酸秀才在炫耀当年没少在花柳街风流过的，都潦倒成这样了还嘴上不肯认栽，就因为这派头并非我自己挣来的——跟你们说了吧，那都得托又是舅父又是师父又是恩人的我那养父的福。说到才艺精湛，江户最顶尖的，当仁不让便是我家了。承传有绪的顶梁柱，全日本就得数我家那位都已有些谢了顶，脸上终日苦兮兮的老爷子。

"不不不，他为人处世可和他那脸色毫不相干，他是个爽快人，地地道道的江户儿[2]脾性，什么都满不在乎，还爱作弄人。当时行年六十，说也奇怪，他非说自己还只二十来岁，喜欢跟人在岁数上打马虎眼。我替他登录住店，他在边上胡侃天地人，跟说禅宗公案似的悄然伸出三根指头，给我递眼色。让把岁数写成五十七，天下还真有他这种人。客栈女仆来递水送饭，他事先关

1　海角名，位于伊势海湾。

2　江户，即今东京。江户儿，土生土长的江户人；原指出生、长成在日本桥、神田一带的江户人，在人前或遇到事情时，好掼派头，对钱财满不在乎。

照我，当人面千万别叫他爹，还嘴唇扭来扭去数落我：'你不是与一兵卫吗？别像定九郎似的叫我。'意思是舅父都叫不得，得叫哥哥才是。

"这不成了舅父随从？一路上倒也有趣。酒又好喝，风景又好看，加上天天风和日丽，上哪儿都挺受女人待见。年末的山路上，竟然盛开着深紫里带着些绿的野菊，花骨朵还挺大。

"桑名，四日市，龟山，就这么乘着火车，沿着伊势湾，一站站走去。同车厢的乘客正在七嘴八舌地聊着那个场子。对了，好像就是我们刚去过的名古屋的那个场子。也不知说的是不是实话，听着好像对我评价还不错，对舅父更是赞不绝口。还有个名字，我怎么都不愿提及半个字，多嘴只会让我家门蒙羞。这么着吧，权当是个名声显赫的人物吧。听我往下说。

"到了伊势后，只要有人提起我们，准会一并带出他的名字来。好吧，实不相瞒，这人便是山田古市做按摩针灸营生的，名叫惣市。"

提及这名字时，卖唱的两眼发直，一下失了神似的。对站在身后抱住他后背的按摩师，还有下襟蹲着长凳坐在对面的老板娘，一概视而不见，仰着脸定定望向天花板，似乎忘了萦绕在胸前的水蒸气，这时才想起，用手拂了拂。

"是个按摩师。本是士族后裔，早年还待奉过大名，不瞒你们说吧。和我家一个门派，也算得上是个行家。狐假虎威，在古市当地独自兜揽了江户正宗师家乃至全国本门派的声望，替自己取了'宗山'这么个名号，真够狂妄的。可狂妄归狂妄，本事倒还真有些。

"'东京那边正儿八经的某人，过来后就吓趴在地了。还有谁，到了这儿便夹起了尾巴。还别说，真要能剩下只管用的眼睛，只怕三重县想留都留不住他。这回去了名古屋的这几位还不一样？多少有些真本事吧，所以也不好说就是来求宗山点拨成全他们的，可也不能白来一场。"美味佳肴，除了鳗鲡，还有鲷鱼。'得让他们明白这道理再回去才好。"

"有个肥头胖耳、口镶金牙的家伙，模样像是当地富豪，正和另一个乖巧精明、很会察言观色的商人模样的人这么说话。

"我也便在这风言风语中竖起耳朵听着。

"舅父他不是时不时会打个盹的吗？可我正年轻，血气方刚着哩，于是便用围巾掩着脸，怒目而视似的盯着他俩。

"住进'藤屋'后，我故意支开舅父，让他先自己去泡个澡。我跑去找女佣，还询问前来寒暄的掌柜，问他们知不知道有这么个艺人，做按摩的，名叫惣市，自称'宗山'。还别说，他们不约而同回我说，有，有这人。看来名气可比我想象的还大，前阵子就在'藤屋'住过，还是某位不知姓甚名谁的避世隐居的侯爵给招请来的。趁着他上上下下忙于演唱的当儿，侯爵还极口称赏道：'啧啧啧！大概是鼓岳就在眼前的缘故吧？如此美妙的松风[1]，就是在东京也听不到啊！'

"掌柜的还唠唠叨叨地说道，宗山当时便发了狠话，说是'真想让那班无名鼠辈也都来听听'。他竟把我们门派这一众人都当成了'无名鼠辈'。

"我便是遭了他如此轻侮的'无名鼠辈'中的一个。"

1　本指能乐名曲《松风》，此处侯爵称赏时，有意将之与当地名胜景致之一的鼓岳松风混淆在了一起。

十三

"我又打听了下，人家说了，惣市他好像在古市尽头处开了家小饭馆，有三个小妾，挺财大气粗的。

"成何体统！一个做按摩的，好没分晓，居然用标识正宗师门的'宗'和'山'这两个字做名号，正宗师门都被他糟践成什么模样了！

"按摩师傅，可不兴你像舞台上那样对付我的，我可消受不了。"

卖唱的被揉痛了似的，悄悄护住前胸。

"后来，仔细寻思起来，这跟信州乡民嫌弃东京戏场里见不到真野猪，全是人在扮演，还不是一回事，对吧？要说官重萝卜日本最好，那这儿的腌渍芜菁同样举国无双，再说句直白话，桑名烤蛤贝鲜美无比，京都、江户、大阪，哪赶得上啊？

"凡事要是都能用这心思去掂量下的话，那敢情就好啦。可那年我二十四岁，正是最容易犯冲的本命年，血气方刚，动不动便火冒三丈，别的不说，光是'宗山'这名号便让我窝火，口口声声'那班无名鼠辈'，更惹得我气不打一处来，加上小妾三人，简直是火上浇油！

"明治维新后世道全变啦，我们这个行当更是一落千丈，一大帮子同行竟连衣食都难以为继。起起武士，俸禄万石，昔日风头劲健得足堪比肩大名[1]的艺人，说来寒心，都纷纷改行去削制牙签或摆摊兜售脆薄糯米饼，还有跑去替荞麦面馆送外卖的。眼下我和我舅父便在乡间一个小官府里听差，将就着换杯浊酒买个

1　日本旧时权倾一方的藩国国主、诸侯。

醉，倒头沉睡在田野垄亩。

"他那妹妹呢，不瞒你们说，也就是我母亲，本该是窈窕淑女的好年华，却一心想着替家里纾困解难。当时有个做按摩的，赚了些小钱，便设下圈套，先是借给她一笔钱，随后便紧追不舍，想逼她做小妾。

"好险！差点蹬翻木屐，一脚踩空，掉进了隅田川里！就因为这事，我一直挺烦按摩的。

"那好吧。

"等着吧！睁开你那两只瞎眼好好看着，我先来治你一下，也好叫你明白自己到底有多大能耐。

"于是，第二天，我们便恭敬如仪地去参拜了神宫。

"舅父仍沉浸在参拜时的那份神圣和肃穆之中，那天晚上破例喝了点酒，便睡下了。我替他拍严实了脚跟处的被子，在他枕边放了壶水，和女佣说了声：'我上那边看看去。'心里却在筹谋着，该如何堵上门去，惩治这宗山。

"走出门来，屋外刮着大风。风势虽凌厉，可隔着五十铃川，都刮不到宇治桥对面，于是便汇聚在相山长长坡道下往上刮来，拖泥带水地，灯前都被搅成了泥沙般昏黄。黯淡月色隐在云层深处。神路山的树幽幽泛蓝，二见浦仍该是白浪滔天吧。风陡然劲峭起来，人被刮得直打趔趄，帽子飞起，赶紧攥住扔回'藤屋'，背脊随即灌风鼓起，就好像偷偷藏了个小和尚在里面。外褂袖子'哗啦啦'飘舞不止，嫌脱换麻烦，身上仍穿着白天参拜神宫时穿的那套带有家纹的礼服，索性把袖子胡乱拧着揣进了怀中，还故作潇洒似的用毛巾裹住了头脸。

"这不正是后来沦落成沿街卖唱的那前兆吗？瞧这丢人现眼的模样，真是报应啊！"

卖唱艺人一只手笼进袖管，探至上胳膊那儿，另一只手则跟瞄好了似的，精准地掩住了酒碗。

　　"就这么去了古市。天虽刚黑下，可周遭已是万籁俱寂。风中檐头'嘎嘎'作声，檐下行灯摇晃不停。虽也有人在弹拨三味线，可一阵风刮来，琴声便像猫蹿上屋脊似的一下飞散在夜色里。没事，只当今晚是携风而来，撞上了这清寂、新建的花街柳巷就好。

　　"来到地势低洼处一幢屋子那儿，踏过水沟上的板桥，迎面便是一道竹篱笆，地上铺的毛毡边角都翻翘着，榻榻米上洇出一摊摊发红的污渍，煤油灯让油烟熏得一团昏黑，就只有一个脸盘涂得刷白的大姐在。我脚下蹒跚着，让这家出售气枪、吹箭的店铺给半路拦了下来。

　　"刚开始，我肘支柜台，扫了眼和我面对着面的那男子，眼神有些怪异，脸酷似开悟的达摩，还有进来时先已见过的那女子，在男子这边停留得稍久些，对女子只是一瞥而过。

　　"'这附近可有个按摩的，叫宗山的？'

　　"其实我只是想在这儿先打探下情况，莽莽撞撞就这么闯了去，未免有些轻率。

　　"'您这是在打听先生吗？有啊，他就住这儿。'

　　"听听这话，简直岂有此理！竟然把这么个无名鼠辈尊称为'先生'？

　　"'说实话，我是慕名前来，想亲耳听到他的唱腔。只是吃不准，是否谁来请求他都肯答应？'我刚一询问，印着好大鲍鱼纹饰的帷帘后面，便探出张半老徐娘的脸来，脸色苍白，鬓发凌乱，显得消瘦。

　　"'陌生过路客，不知道他肯不肯答应。您要真想听他的唱

腔，我这就带您过去问问好吧？'

她这么说道。

"我出手阔绰地付过茶资后，便让她带我过去。

"'带他去吧，可是位好主顾哩。小心脚下。'脸上涂了厚厚白粉的那女子倒也没为难我，她挤眉弄眼着这么吩咐道，便转身跨过竹篱笆走开了。"

十四

"我两袖掩嘴，埋下头，顶着风朝前走去。跟在半老徐娘身后，不知不觉进了前面一条巷子。到处刮着大风，家家门户紧闭。行灯在风中急剧摇晃，看着有些怪异。两边一长溜乱糟糟的大杂院，中间出现了唯一的一幢二层楼的屋子，格子门窗，门前水沟上铺着宽厚的桥板。屋檐下写有'简菜便饭'的字样，这便是'宗山先生'的住处了。

"'来客啦！'那女子招呼了声，径直送我进了门。

"眼前一下出现三个女子，围着长火钵，或半蹲半坐，或撇腿侧坐，或将下巴支在火钵搁板上，神情有些诡异。这会儿饭馆似乎正清闲。里屋那道门前是一段窄窄的台阶。

"'客厅在楼上吧？'我这么问了声，劈手扯下裹住头颊的毛巾，作势便往楼上走去。那几个女子慌张地嚷嚷起来，说是风大，没点灯，楼上黑咕隆咚，让我先别急着上去。这么嚷嚷着的当儿，一阵风刮来，悬在这几个女子头顶上的那盏煤油灯便'啪'地熄灭了。

"挪过几步，借着隔壁屋子的灯光，隐隐现出中间隔着的门，拉门的正中突然映出个人影来，硕大的秃脑袋，凸额，肥唇，没错，是宗山这厮！他在家哩！刚这么寻思着，可恶……那人影背后又映出个黑幽幽的人影，梳着一头华丽的岛田髻[1]，正攥住宗山背脊，在替他揉捏着秃脑袋。

"'火柴！火柴！'几个女子嚷嚷着的当儿，只听他粗声粗气地咳嗽了几声，像是在清理嗓子，伸出大手拿起磕烟灰用的竹筒，离了手的烟袋便映在了灯光里。这时，隔扇门上的影子扩展了开来，比原先足足大了一倍，似乎是翕张着衣袖的缘故。这浑蛋，穿着身和服棉袍。

"煤油灯好不容易才给点着了。

"'让您久等了。请上楼去吧。'

"于是我便往楼上去。送我过来的吹箭店那半老徐娘，楼梯刚上了一半，张望了一眼，似乎腿发沉，上不去了，便退回到下面那几个女子那边，找了个离火钵远些的地方，低头坐在她们身后。

"'这女孩还中您意吧？要不，可以再挑个。'带我上楼的女子在六帖榻榻米大小前厅悄声细语地问我。

"哈哈，接下来会有怎样一笔买卖，我心里大致都已明白。

"刚这么思忖着，那女子又大声问我道：'想点些什么菜？'

"'清淡爽口些就行，喝上口酒，然后……'我和她实话实说，'上这儿来，本是想听你们老板，也就是那按摩师，亮上一嗓子。'

"'嗓子？'这贱女子装模作样地冲我轻蔑地笑笑，'您是想

1　旧时日本少女或新娘梳的一种发髻，特征为前部及两鬓外突，髻顶用头绳扎成鼓槌状，随时尚变迁时有变化。

听先生他……我这就替您过去传话。'

"说着，这替暗娼拉皮条的人整饬了下和服掩襟，便匆匆下楼去了。不一会儿，上来了位女孩，十六七岁光景。哎呀，不知如何形容才好。我也算能说会道了，可这时想到的都是些滥俗透了的说辞，诸如'鸡窝里飞出金凤凰'，还有'鹤立鸡群'之类。腰带和衣领虽都是薄呢料子，可穿在她身上却美艳得恍若秋日红叶。结绵髻[1]柔软蓬松，由缀着小鹿斑纹的淡青色发带绾系着。咦，不是说有三个小妾的？想必这便是其中的一个吧。就在伊势大神身边，都敢如此恣意妄为，也太不像话了！前边见到的那个在替秃驴宗山揉背的岛田髻的人影，想来就是她了。真是作孽！莫非这双清澈得跟五十铃川里映着的星星似的眼睛，就只能听任鲶鱼鳍给搅扰得浑浊不堪？我心里痛惜不已。这女孩替我端来杯清茶，杯底垫着块紫色小绸巾。

"'是啊，当家的意思是，若真是来领教歌喉，那就请客人盛装以待，认真比试一番，那才有趣。'

"既然都这么吩咐了，我也便当仁不让，从怀中取出外衣，重新整饬了一番。

"随后又拿出酒杯来。朱漆打底，金漆勾描的二见浦的景致，配着底座，挺阔气的吧？

"'先喝杯酒，然后这边请。'

"按摩师宗山指着那酒杯说道。看那架势就仿佛是在说，'你得给我老老实实听着！'够盛气凌人的哩。

"他一屁股坐在了那儿。他又矮又胖，脖子粗得跟腰似的。耳根至眉梢处暴着青筋，就像有条小蛇盘虬在那儿。眉毛稀少，

1　岛田髻的一种。

塌鼻梁，嘴唇却很肥厚。脸颊骨鼓突得离奇，仿佛稍咬下牙便会'嘎嘣'作声。他左眼珠是瞎的，又黏又腻；右边那只布满白翳的眼珠不时上下翻动。他脸上还密密麻麻长满了黑斑。

"可就这么个长得残缺不全、肩膀有气无力耷拉着、卖着惨似的秃头怪物，竟也在那儿颓然地低头沉思着，敞着后领，露出大截后颈肉。"

十五

"不，我可犯不着存心挖苦你。""凑屋"女佣支棱起掩在围裙下的一只膝头，冲着边上那个年方二十、看着形单影只的年轻艺妓斜乜了一眼。

就好像一头浓密的岛田发髻让她不堪重负似的，那艺妓低俯着头，裎露出白皙得令人心生寒意的后颈。一袭素地粉色、质地精细的贴身长衬衫跌滑在肩膀上，越发像是有寒气从背脊掠过。厚料绉绸和服的色泽则与霜后残存下的马兰草似的，是那种纤弱、委顿的淡紫色，落在眼里几近于浅蓝。

"跟你说吧，那间客房还是我硬去替你要了来的。还不好好待那儿？岛家的，叫三重吧？喂，三重你快回去！"女佣神色严峻地说道。

"本想有你也好替我照应下客人，这才把你和小丫头留在了身边，可才去了厨房那边一小会儿，你竟嫌弃人家客人上了岁数？莫非真仗着前几天刚从山田那儿过来，就不把我放在眼里了？客人要你斟酒，你没个好脸色；要你弹唱三味线，你竟还哂笑人家，连喜野这小丫头在边上都看不下去，硬拽着袖子把我喊了来的。

"从一开始，啊呀，我嘴都快说酸了，要你用三味线弹唱支京都那边的谣曲给我听听，看能不能讨客人欢心，这本该是你拿手的。客人出门在外不免会觉得寂寞，闷闷不乐的，你没见那客房烛光都格外苍白寡淡吗？我跟央求似的问你，可你始终回我说：'我不会！''弹不来！'莫非你真就这么怕弹三味线？就算再怎么'弹不好''弹不了'，好歹也是出来陪酒的艺妓，哪有连支三味线谣曲都弹唱不了的？

"是吧？你也不想想，这像是平日随便敷衍的客房吗？两位贵客，一看人品，心里便自有分晓。怎么都得好好伺候才是。我都替你觉得失礼。快去吧！那好，我替你拿着琴匣。"

女佣口气虽柔和了些，可脸仍绷着，站起身，冷冷地拿过搁在隔扇门边的那三味线，竖直了提拎在手中。

"啊，您别——"

三重吃了一惊似的，和服下摆拖曳在地，悄然抱住女佣的腿，想拽住她，又扯住女佣衣袖，想拦下那三味线。她花容顿失，酷似芍药花凋零委地，瘫坐在那儿。

"饶了我这一回吧，求您了，求您了。"她声音呜咽着，奄奄一息似的，"我哪至于存心要去得罪客人和店家？我真是，哎呀，弹唱不来三味线，大姐……"她说不下去了。

"这之前，对吧，在另一场宴席上，我就这么一直干坐在角落里。那也不是普通的宴席。他们说：'替新当兵的送行，得让大伙儿好好乐上回才是。这儿可不想要你这种什么才艺都没有的，要不，脱了和服跳个舞也行啊。你要不乐意……'于是我被独自打发回家。刚回到老板店里，便劈头盖脸地遭了殃。唉。

"'三味线又不会弹，舞又跳不来，还不肯在宴席上脱衣服，要那样，就给我在店里脱！快扒了这身和服！'老板骂骂咧咧着，把腰带什么的一把全扯了，硬把我摁倒在厨房里，还故意拽开窗户，就这么让我映在了寒冷月光下，真是羞辱死人了，然后用柄勺舀水，接连不断地泼浇我的乳胸。

"一说起这边店家要我过来陪酒，您猜怎么着？他便立马要我穿上贴身衬衣，还用暖炉烤暖和了，口中叨叨着'说是东京来的贵客哩！'破了悭囊似的，取出套珍藏着都舍不得穿的和服给我，再三叮嘱说：'好好伺候完了客人再回来哦！'连木屐都亲手替我摆好了。

"说是好好伺候客人，可又该如何伺候呢？跳舞连怎么站怎么走都不会，三味线呢，大姐您听我说，手这么一拨，任谁也都能拨出几个音来，可要我弹唱给客人听，我哪唱得了啊？

"我又不比别人缺胳膊少腿，真是无地自容。一想到自己连调儿都拿不准，不知如何才会不被宴席上客人给撵走，心里便发怵得连话都说不周全，也难怪客人会觉得我是在嫌弃他，给他脸色看，准是因为这缘故。

"大姐您帮我跟店家求个情吧，让我去厨房刷锅洗碗打个下手，好不好？大姐求您了。"

她摩挲着女佣的衣袖，泪眼婆娑地死命仰脸望住女佣。见女佣脸色渐渐舒缓开来，手中挂着的三味线的琴柱也仿佛一时间变得柔和，弯成了一面弓似的，她这才掉过头去，重新望向那两位贵客，一边用斜纹织的绾得很宽松的腰带结，摁住女佣的衣袖。

十六

于是，三重双手扶地，重新向两位老者俯首行礼。"贵客招请艺妓前来助兴，而我竟不能侍奉一二，深感愚驽无似，诚惶诚恐得双手哆嗦不已，连酒壶都拿不稳当。谨请二老权且把我当作婢女留下，以便就寝将息前悉听随意差遣。先替二老捶背可好？要不揉肩也行。如蒙允准，定当尽心尽力。"

三重落落大方，前刘海紧抵榻榻米，跪拜在地，正这么恭恭敬敬行礼的当儿，却不料半路上杀出个程咬金来。

捻平原先一直目不转睛地在翻看着《东海道膝栗毛》中的插画，这时突然打破沉默开口道："这可是在规劝子孙后代。从今往后，人在旅途，招邀艺妓助兴之类的事，彼此间得审慎些才是。"说时手摁着火箸。

此时的弥次郎兵卫一边眯着眼，漫不经心地望着对面题写着"临风榜可小楼"字样的匾额，一边将几乎已忘了啜吸的烟卷重又挪至嘴边，不料吸到的却是点着火的那头，随即慌里慌张地把烟扔进火钵的灰烬里，被呛了一口。

"好吧好吧。不，大姐，待会儿给你赏钱。本想这会儿就给，只怕这女孩又要纠结，还是随便找个小客厅先让她歇着，咱们这边也好吃碗乌冬面，我来会账，待会儿再说上些趣事乐一乐，等到了钟点，再打发她回去也还不迟。"

说罢，弥次郎兵卫端起早已凉了的酒杯，猛地一饮而尽，神情似有几分落寞。

女佣抢在头里，把之前扶直了挂在地上的三味线，悄然推至隔壁房间的暗处，就好像人突然间疲累委顿了似的，蹭着挨近去，和三重靠在了一块儿，默默地，手颤巍得恍若水中摇曳的灯影，摩挲着三重的后背。

"真不敢相信，岛屋当家的竟这么狠心。那好吧，我这就照你说的，去平日早已不在人前露脸的老板面前替你说个情，你就放心吧。还真是，幸好脸上没留下伤疤。"说着，又将三重纤弱的胳膊来回抚摸一遍。

"当家的是顾忌着还得靠你这张脸赚钱才不得不手下留情，准是这个道理。先跟客人道声谢吧，然后找个由头上店主被炉前去伺候着，修头发，系头巾，这会儿正需要人手帮衬，顺便也好切切羊羹、斟斟茶什么的。只是……"女佣这么吩咐道，一边左右瞻顾地端详着洁净衣领上方，三重那楚楚动人的鬓发。

"你呀，怕是遭了报应哩，真就弹不来三味线了？连'玎玎''琮琮'都拨不来？"说时，她还特意轻快地呵呵笑着，像是在哄着、宽慰着三重。

凝冻住的泪水仿佛被这温馨的人情给融化了似的，一时间化作珠玉，迸撒开来。三重啜泣道：

"是啊，我去神祇面前许了愿，还禁盐茹素的，可就是怎么也学不会，都弹唱不成一个调儿，大概出生时就少了这根筋吧？"

烛光映照着三重的脸，俨若洁白梅花绽放在腊月暗夜里。

"舞也跳不来吗？"

"是哩。"

"快别哭。可不兴你认尿。来，喝杯酒！打起精神来。往后有人招请你时，可千万别再这么尿，听到没？只要你不尿，总有办法对付。就算用丝瓜皮来回扒拉几下，也总能'噔楞噔楞'弄出些琴声来。古琴、胡琴上不了手，那就去敲敲铜锣铙钹，或者'啾啾啾'地吹几下箫笛，谁知道你吹得是好是坏？要这么着，也就不会有人再嫌弃你没才艺了。跳不来舞，干脆换成做体操，这么一……"

"二！"弥次郎兵卫朗声接口道。他外褂的纽襻都快绷裂了，两只大手左右舒展着，挺起宽阔的胸脯，随后又跟划拳出石头似的，双手握拳，奋力前冲，一边爽朗大笑着，似乎是在替三重姑娘鼓气。

"这么比画几下总该还会吧？不，这也得有点胆量才行。瞧你，就因为胆怯成这样，才这也干不了那也干不了，太可怜了。"弥次郎兵卫的说话声一时有些沙哑。

"这……我可说不出口，自己抹不开这脸。舞倒是学着别人跳过些，就只会这么一折。"她埋下脸去，羞赧似的双手扶住地面。

"你会跳？会跳舞？"女佣喜出望外似的嚷嚷起来。

"哎呀，就说会跳不就行了？你要会跳那就快跳！就在这客厅，用不着再害臊。且慢，总得要个伴奏的吧。我说喜野，你快去那边大厅，啊，就说这边阿千吩咐的，去拉个会弹三味线的来，谁都行。"

小丫头喜野一脸茫然，正待站起身来，这名叫阿千的女佣又歪着脑袋，温柔地撇了下嘴角，招呼她道："等一下，等一下。"

十七

"今天可是非同寻常的日子。一旦从军入伍，周日都不得擅离兵营。为国不辞劳苦，那都是不曾经见过的劳苦。因为是替新兵送行，请来助兴的艺妓不嫌其多，只嫌其少，哪怕少一个，都会让宴会不够热闹。

"那好吧。俗话说，'出门在外宜慎重'，我这回却反其道而行之，想当着住店过夜的客人面献个丑，弹奏番三味线。三重姑娘，你这是要跳什么舞？你都不知道会不会弹这曲调，便先自夸下了海口。管他会不会，你只管跳你的就是了，但愿我这边还勉强合得上拍子。"

"瞧大姐您说的。"

三重用衣袖摁住正待起身去拿三味线的阿千的膝头，脸上稍呈嗔怪之色，神情煞是惹人爱怜。

"大姐您若已调好琴弦，那我就来上一段。我这舞呀，还是从能乐那儿依样画葫芦比画来的。"

未待话音落下，三重先已将脸埋进阿千双膝间，背对着弥次郎兵卫和捻平，显得又天真又羞涩。虽仍羞怯谦卑着，因为忸怩，衣衫还有些凌乱，和服袖口曳出一长截衬衣袖子，搭落在榻榻米上，反倒让她越发娇媚、艳丽了起来。

"什么？跳能乐里那舞？"弥次郎兵卫追问道。

捻平将膝头上的书"啪"地倒扣了过来。

"那，我还是喝酒吧。就自斟自酌好了。我才不愿意有人在这儿跳舞哩。至少戏文得有些名目，有人击鼓伴奏，那还差不多，哈哈。"也不知是什么惹得他沙哑着嗓子大笑，笑声一时间轰响在屋宇间。

"捻平，捻平。"

"嗯。"捻平懒得理会似的，含糊着勉强应道。

"出门在外，多些经见，日后跟人聊天时，也好不怕没有话题，你说是吧？我倒是挺想看看哩。"

"我可不想看。"

"那你就闭上眼，一边待着去。"

"喂喂，可不兴说这不吉利的话。真想明天就回江户去，没见着可爱小孙女，就是死，我也绝不会闭眼的。"

"瞧你这人，拧巴不拧巴？也难怪会叫捻平[1]。那就随你吧。来，这位姑娘，你赶紧跳你的舞，用不着跟这老爷子客气。我说，老念叨这不会那不会，只会在人前低三下四抬不起头，倒不如干脆什么都敢依样画葫芦地来它一下，还怕挣不来一份艺妓的光鲜脸面，拿赏钱时也好心安理得些，我说得没错吧？那就快露一手让我开开眼吧。只是得你自己乐意才行，我可绝不会强人所难。"

"人家客人都在宽慰你呢。来！我不清楚你要跳什么舞，就是跳不好也别在乎，没什么大不了的。那，要不要先准备下？"

"好的。"三重姑娘稍站起身，作势用口衔住紫色衣领，丰满的下颌一下瘦削了许多，看着让人不免心疼，羞赧似的深深窥向怀中。隔着想必是洁白的亵衣掩襟，胸乳在深紫色和服后隐隐隆起。绉绸料子的和服轻盈地掀动了下，烛光里飒然闪出把银白质地的舞扇来，啊，让银鱼般白皙纤细的手指攥着，显得沉甸甸的。

三重托举般双手承接过银光闪烁的舞扇，贴向梳着刘海、玉簪般光洁的额头，随同折叠扇面迅捷打开，恍若潮汐起伏，海面上月光静静铺展开来，脸庞渐次隐没，唯见指肚翻翘、紧攥两端大扇骨的手指，闪烁得分外白皙。

仿佛入海口退潮，隔壁客厅的喧哗骤然间再次消歇了下来。

定睛望去，皎然银白的扇面上，金色的云霞流散殆尽，只勾

1　"捻"在日文中含有别扭、乖戾、拧巴诸义，故而弥次郎会在这里这么调侃捻平。

描着一轮湛蓝的月亮。扇面背后传来了清澄的吟唱：

> ……
>
> 当其时，
> 海女[1]恳求海谈公[2]：
> "倘能探骊得珠回，
> 继位自当立吾儿。"
> 既获允诺又复言：
> "此去本为护佑吾儿计，
> 纵然舍却性命，譬若朝露何足惜。
> 千丈绳索系腰间，
> 一旦宝珠擒在手，
> 自当曳绳为号相告知。
> 到那时，
> 幸赖众人……[3]

唱腔一转趋于紧张：

1　日本旧时以潜水捕捞为业的渔家女。尤指不使用呼吸器和其他潜水装备，徒手下潜，以捕捞龙虾、扇贝、鲍鱼、海螺等海产品谋生的女性。

2　海谈公即藤原不比等，其父为大化改新功臣中臣镰足，因居住大和国（今奈良一带）高市郡藤原，被赐姓为藤原。藤原一族在贵族社会中始终占据中枢地位，尤以次子房前，即不比等最盛，为藤原氏长盛不衰的贵族地位奠定了基础，故多为日本旧时传说、传奇及小说、戏剧等所取材。

3　此处及随后的引文，均出自日本能乐剧《海女》中的唱词。剧情为赞岐国（今四国地区香川县境内）志度湾某海女与藤原淡海生养有一子，为母爱儿心切，谋求儿子早日出人头地，与淡海立下誓约，若能舍命从龙宫取来宝珠，当指定儿子世袭继位云云。

255

> "奋力拽我出海面。"
> 言罢掣出利剑擎手中
> ……

合上扇面，整掇衣袖，一举手，一投足，无不娴熟而精湛。衣着自然得体，眼神凝定沉稳。月光透过玻璃窗照进屋来，洁白如霜，落在三重身上，恍若河中粼粼波光。烛台映出细碎花影，一并飒然流溢在她膝下的榻榻米上。

"啊，等一下！"捻平蓄足了力气似的大声嚷道。

十八

于是捻平拽过火钵，吩咐道："大姐，替这火钵添上些炭火。不，不用起身。挪开那烧水壶就行了。"

眼下这情形，多少也让女佣阿千觉着坐卧受了拘束。

趁女佣搬运炭火之际，捻平悄然挪动着双膝，将皮包等什物搁进里边那间屋子，单留下坐人力车那会儿悬在脖子上、刚才一直搁在壁龛里的那包袱，搬重物似的双手攥起，轻缓地搁在腿上。他一边躲闪着添加炭火的阿千，一只手伸向火钵，手心手背来回烤着，嘴上也没闲着："啊，我说，是叫三重吧？三重姑娘，抬下手，来，抬手。"

三重正作势倚剑起身，匆忙间，却不料让捻平给拦下了。刚才那会儿，她正俯下头，只手扶住榻榻米，捻开扇面，贴住额头，舞扇上溟蒙着芳唇间呼出的气息，让捻平这么一搅和，便稍稍抬起头来，迅即"啪"的一声合上了舞扇。随舞扇合起，原本瞪大着眼睛正在观赏三重演唱的弥次郎兵卫，也便渐渐合上了眼睛，一言不发地将颤着的手指搁在火钵沿口上，一截烟灰从支棱着的烟卷上悄声无息地掉落下来。

捻平用膝头在褥垫上稍稍示意着说道："哎呀，正想让你重新演唱一遍，好让我再仔细看看。你先挨近过来些。嗯，刚才那段曲子，无论气势还是身段，该教的都教到位了，该学的你也都学到手了。

"能把这折能乐剧教得这么好，也就只有这么四个地方，此外怕是再也找不出别的人了。我也猜得出是谁教的，正打算跟人婉转打探他的消息来着。嘘，别吱声，你听着便是了。"

冲弥次郎那边使了个眼色后，捻平继续说道："我先问你，怎么就偏偏学了这折能乐剧？是跟谁学的？"

"唉。"三重应得很轻微。仿佛一下又变回到了之前那个畏头畏尾的女孩的模样，泪眼婆娑着絮叨开来："刚才都跟客人说了，我这人笨拙得要死，唱腔都跟不上节拍，记性又坏，连长谣《静待良宵》中三味线拨了'噔'还是'噌'的音都分不清楚。来这儿前，山田那边青楼里有个大姐，清晨啦，白昼啦，只要得了点清闲，就是晚间也都会来教我，一天总要教上两三回，就跟非要我嚼碎了嚓在嘴里，或者剖开胸脯都要镂刻进我心里去似的，可就是教得这么辛勤，结果连我自己都伤透了心。单单'拂晓'这句便花了十天工夫，好不容易依样画葫芦跟着弹唱下来，却又跟中了邪似的手不听使唤，明明想拨第三音，可指头偏偏滑向第一音，真叫丢人现眼。

"喉咙都快让大姐手中琴拨子给撕开了，胸脯也没少挨她烟杆打，遭到的打骂比弹断的琴弦还要多。

"就是这样，大姐还算不得狠心。我呀，对吧，原先还在鸟羽那边青楼里待过，那时……"

"啊，你是鸟羽的？是志摩那边吧？"弥次郎兵卫突然插进来发问。

"不。我老家本在伊势，父亲过世后，是让继母卖到那边去的。起先跟我说是去替官府做事，那是诓人，根本不是这样。嫌我不听客人吩咐，岸上挣不来钱，便罚我去海上。在一个山崖下的船埠头，一到夜晚，便让一众男子拽去塞进小船，海上明月当空，却偏绕着岛屿背阴处走，让人提心吊胆，跟漂浮在海上的落叶似的一路晃悠。海上寂寞，我便身不由己地哼起哀切的谣曲来。招徕不到客人时，他们便责骂：'都怪你，揽不来客人！'罚我口念咒语，好蛊惑船夫贪恋女色，然后劈头盖脸打我耳光，硬撵我下船，逼我爬上退潮时露出海面的礁石，把我的头摁在礁石的豁口处，要我喊叫：'快来呀！''快来相好呀！'[1] 年轻船夫都在船头看着，喊声一落，海螺壳便噼啪作响地朝我砸来。海风打湿衣衫，夏日夜晚都觉着冷……更别说是三九严寒腊月天了。这儿号称千岛之海，座座岛屿银装素裹，霜风在巉岩上冻成了锋利针尖，我便趴在那针尖上，'来呀''快来相好吧'这么喊着，嘴唇都冻僵了地啜泣着。嗓子喊破了，舌头冻住了，寒气沿着浸在潮水里的下襟传遍了全身，冻得就快昏死过去时，却又被贝壳砸醒了过来。好不容易在船上稍稍恢复了些神志，见灯都不点一盏，正疑惑着会是条什么船，哎呀，吓死人了，看着就跟妖魔挂在那儿的拐棍似的桅杆下，突然伸出只又硬又糙的大手，一把将我拽去搂抱住了。

"天上缀满了苍白的星星，海水一片漆黑，我恍若黑夜掉进

1　日语中，"来"与表示相好之义的"恋"，发音相同，均为"こい"（koi）。

了血池里似的，啊，我到底是活着还是已经死了？无数海鸟在我耳边嘤嘤悲鸣，我也便忍不住失声痛哭起来，只怕再也无脸见人哩。"

三重擎起舞扇，权作利剑，迅即以水袖掩覆住脸庞，风情瞬息万变。人声突然静寂下来，蜡烛嗞嗞有声，独自燃着，洁白烛泪不时坠落。

听着这段往事的人们，从日和山上望向山下星罗棋布的志摩岛屿、波澜不兴的海面和白鹤翔舞的霞池，眼前那景色似已不再明媚秀丽。

十九

"见我光顾着哭泣，脾气暴烈的船夫便骂道：'花钱买你这哭丧星来，还不如用蒲草笼子装上伊良子海角[1]海参去逗乌贼玩哩！没一条船会要你留下，不把你扔海里，除非太阳从西天出！'

"于是，我又被攥上那礁石，在凛冽寒风中，不时喊着'来呀！''快来相好呀！'一边独自啜泣。

"手脚都冻成贝壳那样僵硬了，可还得在那儿哭喊着'来呀！''快来相好吧！'真心希望这喊声能从巉岩豁口越过大海，一直传到大海尽头。船早已不见了踪影，那就让潮水再次打来吧。真想就此变成块礁石算了，客人，那时我心里就只有这么个念头。"

三重口衔凌乱的衬衣袖子，眼睑上映着一抹清浅的粉红。

1　地名，位于今爱知县渥美半岛西端的海角，与志摩半岛遥相呼应。

"心里早已有了个人……我自己要技艺没技艺，要长相没长相，虽和说大话似的，可我真想对神佛发誓，就是被杀，就是去死，我也绝不会去做辱没他的事。

"有天晚上，我照例又被卖到了一条船上，点着茕茕灯火，那边一众船夫嫌我不听话，把我撵回这边船上来。送我回船的几个年轻人在船艄上用脚炉暖着脚，喝着浊酒，嘀咕道：'光嫖资就折了一大笔。趁这边人还没见着她，先扔海里去做了海女，也算是出了口鸟气。'那可是在明月敞朗的夜晚。

"他们把我摁在船上，扯下我的衣衫，用绳子捆住我，把我倒栽着沉入海中，'嗖嗖嗖'地，我越沉越深，以为已坠入深渊，却又跟井台辘轳绞起汲水桶似的，被拽出了海面，他们也不让我的湿发稍沥干些，随即又把我扔回了海里。

"当时，说是有条船正停泊在那儿过夜，船上搭乘着长崎那边过来的大叔，就这么独自一人。他是那种喜欢四处游荡、顺便挣上些小钱的人，很率性随意，眼下正在二见浦、鸟羽一带赶马车。寒冬腊月，他身上也只穿着衬衫和单裤，还很年轻。见我被人这么折磨，他心里觉得老大不忍，回伊势后，就跟人说了，这才有了我刚才和客人说过的那些事。

"之前古市那边青楼里那个大姐，花了好大一笔钱，又过来把我给带了回去。

"'往后哪，得替我好好学本事，熬出个拿得出手、叫得响名头的艺妓模样，也好在鸟羽那帮狠心畜生面前替自己争口气！'大姐眼里噙满了泪，这么叮嘱我。一边琴拨子噼啪山响地打我，一边手把手教我弹三味线，也不知我上辈子作了什么孽，就是一点都学不会，光是食指、中指，都要每天翻来覆去教上三遍，整整弹上一周，连周边近邻也都在抱怨，说是腻烦得连饭菜都难以下咽了。

"又是月色清朗的夜晚。啊，正因为如今主人心肠这么好，反让我觉得更加难受。身体上不管多难受，光是这样的痛苦，大不了拼将一死也就一了百了，可又不是。还不如重新回到鸟羽去，让人摁在礁石上，'来呀！''快来相好呀！'带着哭腔喊叫，或者用绳子捆缚着沉入大海，心里似乎还好受些，不瞒您说吧。这么思忖着的当儿，但觉眼前浮现出了岛屿和大海，众多海鸟越过月光，恍若阎罗王派出的使者，朝我翩翩飞来，正待把我带往冥土。正这么恍惚着，有个串街走巷卖唱的，突然出现在了格子门前。

"琴拨子捻出的琴声，啊呀，恍若新町[1]月影下晶莹欲滴的露珠，清澈而圆润。

> ……
>
> 腰系博多[2]带，
>
> 身穿筑前[3]绞缬染，
>
> ……

"好嗓子啊！澄澄明亮得简直叫人难以形容！

"'嘿，荒腔走板，惊扰您了吧。'只听他口中喃喃道，似乎正待继续赶路。

"'啊，动听得叫人直打寒战，简直叫人佩服得五体投地。对

1　位于大阪西区新町桥西的花街柳巷，宽永年间（1624—1644）所辟设，与当时京都岛原、江户（今东京）吉原呈三足鼎立之势。

2　地名，位于福冈市东部。此地出产的丝织和服腰带在日本久负盛名。

3　旧时藩国名，位于今福冈县西北部。

261

了，得赶紧给上些赏钱。'

"身穿条纹短外褂的大姐刚才也听愣了神，衣袖沾了火钵灰烬都没留意到。她这么寻思着，便拉开火钵抽屉拿了些钱，从缎子腰带里'哧'地掏出张笺纸来包好，让我拿着。待我用托盘盛着这纸包，曳开门一看，那人都已过去了一两间门面。两个人影，让月光一前一后系连着，我紧着脚步赶了上去。

"'这个给你！'我招呼了声，把托盘递到他跟前，他转身拿走了纸包。这时我呀，不由分说便拽住了他的手，光顾着自己，扑簌簌地直往下掉眼泪。他虽是男子，却身怀如此绝技，我的手指若能长成他这样，哪怕只有一根，也该有多好啊！这么想着，我便抽抽搭搭着，哭了起来。

"他除下裹着头脸的毛巾，然后就这么把我的手攥在了他手里。这卖唱的朝边上默默退了几步，问我道：'你怎么哭了？'声音很温柔。我一时间顾不得羞耻什么的，然后便把自己怎么也学不会弹唱三味线的事，一五一十全跟他说了。"

二十

"他仔细听着，目不转睛地盯住我看了好一会儿。

"'你就说，想求神佛保佑自己学会这门琴艺，得去神佛跟前许个愿。然后呢，趁天没亮就得出门，到鼓岳山麓那片树林里来。我想有三天就够了。不过，还是跟你老板先请上七天假吧。宜早不宜迟，趁今晚夜色还没散尽，你明白我意思吗？一个女孩独自走在路上，不免会有危险，还是我来门前接你吧。别担心，没人骗你，这不是在做梦。'说罢，他胸前搂着三味线，闪身走进暗地里，顺着那道黝黑围墙，径自扬长而去。

"我没告知大姐这些，只是央求她说，明天凌晨三点，天亮前，我打算斋戒沐浴后去神佛面前许个愿。大姐挺高兴，当即便答应了。

"我也都豁出去了。就算被人杀了，大不了也就是一死！只是对我有大恩大德的大姐家的这格子门窗，说不定也就是我见到的最后一眼了。这么寻思着走出屋檐，一扭头，他正望着大门，伫立在那儿。

"'走吧！'那卖唱的招呼道，冷不防从身后攥住了我的手。

"我呢，虽也已拿定了主意，可还是觉得像是被天狗攫了去似的。

"接下来，我也不知是在做梦，还是真的。反正天亮前我回了家，之后两三天，人昏昏沉沉地，一直在那儿发呆。

"……耳朵里灌满了鼓岳的松风和五十铃川的流水声。我便是在那片昏暗的杂树林里，拜卖唱艺人为师，跟他学艺。

"……舞姿的一招一式，手该如何伸，又该如何收，他都教会了我。只要让他在背后这么一搂，我这身子不由分说便会翩然舞动起来。除了学艺，别的我什么都不知道。

"对了，之前经历的在鸟羽被人扔进海里的那些事，我也都跟他说了。说来奇怪，这卖唱的本来和我好像还有些仇隙，就因为中间隔了好些说不清道不明的缘故，竟然聚到了一起。他还叮嘱我说，来鼓岳山麓随他学艺的事，千万别在人前提及半个字，谁也不行！无论如何都不能走漏一丝风声！

"到了第五天，他便跟我说：'就教到这儿吧，你都会了，不用再教了。去宴会陪酒时，就演这折能乐舞给他们看，再也不会有人责怪你要技艺没技艺了。'顺便送了这把舞扇给我，说是留份纪念，作个见证。"

言罢，三重隔着水袖，将舞扇紧紧拥在了胸前，肩膀颤抖不已，两鬓间未能拢起的几绺短发，一时间披散了开来。

捻平叹了口气，微微颔首道："好啦，这下水落石出了。怎么教？怎么学？就是不说，我也清楚。那在山田那儿，怎么又会那样呢？就这么一折能乐舞，怕是压不住场面吧？"

"是的，头回演唱时，客人都哄笑起来，里边还有人嚷嚷道：'太可怕了！''吓死人啦！'问何以口出此言？说是都在风传，我被天狗拐去了整整五天。"

"'哈，这位师傅要没点魔力，哪能五天便教会了你这折舞的？''嗯，伊势这边会演唱这一折的，想来也该有六七个人的吧？你没当他们面演唱过吗？'"

"嗯，也有想图个好奇来招呼我过去的人。可替我伴奏的大姐发话了：'这哪儿成啊？都还根本没学到家呢。'立马给制止了。"

"哈哈，哎呀，若是按你那舞步拍子来，那这批自吹自擂却压根儿是野狐禅的家伙，还不都得把嗓门撕成碎片，一个个全跑了调？哈哈，唱得就跟哼哼唧唧呻吟似的这批人，岂不就此一钱不值了？就因为这缘故，你才搬到了这桑名来的，我没说错吧？"

"他们跟疯了似的，一口咬定是狐狸——不，是那种边叫边飞的夜枭，在我身上附体作祟。虽然大姐也替我求情，说是'就这么让她走实在太可怜了'，但周围没人搭理她。她与桑名这家叫"岛屋"的，虽平日疏于走动，可毕竟沾些亲、带点故，于是便把我托给他们照看。"

"哦哦，想来又在那儿让你受了好多委屈。这先不提，待会儿再听你细说吧。我说姑娘，我还不跟通常那些客人一样，见你就这么个年轻女子，又不是什么天魔神妖，竟然怀有如此绝技，不由得大吃一惊，这才出来打断了你的演唱，真是对不住啊。那好，那就请你重新来过，再辛苦上一回，多有拜托！这折能乐舞我也是久违了，挺怀念，那就借你舞姿，揣摩下年轻师傅的匠心吧。"

说话间，他解开膝上包袱。看哟，里边竟是只贵重的手鼓！红漆鼓壁上的立田川景物，似是出自土佐[1]名画师的手笔，鼓面鼓底绷着满月般浑圆的鼓皮。鼓铭"云霄"，意为"玉砧一叩，如梦似幻，响彻天上人间"。

他是那样的利索老练，那样的潇洒自如，就仿佛是在投梭织锦似的，待"唰唰唰"地扣紧了鼓绳，便高擎在手，拿到火钵上去烘烤鼓面[2]。女佣阿千惊讶地望着眼前这一幕，气都不敢喘一下，忽然醒悟过来，不由自主地便双手扶地，俯首行礼。

他技艺精湛，不言自威，无人堪与争锋。若要问起这捻平究竟是何来头？他便是七十八岁老翁边见秀之进。前阵子刚将艺名转让给了孙子，自号"雪叟"，退隐赋闲在家。若论小鼓演奏，自是当世首屈一指的名家。

那另一位老者弥次郎兵卫，他又是谁呢？嘿，他便是能乐名伶，本派第一高手，恩地源三郎本尊。

此番侯爵摄津守[3]参拜伊势神宫，在临时下榻的馆舍举办了一场能乐剧演出。他俩应邀携手登台，一人演唱，一人击鼓，此

1　旧时藩国名，今高知县。

2　稍加烘烤，鼓面绷得更紧实，叩击时鼓声会越发清脆和响亮。

3　日本古时五畿之一，位于今大阪府及兵库县境内。京畿，古时京都周边、拱卫京都的特别行政区。另四畿分别为：大和（今奈良县境内）、山城（今京都府南部）、河内（今大阪府东部）。

时正在演出结束后，结伴打道回府的路上。

二十一

且说乌冬面馆那边，那颇带着些侠义气的卖唱艺人仍在讲
述着。

"嘀，后来呢，秃瓢他又虚张声势着折腾出不少花样，这才
终于唱了起来。

"我一听，咦，奇怪，可要比预想出彩多了！远不止按摩师
玩针灸那两下子。这唱腔就是洒在屋外呼啸的风里，怕也会跟那
清亮笛声一样，缠住你不肯散去。也难怪，一门同行里，真还有
不少该挨他骂'无名鼠辈'的哩。

"只是和我比试，他还不够格。但艺无止境，不容轻忽，万万
轻敌不得。我暗自思忖道，得严阵以待才行，便朝这膝头……"

卖唱艺人又坐直了身子，和服前襟绷得紧紧的，揉捏着肩头
的按摩师的手也跟着往上抬了下。

"……'啪'地拍了下这膝头，默默拍了二三下。这拍子可
非比寻常，那还是我师傅同时也是我舅父的养父，从小把我抱在
他膝头上时就教会了我的，是家中祖传的拍子。只须瞅准对手
拍子的缝隙，拦腰切入，堵住他张弛的余地，逼他放缓节奏，同
时挑高调门，诱使他唱破嗓门，直至喘不过气来。外行人不明就
里，对节拍调门就跟瞎子聋子似的未必察觉得出，可这对手好歹
也算是个行家，多少有些素养，只要我稍一打出拍子，便会循声
而来，跌跌撞撞着全乱了方寸。三味线那儿同样也用这招数，你
说怎么着，还不是要他怎么都弹不成自己想要的调儿？一个调儿

266

都弹不成，岂不就和乡间蠢女人想给豆腐上箍，或者用钉子钉住米糠，成了一个模样？

"这家伙好歹还算懂些门道，见自己被行家里手用拍子压了一头，便立马放缓着紧绷着的调门。想来也是血气方刚给惹的吧，艺人出道全凭摸爬滚打，我可没少受这种冷酷无情的打磨，而对手呢，他可悲就可悲在根本还没入行。

"可怜的宗山。眼看着他额上汗如雨注，嗓门死命抬向高处，颏下和前胸都绞出了油汗来。他肥厚硕大的嘴唇干涸成了海参干的模样，舌头发僵，呼吸急促，一边哼哼着，一边手哆嗦着，仿佛攥住榻榻米似的正待拾起那酒杯。我抢在他头里，毅然决然地打出个响亮拍子，声震丹田，恍若从深谷间拔节而起一般。

"他受了惊吓，'噗'地呼出口气，烫得灼人，随后便一头趴伏在地，活像一条狗，吐着长长舌头在舔着榻榻米。

"'先生，您贵体有恙？'我微微一笑，问道。

"'您的唱腔真是绝了。拜托您唱上一曲吧。我宗山领教后，便是成了聋子也都乐意。不聆听上一曲，我死也不会瞑目。'宗山攥紧拳头，凄惶地说道。

"'按摩的。'我不再喊他'先生'，就这么直接喊了他一声'按摩的'。

"'这边离尾上町藤屋有多远？'

"'您怎么问起这的？'宗山反问道。

"'挨得近了，怕声音会传过去。我是暗自跑了来的，跟谁都没说起，不想让我这唱腔惊扰了'藤屋'那边。舅父他这会儿独自睡下了。虽说'勇士深谙冰霜寒'，可他毕竟已到了睡梦易受惊扰的岁数，本就苦于山风呼啸，晚上睡不安稳，我可不想再去

惊动他老人家。赏钱就搁这儿。我先回了。'

"听我这么说，宗山骨碌碌翻动着他那瞎眼珠。

"'等一下。您这是说，方才按那拍子起的调儿能从古市这边传去尾上町那边？也未免太大言不惭了吧？想不到年纪轻轻就这么张狂。我虽还未曾领教过他的唱腔，也未曾拜见过他的尊容，可我毕竟风闻过本派大师恩地源三郎养子的名声。这恩地喜多八除了您还会是谁呢？我没猜错吧，恩地？'他一下便道出了我姓甚名谁。

"啊，我可是喝醉了。"

酒杯"啪"地掉落在地。

"他多嘴多舌冒犯我名讳我并不在乎，我气的是他竟对我舅父大不敬。你俩千万别再跟别人提这事。"

卖唱艺人大度、坦然地与按摩师、老板娘对视了一眼。

"我拂拭了下和服外褂下摆，心想，管你猜没猜错，反正我便是你口中'东京那帮无名鼠辈'中的一个，而你呢，就连宗山这名儿还不都是从'宗家''本山'那儿窃取过来的？'你还是给我备上份酱渍海藻糕之类的进见礼，顺着东海道爬去东京，叩开恩地家的厨房门，瞒过我舅父，趁着寄食在家的顽皮少年还在玩抽陀螺时，求他们抽点空出来，教教你能乐剧《高砂》中这折《浦船》唱腔吧。'我冲他劈头盖脸撂下这话，便转身走了。"

二十二

"满脸痘疮中睁着双惨白眼珠，宗山踉跄着站起身来，声音里带着怨恨：'好想您啊，少爷！可我眼瞎，真叫人伤心，都看不见您的脸。让我触碰一下、攥上一把吧，哪怕抚摸一下也好。'哎呀！我受得了被他抚摸吗？

"正待侧身躲开，可客厅窄小，才六帖榻榻米，就算眼瞎，那也是他自己的家，他熟。

"他早已堵住楼梯口，猛地张开两只大手，身影悬浮在天花板上，油汗从黑乎乎撑满整个天花板的秃脑门淌滴下来，正要伸手去抹。

"哎呀，那副因为嫉妒和偏执而显得凶巴巴的嘴脸，简直怪异极了，直到今天我都还无法忘记。

"'不！不！不行！'

"我不顾一切，死命抵挡，东躲西闪，整个楼上乒乓作响，闹腾得就跟神社祭神场面似的。屋外寒风呼啸。太可怕了，我觉得自己被卷挟进一团乌云似的，要多可怕有多可怕。

"冷不防瞅个空子，我从他腋下钻出，擦着他身子'嗖'地逃了出去，'咚咚咚'，一口气飞奔下楼去。

"'阿袖，快拦住他！'宗山在楼上嚷嚷道。这嘶哑的嗓音刚让风刮到耳边，我眼前便蹿出三四个女子来，喧嚷中，只见有个俏丽身影，'嗖'地抢在头里，守住了敞着的格子门，一把将我攥住。红艳艳的和服下摆在劲爆的风口里翻卷、缠绕成了一团，可就是死攥住我不肯松手的这绾了头结棉髻的女孩，便是宗山口中喊着的阿袖了。便是替宗山揉背，给我端来清茶，跟个影子似的那个小妾吧。

"我趁势俯视着那双清澈灵动得像是会说话的眼睛，半认真半逗弄似的说道：'多么惹人疼爱的人儿！喂，我说，哪怕被杀，就是死，也别去给人当玩物啊。'撂下这话，我推开她，扬长而去。

"身后传来一声惊讶的'啊呀',我头都没回，顶着呼啸而来的大风，纵身一跃，一头扎进了沙尘，一溜烟地跑回了自己的住处。

"后来才知道不是小妾。这个名叫阿袖的可爱女孩原来是宗山的女儿。如果早知道是这样——不，要是我当时就有所察觉，哪怕按摩师宗山与我的父辈结有世仇，我恐怕也不会找上门去教训他。"

猝然间，说唱艺人佝偻着前胸，埋下了脑袋，显得很沮丧。按摩师的手滑过他的肩头落了个空。掩在衣袖下的手，心不在焉似的朝方才掉落下的酒杯摸去，一边口中继续说道："'要有按摩的找上门来，就一口咬定我们不在。'我这样吩咐旅店的人。舅父他睡得正酣，真是上上大吉，我钻进边上并排铺着的被褥，曳上被子，舒坦地睡了过去。

"可是，让我睡得这么舒心的也就只有这一晚了。

"为什么这么说呢？因为当天夜里，宗山被我羞辱后，又恨又悔，他向来傲慢惯了，受不得丁点委屈，因为咽不下这口气便自寻短见了。听说死前他用手摸索着，跟搓捻似的提笔留下一纸遗书，说是要化作伥鬼前来作祟，搅扰得我家宗门七代不得安宁。他便缢死在鼓岳山麓那片漫无际涯的杂树林里，天快亮时，风好容易止息了些，尸体仍还在那儿晃动着。

"这边还什么都不知道哩，是吧？眼看着风已停下，天气转好，舅父他游兴大发。离开古市后我们便去了二见。一大清早赶到一家名叫朝日馆的旅店，打算先住上一晚……再不紧不慢往鸟羽那边赶。当即雇了辆车，从山上下到山下的日出町，待游逛过二见海湾后，又把日和山当作瞭望台，从山上俯瞰一碧如洗、波澜不兴的海面。逗留了半天，我们俩这才折返回朝日馆。待回到住处，你们猜猜看，这回又遇上什么了？

"旅店前黑压压全是人，旅店里边的走廊同样也挤得水泄不通。这可一点都没夸张，都是从伊势那边赶来，想见上我们一面的人。宗山意外横死，还有他那纸遗书，当天便传遍了全境。'宗山的事可怨不得人家，凭演技便能将宗山一招致死，那才艺得多高超才办得到啊？真想有朝一日能在山田听他们唱上一曲。'蜂拥而至的人们这么议论着，似乎还都特意穿了和服或西式礼服。

"哎呀，这下糟了，可把舅父给惹恼了！

"'全日本也找不出第二个像你这么轻狂的！我恩地源三郎宣布，今后不许你再唱任何谣曲，并即刻与你断绝师徒关系。盲人宗山自忖技艺短绌，羞愤自缢，终是识得廉耻的人，既因艺事作了鬼神，我自当送他一程，去他坟上祭献一曲。'舅父便是这么应承下了人们的请求。而我呢，当即便被他撵出家门。

"之后的事我也便一无所知了。从那时起，我流离失所，四处漂泊，开始了这沿街卖唱艺人的渺茫无常的生活。"

二十三

"我设法筹了点钱，在名古屋大须观音寺背后那条小巷，一家出售旧乐器的店铺，要了把三味线，就此揖别了这无常虚幻的红尘俗世。一开始只能攒个几文、几钱，晚上常常连那种炊饮自理的简陋旅店都住不起。推算起来，风餐露宿至少得占去半数日子，遍历了京都、大阪的所有角落，甚至还往西去了博多湾那边。

"也不知怎么回事，我总牵挂着伊势这边，就这么莫名其妙地急着往回赶，又回到这儿……

"当初只是顺口说了声'可别去给人当玩物啊！'没想到她竟豁出命来似的一直守着这句话。和这惹人疼爱的女孩萍水相逢，是我长久念叨在心的一件事。

"可见了又能怎样呢？与其相见，还不如心里念叨，便又赶紧销声匿迹了。谁知我在四日市病倒了，老板娘——"卖唱艺人招呼了声老板娘。

"我在那边遇到了个人，虽不是你，却和你一样，天生一副菩萨心肠。若不是她，我都无法指望还能重新站直腰腿。也不管身在京都近畿何方，纵然有时犯了舅父他老人家的禁忌，无意中听到能乐谣曲，也就当它和乡民吹着竹哨嚷嚷着'洗澡水烧好了'是一回事。就这么一路往东攀去，好不容易费时费力爬到箱根半山腰，啊呀，糟了，耳边立马传来江户鼓声，哪还忍得住哦，说什么也忍不住啦，身不由己地就想唱起来。这可真要命，万万使不得！所以到了今切[1]，只好裹足不前。于是顺着大泉原、员弁、阿下崎，改走大垣大道。再由岐阜，翻越飞驒山脉，一路绕着往北陆走，在富田一带沿街卖唱了三天，这才于昨日来到了桑名。

"然后今晚您猜怎么着？我竟撞见了两位万万料想不到的人。万般无奈，只好逃也似的躲进这乌冬面馆。可是，笛声四处飘荡，跟芒刺似的刺痛着我，怎么也躲不开，比平日任何时候都厉害。我还看到那人影去了前边，那么娇美，却又那么瘆人。

1　地名，位于今静冈县西部滨名湖与海的交接处，江户时代这儿通渡船，设有关所。

"'多半是那按摩师在作祟，想杀我偿命吧？那好，也管不了这么多了，是杀是剐随你，不妨把同伙也都喊了来。'

"我既已拿定主意，这才招呼您来替我揉捏后背，按摩师傅，跟您直说了吧。

"可就跟抽了筋，剥了皮，整个身子撕成了碎片似的。"说着卖唱艺人重又垂下了头去。

按摩的手越过肩头，战栗着，都快"格格"作声，恍若饿狮扑食，扑向卖唱艺人背脊……卖唱艺人早已褪色成惨白的夹衣，都能映出血管在单薄胸腔间的悸动，可怜见，看着活像黑腹蜘蛛攀附在博多柳梢头。

"谁呀？"老板娘问道，像是突然受了惊吓。身后神龛里点着盏灯，灯光尽头处的隔扇门，糊纸被舔湿后抠出个洞穴来，老板娘发觉后，刚这么惊问了一声，门外便传出一阵"咯嗒咯嗒"的脚步。落荒而逃的竟是面馆老板。

哎呀，这老爷子真能把人吓个半死。不光他一个，还带了两个年轻人来，手里都提着烧火棍似的杂木棒。

"老人家。"见雪叟已系好鼓绳，恩地源三郎便这么招呼道。他神情庄重，回头顾视了一眼，口中说道："承蒙纡尊降贵，联袂陪伴，不胜感激！"随手将折扇置放膝头，颔首致意。

"老拙才疏学浅，技艺有欠火候。"雪叟还礼道，作势从坐垫上下来。

"请您安坐，哪能让您……"

"不，宗门典范，渊源有自。坐在坐垫上演奏，总觉得有些不敬。"

"是，谨受教。看着这女孩的舞姿，不由得让我想起了我那冒失鬼外甥的音容笑貌，所以才跟您这么客套。那好，我也随您撤了这坐垫吧。"

说话间，两人一左一右，一并将坐垫撤至一边。

"儿媳，儿媳。"源三郎招呼了两声。

"叫三重对吧？我就当你是这儿媳。我来扮演喜八多的养父源三郎。来，咱们重新来过。"

两位当世名家，神情端庄地重新坐直了身子。

只见三重双眸凝定，气度不凡，出神地望着他俩，蹒跚着后退几步，一头乌发泛着淡紫，披散在纤弱的肩膀和胳膊上，袖中手上持着的舞扇俨若利剑，凛凛然，唱腔在漫天寒霜的夜色中响起。

> "曳绳为号相告知。
>
> 到那时，
>
> 幸赖众人奋力拽我出海面。"
>
> 言罢掣出利剑手中持……

叩击手鼓的手影，错落有致地跃动在肩头，也让"云霄"鼓壁越发流光溢彩起来。深谙风流美韵，早已名满天下的雪曳的心中，骤然间燃起了缤纷斑斓的激情，恍若手鼓系绳的色泽。

"哟嗬！"那边响亮地吆喝了声。

待发了声短促的"啊"，卖唱艺人便目不转睛地注视着那边。

恩地喜多八，这隐没在了云中，令世人惋惜不已的当世能乐界的翩然仙鹤，忽地从乌冬面馆的长凳上放下条腿来，踩向地面，口中嚷嚷道："是雪曳在击鼓！是他在击鼓！"

他身子猛然晃动着，捶打自己胸脯，慌乱中掏出手帕，掩向嘴边，待咳了口血后，粗暴地甩向一边，这才掣出右手，死死攥

274

住了按摩师的手。

"想作祟你就放马过来吧！走，按摩的，这就上'凑屋'那边去！让少爷我当你面，再唱上折能乐剧！"话音未落，便拽上按摩师，径直出了门。

源三郎唱道：

> 似这般，
> 急急来到龙宫前。
> 玉塔高耸三十丈，
> 玉珠珍藏在此间。
> 但见得，
> 香烛萦绕，
> 鲜花环峙，
> 八条神龙首尾相衔侍卫左右，
> 更有那
> 狰狞鳄鱼龇牙咧嘴作呼应。
> 贸然逞强闯了去，
> 只怕是
> 凶多吉少难脱身。
> 纵然有
> 千难万险阻我行，
> 也终难
> 阻断我母子血脉相连情。
> 此刻我
> 思乡情切心如煮，

只因为
眷顾万顷碧波外我儿之情，
何其殷……

三重此时已是百感交集得难以自抑，扎束岛田髻的头绳应声
绷断开来，一头漆黑得都泛着些绿意的秀发"哗"地披散在了肩
头。和服下襟翩然舞动，恍若水中漾起的涟漪，又仿佛摇曳着的
灯影，脚下的榻榻米转眼间幻化成碧波万顷的大海。那舞姿竟是
如此超尘脱俗、玉洁冰清！
源三郎唱道：

我儿他
若仍在世间，
只怕是
早已记不得生身父亲。

调门幽微而含糊，眼看着谣曲难以为继，就将停息下来。
就在此时，"凑屋"门口响起了清澈爽朗的唱腔，中规合辙
地应和了上来。这突如其来的声腔恍若一道长虹，光芒万丈，将
三重的舞姿映照得晶莹剔透。
喜多八唱道：

就此别离，
直叫人柔肠寸断，
眼噙泪水，
我挪移不动脚步……

276

"哎哟，正演到节骨眼上，可万万跌倒不得！"

见三重脚下打着趔趄，源三郎从坐垫上"嗖"地一跃而起，扶住她的后背。长袖柔波般扑向老者的臂膀，背倚坚实磐石，披散着幽然泛绿的一头乌发，倏地将舞扇高擎过顶，三重翩然起舞。云影、恋人身姿，一时间辉映在了银白扇面上，熠熠生辉。屋里灯火也随之亮堂了许多。

舞蹈酣畅淋漓，唱腔纵情恣意。伴随着雪曳高山流水、寸心自知的祖传秘曲，桑名的海涛也隐隐响起了"咚咚咚"的大鼓节奏，应和这鼓声似的，揖斐川"嗒嗒嗒"拍打着近在眉睫的汀洲。霜雪封冻的多度山巅，月影下的御在所之岳、镰之岳，还有头戴冠冕似的冠之岳，则环围列峙，俨然成了一众身世显赫的座上观客。

夜阑人静。街市寒气凝聚。虚空中传来了不知何处响起的笛声，恩地喜多八此时正唱着能乐谣曲，独自伫立在"凑屋"的檐下，人影在暗地里显得苍白，落在地上的影子却漆黑一团。月光从檐头高处洒落下来，在他脸上投下一束折扇状的光亮，与屋里的舞扇里外辉映，浑然一体。

喜多八声腔清澄，继续唱道：

> 开弓绝无回头箭，
> 双手合十我口诵南无[1]。
> 求佛保佑逢凶化吉，
> 赐我以志度寺，

1　佛语"南无三宝"缩略语。南无，有归命、敬礼、归依、救我、度我诸义；三宝，指佛、法、僧，为众生惊怖时求助佛界所发之语。

众观音法力无边。

慈悲利剑抵额前，

纵身跃入龙宫去。

但见得

恶龙凶鳄左右逃散……

"来，且借你后背让我靠一下，宗山！"

只听得恩地喜多八这么说了声，作势拽过脚下那团硕大的影子垫在腰间，好让疲累了的身子歇息上一会儿。不知何故，这团影子在此之前便已蹲伏在了那儿，还不时伸缩变形着。

道路恍若延伸而去的一道白光。夜阑人静，行走在行灯稀疏的檐下人影里，不时也有手拄拐杖的按摩师出没其间。

（1910 年）

隐眉魂

一

"木曾街道，奈良井车站，距中央线始发站饭田町 253.2 公里，海拔 1060 米。"只要这话一出，想要徒步旅行的人就会心驰神往。

弥次郎兵卫和喜多八，此时脚下蹒跚着走下鸟居岭。日头斜落西山，路旁客栈里走出一帮女子，一迭声招呼道：喂，住店吗？泡个舒心澡！住店吧，快住下吧！喜多八寻思：天色还早了些。弥次郎：要不干脆就住下吧。喂，大姐！女子：请住下吧！晚饭，米饭、荞麦面随您。荞麦面好吧？别的都没这便宜。弥次郎：自然越便宜越好。荞麦面什么价？女子：好吧，荞麦面，一客一百十六文。他俩川资拮据，见这价还合适，便决定住下。泡完澡，荞麦面也已端上桌。不过麻烦也跟了来。喜多八：店家你撺掇吃荞麦面我们也就认了，可面做这么差还真是服了你。弥次郎：人家模样长得标致，你也就别太较真啦。喂，大姐！说着做潇洒状，吩咐再来一碗。女子：哎呀，都上

279

齐了，荞麦面就这量。弥次郎：什么？没了？才一人吃两碗，也太不像话了吧？早知道是这样就不吃了。喜多八：就算房费便宜些也不至于这样啊，哪有只给两碗的道理？弥次郎：真不要脸，付了钱却不给吃。单是为了这荞麦面，眼睁睁又被敲走一笔，弄得两人很是沮丧。[1]

当天夜晚，故乡江户有个住在箪笥町分岔出去的小巷里，专门做橱柜门把手生意，名叫镶兵卫的汉子，路遇某个手头阔绰的熟人，相携着来到了山麓边一家寺院。正烧香拜佛时，传来了"呦呦"的鹿鸣。

正这么思忖着，他突然急着想要今晚就在这儿落脚过夜。据说跳出这个念头时，火车都快驶离车站了。

这人便是笔者的好友境赞吉。他买了去上松的车票，想实地踏勘攀满了藤蔓的木曾栈桥，以及风景殊胜的寝觉之床[2]，时节恰好是霜月[3]中旬。

"再说这两客荞麦面里边还有番缘分哩，挺不可思议的。"境赞吉道。

1　此处及随后出现的弥次郎兵卫、喜多八，为《东海道膝栗毛》里的人物名，《膝栗毛》即以他俩从江户日本桥出发，沿东海道、途经横滨、小田原、沼津、京都、大阪等地，前往伊势参拜大神宫，一路所见所闻的风俗、风景及各色人等为经，以突兀滑稽、洋相百出的对话为纬，率意结撰而成。不过翻检《膝栗毛》全书，上述一幕似未出现在书中。揣想是作者的戏仿，旨在与本篇主人公境赞吉接下来要讲述的故事形成某种对照，生出穿插、影射或参差的效果。

2　地名，位于木曾郡上松町，为木曾街道名胜之一。花岗岩呈柱状纹理，蜿蜒、起伏于木曾川两岸及湍急河流之中。

3　旧时的阴历十一月。

昨晚他是在松本过的夜。走东京去上松这条线，本该在盐尻[1]那边就岔了过去，他却跑去松本过夜，是不是有点奇怪？要说因为有事才绕道去了松本也就罢了，可他到头来却漫不经心地说起是这么回事，好没道理啊。不是我爱刨根问底，说实话，就因为时间紧，只有为数不多的几天，为了方便才决定坐车旅行。火车驶离上野后，从高崎、妙义山一路远眺横川、熊平、浅间，途经轻井泽[2]、追分后，改走篠井线，待看过窗外姨舍田一带的景致，再在那边松本落脚过夜，这本来都是事先设想好的。松本呢，因为有个颇有些名气的画家说了："有家客栈，女孩长得好看，我和这客栈熟，才特意介绍你们过去。"还特意写了封信，这些不说也罢。昨晚一踏进这家客栈，果不其然，先是见到了账台上有个绾发女孩，俏丽得就跟画家形容的一模一样，只是带我们去客房的照例是个老妈子。递上那信时，也没见女孩肯多趋近半步。夜晚霜雪凌厉，店里只送来了一杯半冷不热的粗茶，估计还是用泡剩的茶叶兑的，宵夜和晚饭更是只字不提。客房倒还气派，摆着紫檀桌、大火钵，只是火钵里仅有零星的炭火。他忙不迭紧紧搂住那一钵白色炭灰，才吩咐了声"快烫壶酒来，暖暖身子"，孰料那老妈子冷冷回说，厨房早熄火啦，这会儿什么都要不成。难怪这么冷，整幢屋子跟熄了火似的死寂，可时辰都还没到十一点。那就要上点酒吧。刚嘱咐了这么一声，她便马上回说，客人您来得真不是时候。酒没了？没了。那啤酒也行啊。又说啤酒也对不住您了。大姐，境赞吉稍稍坐直身子，问，能去附近要些来吗？哎呀，都这么晚

1　地名，位于今长野县中南部。

2　地名，位于长野县东部浅间山东麓，是日本避暑胜地之一。

了，饮食店的人早睡下啦。说到饮食店，还抬高了嗓门，竟然是这样。自己从车站叫了人力车，打着寒战赶了过来，路上听到不远处有淙淙的水声，是河水在流淌，河上有桥，两边馆舍鳞次栉比，看着像是花街柳巷，写着"茶饭"字样的红灯笼纷然飘浮在眼前。啊呀，早知道这样，在轻井泽买的那坛酒足有二合，真不该一气全给喝了。莫非你是条小名叫次郎的狗，竟把那坛酒舔得一滴不剩？随同辘辘饥肠声，他一边这么长吁短叹着，一边带着些哀楚地央求道：我说大姐，像这样要酒没酒，要啤酒没啤酒的，更不会有下酒菜肴，那米饭总该还会剩下些吧？老妈子道：啊呀，今晚客栈的饭嘛……是呀，您也来晚了，您是厨房熄火后才赶到这儿的。也不知道招谁惹谁了，他都已经这么低声下气了，却越发热面孔贴冷屁股，真是岂有此理！索性没那封介绍信倒还好些，正因为他是介绍来的，也就不好说撕破脸就撕破脸，嚷嚷着换客栈。也罢，想来也是前世造下了什么孽，遭了报应哩。于是，他又诚惶诚恐地问了声，至少邻近总还能凑合着找些荞麦面、乌冬面吧？乌冬面倒可以替您去问问。啊，那就要上两客。老妈子逃也似的急忙朝后退去，一下收起跪进房间的半个膝盖，快快地走开了。

就这么又等了好一会儿。待见到端盘里只装了一只碗，他带了几分饥肠辘辘的悲愤，责备道：大姐，我可是跟你关照了要两客的。老妈子道：对呀，里边是装了两客的份。啊，是吗？不客气，您慢用。自不待言，照例又是急着背转了身去。一边将信将疑目送老妈子从走廊里匆匆离去，一边揭开紧搂在怀里的那碗盖，还真是哩，碗里确实盛了双份乌冬面，只是汤汁稀少，看着又寡白又干涩。

这家名叫秋叶山三尺坊的客栈，怕是存了心想让去饭纲权现[1]那边焚香拜神的客人先忌忌口,这才让他遭遇上了此番情景的吧?还真是叫人哭笑不得哩。

昨晚那碗双份乌冬面,不由得让人想到了早些年,弥次郎、喜多八他俩黄昏时在客栈吃过的那两客荞麦面。将两者硬拽到一处做比较,虽不免夸张了些,可前面说到的"不可思议的缘分",却也正因为这个缘故。境赞吉突然间急着去奈良井那边落脚过夜,似乎便是让这碗荞麦面给逼的。

日头西斜,渐渐傍近木曾群山。他刚踏进客栈,身后便下起了骤雨。

天会下雨,他心里早已有了准备。因为信不过车站前的人力车,便冒雨打伞,躲进黑簇簇的屋檐下,顺着石子路,壮着胆,寂寂地一路走去。"来两客荞麦面!"他昨晚刚让乌冬面暗中坑过,正指望今晚在荞麦面上能补偿回来。他有意避开一两家窗明几净的旅店,看上了这家檐下搁着滑竿、晾着萝卜缨、灶下烧着劈柴,店堂尽是泥地的客栈,本是想品尝人在旅途的辛苦和劳顿。他穿着黑色外套,像只乌鸦似的探出头去,朝这清贫落寞的客栈里窥了眼,道了声"打扰了"便推门走进屋去。有个毛巾裹着头脸的老爷子正往灶下添着柴薪。屋子门栏、窗框都显得粗大,炉灶也宽敞,烟熏火燎的天花板下悬着的那盏八角行灯,便是客人坐滑竿时用来照明山路的。下了台阶是幽暗的账台,掌柜的刨了个精光的和尚头,看着有些滑稽可笑。

"欢迎光临!"他招呼道。

1　长野县北部的火山。权现,菩萨化身的神祇,此处指位于海拔1917米山顶的饭纲神社。

"要两客份的荞麦面。"境赞吉打定了主意。

掌柜的手脚麻利地走出账台，迎上前来，冲境赞吉殷勤一笑，那神情就仿佛恍然大悟了一般：还以为汤面浇头要的是烤麸，原来是鱼糕啊！

"来客人啦！带客人去鹤三番那间客房。"

身穿棉布衣衫的年轻女仆系着整洁的围裙，肤色白皙，隔着窗子和栏杆朝外张望着，一路像是攀爬在松林里似的，把他领到了三楼一间十帖榻榻米大小的客房。柱子、天花板都很结实，壁龛也布置得很顺眼，只是玄关有些不般配，看着就跟牢固而又笨拙的货摊似的。

垫褥也厚实、暖和，竟奢侈地铺了张熊皮。哎呀，他只知道徒步旅行年代，翻山越岭时，一路上自会有人兜售猴胎、蛇肝、兽皮，这熊皮想必便是这么来的吧。他这么思忖着，便打趣地装作贵人模样，落座在这熊皮上。刚坐下，便有女仆一手提着生好的炭火，一手拿着火铲，走上楼来，豪气地把炭火倾入铜铸大火钵，待添加进更多，再用火铲捣过支棱着的硬炭，火苗便蹿了起来，由幽蓝变成通红。窗缝里倏忽透进一缕清寒料峭的山风。三楼这钵炭火生得真叫那个旺啊！经历过关东大地震的人，因为忌惮，都不敢再提及。[1]

他又泡了个澡。

随后，食案便端了上来。食案撑脚呈蝴蝶展翅状，荞麦面摆

---

[1]　1923 年 9 月 1 日，东京以南 90 公里处的相漠湾海底发生了一次 8.3 级大地震，地震引起的海啸袭击了关东平原，东京和横滨损失最大。地震发生时，许多人正好在家中做午饭。当时日本家庭通常用炭为燃料，火红的炭渣撒在榻榻米、地板、纸糊墙上，不到几分钟，东京城里千家万户的住宅顿时起火，供水管道在地震中遭到严重破坏，转眼间全城一片火海。

放考究，叫人都不忍心动筷。且不说酱汁烤炙小鲋鱼，便是厚实的蛋卷也都热气蒸腾。半碗净洁的蘸料，碟里盛着当地出产的佳肴，瞧那斑鸫，脑袋朝向酒杯，双腿劈叉，已被破膛开肚，足有五只之数，就这么囫囵烤炙而成，但觉鲜香扑鼻。

"稀罕，真让我开了眼界！"

境赞吉当那女仆面一阵手忙脚乱，那都是喜出望外给搅的。一边喝着女仆斟上的酒，俨然成了正骑坐在熊背上享用山珍海味的活神仙，一边没忘了彬彬有礼地道谢："这可真是百不一遇的珍馐佳肴。太感激啦，都不知该说什么才好。"

这可是掏心掏肺的话。见客人不像没话找话、拿话敷衍人，年轻女仆也便放下戒备，以诚相见道："能让老板您觉着称心，我好开心。来，再替您斟上一杯。"

"好嘞，再来上一杯。我说大姐，再稍拜托下，这斑鸫能不能再去要上些？索性锅也挪来，边煮边吃，好不好？斑鸫总该还剩下些吧？"

"嗯，都装了三淘箩，再说厨房立柱上还挂了一大串。"

"够豪气！我想稍多要些，在这儿煮，好吧？"

"哎，这就跟他们说去。"

"顺便带把烫酒壶过来。这儿炭火够旺，搁边上，免得酒凉了。厨房离得远，还真是不便，再要上三壶酒，一块儿拿来，怎么样？我这点菜点酒功夫，是不是挺有岩见重太郎[1]派头的？"

"呵呵。"

今天早上在松本，脑筋跟盆里剩下的洗脸水似的冻成了冰，

---

1 日本传说中的豪杰。日本战国时代剑客，为丰臣秀吉麾下，德川家康攻打丰臣根据地大阪城时受命镇守要塞，最终惨烈阵亡。

根本转动不了。这会儿让这炭火烤暖和了，算是重新活了过来。他这下明白了，怎么会被人在乌冬面上坑了的，估计事情就出在那写介绍信的画师身上。虽说这些年功成名就，可他年轻时漂泊在信州，想必没少躲在这客栈里，闷闷不乐地一待便是大半年的。听说这边有家客栈，待客诚恳，不光不会撵着客人追讨欠款，甚至还会垫上草鞋钱，先送人回家。可，啊呀，对了，想来就是这家客栈了！他们一准觉得，既然由他介绍来，明摆着是想拖欠住费、再索要笔草鞋钱。

"嘿嘿，客人，多有唐突……"

出现在隔扇门前，恭恭敬敬说着这话的是个男子，三十六七岁模样，推着平头，套着藏青色的袖套，束了条同款颜色的大围裙，长得精瘦，面色黧黑，性格虽有些沉闷，可一看便知，是个老成厚重的人。

"哪儿的话，菜肴美味极了。想必您便是掌勺大师傅吧？"

"您快别！在下便是本店厨子，照应多有不周。又是这么家偏僻山野客栈，向来都拿不出能合客人胃口的菜肴。"

"哪呀，都说哪儿去了。"

"总之，女仆刚吩咐，说是您关照了，想要锅炖斑鸫，可究竟怎么做她又说不清，乡下女仆没见过世面，都没能听懂您的意思，所以我这才冒冒失失跑了来，想跟您打听。"

境赞吉觉得过意不去。

"啊呀，真是抱歉，害你大老远跑来。"

他不由得脱口说道："那是说着玩哩，真是的，累你跑上三楼来。"

"没事。"

"那好，你挨近些过来。这会儿正忙着吧？"

"不忙，饭菜都已上齐。住店客人除了您这儿，最多也就还有两拨。"

"要那样，那好，过来一起好好喝上几杯。"

"啊呀，这怎么敢当！"

"都累你赶了来，对不住啊。来，先喝上杯。啊，正好，烫酒壶也拿来了。大姐，赶紧替他斟上杯酒。"

"好。不不，我喝不来酒。"

"别推辞了，喝上一杯。为难你啦，真是的，嚷嚷着要锅炖斑鸫。这都玩的哪一出哟。"

"对了，大老板，账台上也都说了，这斑鸫，烤着吃才最鲜美。

"都替您盛在食案里端来了。吃斑鸫，先脑门上咬一口，咪溜着吮出脑髓，特别鲜美。是哩是哩，尽是些不上台面的土里土气的吃法。"

"大厨师，我绝没想对菜肴烹饪指指戳戳那意思……让你为难，真是对不住。跟你实说了吧，有一回，在筵席上，我曾听一旁陪酒的艺伎说起过木曾的斑鸫。多半是酒上了头，一众人不知怎么的，七嘴八舌谈论起小调，木曾小调那会儿正显山露水，我一听便被它打动了，迷迷糊糊就把木曾这地名给记下了。'上木曾去，上木曾去，装运大米'，也不知怎么……"

"原来是这样。"厨师随口应了声，也便不再拘谨，将酒杯搁在方桌上，从装着两个拎銙的烟袋里取出吸剩下的烟斗，朝铜铸火钵"砰砰砰"叩了几下。"'伊那、高远¹的余粮'，是这词儿，说的是米，大米，和这大姐名字是同一个字。"

---

1   均为地名，位于今长野县南部，邻近木曾。

"哎呀，伊作你说什么呀！"

女仆佯装恼怒，笑着斜睨了厨师伊作一眼。

"大老板，他呀，老家就是伊那那边，所以才这么说。"

"哈，那跟胜赖[1]不就成了同乡？"

"哪儿呀，人家胜赖才不和他一个德行哩。"

"那当然啦。"厨师依然沉默寡言着，脸上连丝苦笑都没有，只是又"砰砰砰"叩了几下烟斗。

"就因为这缘故，便心向着伊那。木曾小调才不是唱的这词。'上伊那、高远去运来的大米，那可都是木曾路的余粮'，是这么唱的。"

"哎呀，我也不知该以你们谁为准，那可都是'上木曾去，上木曾去'这小曲给引出来的一段故事。那时我也已有了醉意，所以赘川啦，还有翻山越岭要途经的薮原、福岛、上松[2]这些地方，后来也都没能跟她好好打听一下。不过这艺妓倒是讲起了她和客人去上木曾用网罟捕捉斑鸫的事。她赶在天亮前，顺着山路'噜噜噜'爬上山，在向导指定的地方挂上网罟、撒下诱饵。待曙色升起，山雾泛白，突然间，便会有斑鸫成群结队着，从对面尾上[3]那边朝这边山林飞来，扑扇着翅膀撞向网罟。他们把斑鸫摘下，擒住，点起篝火，然后放在火上烤炙，待膏脂液出，便吮吸着送进嘴里，这才真叫鲜美哩！她是这么说的。"

"嗬，竟还有这种吃法！"

"她冻得瑟瑟发抖，便烫了酒，先喝上杯，都顾不上喘口气，

1　在武田信玄死后继任家督，一直怀有称霸天下的野心。

2　均为河名、地名。

3　地名。

三下两下把那斑鸫大快朵颐了，才感叹了声：'啊，太美味了！'她喘上口气，依偎在篝火边，心满意足地刚想起身离去，便听到当地做向导的那两个猎人'啊呀'地惊叫了一声。怎么回事？说是有个艺妓嘴角鲜血淋漓。'怕是烤得太生鲜，沾了鸟血。'那艺妓边说边不经意地用手帕掖了掖嘴，可我看到殷红仍在她脸上'滴滴答答'往外渗。这女孩年纪还小，细高个儿，弱不禁风似的，说话声虽听着悦耳，可总觉得有些凄凉。就在这时，便是在东京也都能揣想得到的，高高低低、忽深忽浅、峰峦叠嶂的木曾群山，渐渐露出了鱼肚白，原本坐在黑暗尽头一堆篝火旁的她，便霍地站起身来，自然是在比眼下这座山还要高得多的地方，从山雾中探伸出她那倩丽的颈项。"

"哎呀，大老板！

"我嘴笨，形容不好，可总觉得挺瘆人。那口中鲜血淋漓。

"哎呀，这可如何是好？"

"啊，谢天谢地，总算平安无事！我说了声。为什么这么说呢？这么说是因为据说这儿曾出过件怪事。说是有个猎人，从笹原那边匆匆忙忙翻山过来，却挨了另一个中了邪的猎人两枪。就在这地方，就是这时辰。多少年来，人们就一直这么守着夜，待曙色到来时，挂起网罥捕捉鸟儿，却不料让恶魔给诅咒上了，跟中了邪似的。这不？报应说来就来，让她一下变成了漂亮女鬼。反正就出了这事。'我可是鬼哟！不过，是被罚来让人大快朵颐的'，虽这么解释着，可还是让人心里瘆得慌，忍不住直打哆嗦。说着，她又用手帕掖了掖嘴。"

"哼。"厨师都已听愣了神，这时低沉地漫口应道，"嗯，老板，嘻，真是的。哎呀，说实话，真叫人捏把汗，太危险啦！摊上这事，肯定会受伤害，幸好那姐儿还能平安无事。这贽川上游便是御岳山[1]的入口，紧挨着美浓的那道峡谷里，斑鸫最多，最容易逮到。只是我不知道她当时是在哪一段？这一众艺伎又是东京哪儿的？"

"还会是哪儿，自然是下町[2]啦。"

"柳桥，"厨师说着，就跟在注视着什么似的，眼神凝滞不动，"或许是新桥。"

"不，是在它们中间，日本桥那边。可这都是宴会酒席上听来的故事。"

"要是住址您没说错，我倒是很想去问问清楚这故事究竟发生在哪儿。深山幽谷里的这种事，往往不是人的智慧所能揣度得了的。"

女仆也俯下头去，脸埋进了暗地里。

境赞吉呢，也跟这种场合谁都会做的那样，膝头前移，欠身说道："怎么，就算这一带早已变得面目全非了，你也……"

"那倒还不至于。不过，就像河流少不了会有浅滩，大山里也会有深渊，须加留意就是了。这会儿替您拿来的斑鸫，便都是前两天刚从上游那入山口给捕来的，很难得。"

"啊，原来是这样啊！"

境赞吉又让女仆斟了杯酒，随后说道："大厨师，一见你这烹饪手艺，香气扑鼻，脂膏欲滴，叫人垂涎三尺，便不由得让我想到了刚才说到的那艺伎口滴鲜血的事。我虽非僧侣，无清戒规律拘束，想吃什么都行，可窗外秋雨霖霖，枫叶如丹，山雾缭

1　位于长野、岐阜两县交界处的一座活火山，海拔超过3000米。

2　本指地势低洼的街市，是江户时代身份较低的商人、工匠等麇集居住的街区,嘈杂而湫隘，花街柳巷也多设于此。身份较高的阶层诸如大名、武士等，则居住在地势较为高爽的区域。

绕，皑皑群山高耸云端，一下便浮现在了眼前，只见她口中哼着不知名儿的小调，忽地站起身来，口中鲜血淋漓，从云雾里探出头来。妈呀，莫非就是这个原因，那恍若山神化身般的凄美容颜便再也见不着了？就仿佛，还以为是柿子从树上落了下来，却不料或许是只乌鸦，从窗外一头撞了进来……让人觉得挺诡异和反常的。"

"阿米，怎么不开电灯？莫非嫌天色还不够暗？"厨师低沉地提醒道。

骤雨时歇时落，暮色压向木曾的崇山峻岭。奈良井川滩头，水流湍急，"哗哗"作响。

二

"怎么了，出什么事了？"

"啊，大老板。"

暗夜里，庭院的雪地上，厨师应道："来了几只鹭鸶，是来逮鱼吃的。"

声音就在窗外，挨得很近，厨师伊作似乎刚从池塘对面过来。

"还以为有人落水，或者有水獭在那儿蹿上跳下，闹出这么大动静，把我吓了一跳。"

这是翌日晚上，在客栈下面那个大客厅里所发生的事。

境赞吉在这奈良井客栈里逗留了下来，既不是因为到处都是积雪，雪从早到晚下个不停，也不是因为想做这儿的游客。昨晚，后来不是吩咐要锅炖斑鸫吗？那是挨着食案，在火钵上支口锅，跟炖鸡似的把斑鸫炖煮着吃。待这么一说，那厨师便心领神会，先是把斑鸫剁开，堆了满满一大盘，撒了许多葱姜在里面，还有酱油、砂糖，一呼隆儿全担了上来。火钵燃得正旺，女仆阿米不时添着炭火。

境赞吉是北陆[1]那边的人，一到秋季，斑鸫随处可见，不是什么稀罕物。开饭馆的都会把"斑鸫料理""涩鲇[2]""花色煎饼"这类店幌张挂在檐下，就连开面馆的也都会在店堂里张贴出"斑鸫乌冬面""斑鸫荞麦面"这些名目。只是要价不菲，不管碗盛还是钵装，一概摆出炖汤或清蒸的架势，干净利落地大卸八块，倒入葱姜，望着蒸气从锅中溢出，升腾至屋顶，直觉心旷神怡，然后烫上壶酒，盘腿落座在熊皮上。

化作山鬼的艺妓，俨然又摇身一变，成了打家劫舍的山盗。

入睡时，厚棉被上压了这熊皮，将衣袖和下摆裹严实、曳齐整，倒也觉着有趣。倒头睡到了第二天，只隐隐觉得下了场雪，至于夜间风雪如何寒气袭人，木曾川湍急水声如何喧嚣，一概浑然不知，就这么与酒、血、兽皮厮守着，在三楼上睡死了过去。

接着便是早饭，他觉得一边"呼哧呼哧"吹着烫，一边啜吸着喝下的豆浆，很合自己的意。

前天那家客栈，早餐又是怎样一番光景呢？酱汤是凉的，跟沉淀过的下水道里的水似的，清汤寡水的菜汤里晃着几只蚬子，一股半生不熟的腥味都无法形容。

山、天空，清澄得晶莹剔透。松叶、枯木映着阳光闪烁晃眼。随后便有白色之物飘忽着舞动开来。山林深处，熊跟人似的直立着。风雪凌厉，针尖般地刺人。

1　地名，濒临日本海一侧，含今福井、石川、富山、新潟等县。

2　一种香鱼，栖息于山溪，一到秋季，便会顺流而下，去下游或入海口产卵。

吃过早饭没多久，境赞吉觉得肚子丝丝拉拉作痛，一会儿工夫，便往厕所跑了两三回。

是那乌冬面在作祟，绝不是斑鸫吃多了给闹的。两客份的乌冬面都没在笼屉里蒸透，吃了不闹肚子那才叫怪哩，摁下肚子便知是乌冬面给惹的。他这么揣想着，稍稍挪动身子，筋骨便会针扎似的作痛。屋外当阳处像是有针在飞来飞去，他肚子隐隐作痛还能忍住，还不至于耽误坐火车，只是料想不到会遇上这家客栈，住得如此舒心。住别家客栈免不了都要抱怨几声，独独这家，住下后便想着要多逗留几天。

那客房呢？兴许是第二次入住吧，厕所已修葺一新，进那间客房前，他从三楼栏杆那儿觑了二楼一眼，楼梯下大敞着的隔扇门上倚着扫帚和掸子，中间小客厅里摆着被炉，一眼便能看到壁龛。两件行李撂着搁在那儿，褪了色的葱绿色包袱被拦腰缩着带子，看情形像是行商的中年男子背倚着壁龛，脸朝向这边。和他面面相对的，是个年纪四十来岁的女仆，稍欠着腰，双膝跪地，手探进被炉，微仰着脸，在和那行商说话。

浮生俗世中的这一幕让人备感亲切，不胜依恋，就仿佛意想不到的宝物被从山崖挖出，镶嵌在了这客栈里似的。

客房里铺着熊皮。恍若骤然被扔进深山老林，一阵乡愁猛地袭向境赞吉心头。

他前天去看松本城，上到天守阁时，就像冒着晨霜，伫立在五层城楼上，不由得打了个寒战，但觉连绵不绝的云团、密匝匝的群山逼向窗前，压在了他的身上。待看到漫不经心绑着铁丝的断垣残壁和苔藓斑驳的城壕石垣上，攀缘着的常春藤残留下的枯败小花，竟殷红得如同斑鸫滴血一般，一阵凄寂忽地袭上身来。"阿米，没在下面客厅里吗？准是钻在被炉里睡死过去了。"

二楼那几间客房，时不时有行商进进出出，于是他希望去偏房那边住，也好和楼下客厅还有主屋隔得远些。待穿过铺着一长溜踏板的泥地店堂，他便让人带到了这间十帖榻榻米大小的客房里。

可以搁着肘臂朝外眺望的矮窗外面，便是庭院，庭院里有个池塘。

白雪纷飞时，无论红鲤还是黑鲤，背和鳍都隐隐发紫，看着格外美艳。池子四周，星罗棋布着梅树、松树及莘莘大度的橡树和榉树。就连巍然耸立、足有两人合抱那么粗大的那棵朴树也都在风雪中瑟瑟颤抖着枝干，扮演着赤身裸体的山神的角色。

大约是午后三时光景吧，窗外缀着雪的枝梢斜着落在被炉上的投影，就跟人佝偻着腰似的。只听得有人说了声"咦，好娟秀的女子"，便急着想看个究竟。

从矮窗里望出去，只见那厨师正仁身在池塘对面那棵山茶树下，抄着胳膊，定定注视着池水。藏青色筒袖和服外裹了条大围裙，连身后都兜得严严实实的，戴着遮挡风雪的鸭舌帽，聚精会神地盯着水中的鲤鱼，就跟大鹬鸟[1]瞅上了沼泽地里的泥鳅，正待上前攫获它的猎物似的。重峦叠嶂，彤云密布，池塘上方那片天空，被围了个严严实实。

境赞吉熟谙山间旅行情趣。"大厨您这是要剁了鲤鱼，替今晚备下美味佳肴吧？"他刚这么说了声，便见那大厨在薄暝中扬起脸来，不出声地笑了笑，摘下鸭舌帽朝这边颔首致意，又重新戴上，就这么沙沙作响地钻进树林，隐没在了屋檐下。

1　鸟名，中型涉禽，喙长适中，鼻孔狭长，额甲后缘圆钝，喙与额甲色彩都很鲜艳。

账台隔得很远，随后，雪花便稍稍繁密了起来。

就在这时，传来了"哗啦啦""哗啦啦"的水声。"又是谁，盥洗间水龙头拧开后忘了关上啦。"这都已是第二回了。今天一大早，他还没从三楼那间客房搬来这儿之前，虽然有些远，可为了洗脸漱口，还是让女仆领着，来到了这和现在住的客房挨得很近的盥洗间。里边三个龙头，一一拧去，都没有一滴水流出。心想天还没见多冷，不至于就冻上了吧？于是他拍了下手，声音响得都有了回声，叫那女仆过来，跟她说了。"咦？我这就去替您打水来。"女仆说着跑了出去，没多久就端了水来。待换过客房，他疑虑重重地上盥洗间去时，因为没见到另外还有盛着水的水钵，便拧开其中一个水龙头，当时只是滴了几滴水，刚够勉强洗下手。

不多会儿，盥洗间那儿便频频响起了水声。钻出被炉，走下泥地堂屋，踏过架着的踏板，上那儿去看了下，只见三道水柱从三个龙头里刷刷地喷出，在那儿空自流淌着。他想着这水明明都不够用，便一一仔细拧上，这才重新回了客房。可差不多也就在这时，那厨师呢，又来到池塘边上，还是老地方，呆呆地伫立在那儿，好像有些不耐烦。厨师伫立在池边，今天都已是第二回了。上午那会儿，大概十点钟，厨师刚退下，盥洗间里便马上又喧腾起了放水声。

又来了。三个水龙齐刷刷被打开，就这么流淌着，于是只好重新来过。明摆着水都不够用，待会儿真要洗手了，准又会拧不出水来，他这么思忖着，只好又去关上。

此刻是下午三点光景，水声听去越发响亮了。庭院外还有条潺湲小河。奈良井川浅滩那边也有湍急水流声传来。来木曾，若是怕水声搅了清静，那还不跟坐船怕见波浪似的？于是他只得眼睁睁这么看着，明知道嫌厌也不管用，躲又躲不开，可这么揪心着盥洗间里的水龙头让人打开却忘了拧上，还真是不可思议。

境赞吉穿过走廊又过去看了下。果不其然，又是三道水流齐刷刷地"哗哗"流着。"大老板您这是要洗澡？"是阿米，手拿布巾，提着火铲，来添加柴火，在招呼自己。"不，可这会儿都已备好洗澡水了？""就快好了。今天洗澡是在这边新建的偏屋的澡堂，所以……"原来是这样，也难怪屋外雪下个不停，这边空气里却隐隐浮动着洗澡水味，暖暖的。澡堂似乎就在盥洗间边上那道西式门扉的里边，从这矮窗口就能看清。新扩建的偏屋的梁柱就这么支棱在那儿，本来都能在里边设宴摆席或者落脚憩息，再不济也可充作库房，堆放木材，却跟废弃了的马厩似的，被掩埋在大堆落叶里。这一带原本似乎是某个大户人家在祖宅外另行修建的一处宅邸。也不知什么年头，侥幸在蚕桑上发了笔横财，成了风光一时的暴发户，仗着财大气粗，听人说起赟川一带自古就有煮河水洗温泉的习俗，便铁了心要上这儿泡温泉，新建了这处宅邸，又把这间大客厅改成了澡堂。可后来才知道，那计划最终是半途而废了。"大姐，那水是你在这么放着的吗？"见女仆站在那，挨个重新拧开刚被自己关上的水龙头，境赞吉忍不住这么问道，语气里似乎夹带了几分责备。这下总算让他弄明白了事情原委。据说池塘一年里总会干涸两三回，周边那些树，得用木桶去屋后小河汲水浇灌树根。见池塘快见底了，鲤鱼、鲫鱼挤兑在一处，吐着泡沫，奄奄一息，他便去厨房拿上大木桶，汲上井水，走上一大段路，送去盥洗间那边，从桥板下钻过，把水倾倒进池塘里。

枕边散落着两三种新版的木曾街道旅行记，境赞吉"呼哧呼哧"地钻进被炉，招呼道："阿米，求你件事。"说着俯下脑袋，天真地望了眼楼下，猛然想起了喜多八，不由得独自笑出声来。

"哈哈，别再操心了。托你的福，肚子舒坦多了。午饭没吃，打算和晚饭合一块儿，再好好喝上通酒。可这会儿，伊作苦着脸，正死盯着池塘里鲤鱼不放，看样子像是在估摸它们长得够不够肥吧……想必今晚的美味佳肴就是这了。虽没了昨晚那味斑鸫，可也算有缘，让我搬到池塘边来和鲤鱼做了邻居，亲眼看着它如何被捉起，又如何被摁在砧板上剁成鱼片，残忍是残忍了些，但也出于厨师职分，并非任性胡来。

"不喜欢做成生鱼片。说实话，剁块后放酱汤里炖煮才最美味。不过做鱼生意的，还有别的人，因为口味、场合或者时机的参差，烹制鲤鱼时想必也都会有自己的招数吧？权当我这是在不自量力，若要上一两条鲤鱼便已管够，客栈里不过就这寥寥几位住客，那今晚的账单，鲤鱼这一项就记在我名下好了。"

听境赞吉这么夸口，女仆忙不迭地阻拦道："不不，这池塘里的鱼从来都不曾用来做过菜肴。我家老板、太太都信佛，每年佛祖生日、成道日或涅槃日，都会在这池塘里替鲫鱼啦、鲤鱼啦放生，厨师自然也……或许就因为这缘故吧，厨师他时时眷顾和呵护着这池塘，稍得些空闲，便会跑来庭院，默默望向池塘。"

"那今晚就点这道酱汤炖煮鲤鱼。感激感激。"境赞吉欠身吩咐女仆道。

漫天大雪的头顶上方，恍若有颗星星垂落了下来，黄昏时分的客厅里亮起了电灯。这时女仆跑来告知，澡堂那边可以洗澡了。

"这就替我把饭菜……"境赞吉吩咐了声，便一溜烟去了已替他收拾好的澡堂。待推开盥洗间对面的那道门扉，里边似乎是更衣处，黑咕隆咚的。他忐忑地走了进去，只见点了盏灯笼，朦朦胧胧，散着微弱的白光。里边还有道关着的门，澡堂好像就在那里边。

说是没完工就搁下了，想必还没来得及装上电灯吧。哦，灯笼上映着两道旋涡状家徽哩。大星由良之助[1]，鹰爪鼻、一脸郁闷相的那位，用的似乎也是这旋涡状的家徽。一进这澡堂，因为想起当年那位木曾爷的宠爱，便不由得觉得神秘和好奇。

这么想着，他解下腰带，只听得"哗啦"一声，已有人捷足先登，正作势弄出洗澡的动静。就在这时，盥洗间那边的水声突然间一齐偃息了下来。

境赞吉一时踟蹰着，有些进退两难。

什么时候洗还不都是洗？境赞吉想让女仆等别人洗完了、澡堂闲下来的时候再来喊他。反正得等谁都没在里边洗的时候。这么一寻思，他夹起解下的腰带，挨近去，从灯笼上方，脸贴住门扉，窥了里边一眼。衣袖隐没在暗地里，蜡烛朦朦胧胧着又亮了起来。只见有个人影，跟痣一般大小，刚觉着半边脸颊上像是映了旋涡状家徽似的沁进了一层阴气，里边便传来了"哗啦"一声，洗澡水又被搅动了一下。也不知到底是从哪道门缝里透了过来的，但觉梅花馨香扑鼻而来，是紫茉莉的芬芳，温润得都快把人消融了。

"是女人！"

反正就这么盏灯，就算是男客，一起进了澡堂，暗咕隆咚的，也免不了会彼此踩了肩膀或碰了胳膊，更别说有女客在了，弄不好怕会撞上乳胸哩。于是他忙穿上草鞋，扭转身，啪嗒啪嗒

1　《基盘太平记》《假名手本忠臣藏》等日本忠臣藏狂言中的人物。

着往回跑。

"您这么快就洗好了？"厨房到这儿，来回一趟可不近。阿米打算在这儿烫酒，刚拿了把烫酒壶过来，见到境赞吉已经折回，惊讶地问道。

"还没呢，待会儿再去洗。"

"我说呢，准是肚子饿坏啦。"

"肚子也是饿了，不过因为已有客人下了澡堂，所以就……"

"咦，这边澡堂都已好久不用了。哎呀，真要是您说的那样，可真是不凑巧。就因为好久不用，我这才去替老板您收掇了一番，直到后来您跑来光顾。哎呀，可没见过还有谁……"

"没事，迟些洗也无妨。只是里边像是位女客。"

"咦？"女仆随口应了声，脸上神色变得怪异，手里拿着的那把烫酒壶也跟烧开了似的，壶盖"嗒嗒嗒"震响，随后畏葸着，一下站起，跑去了走廊。刚觉着脚步声消失了会儿，马上便又听到堂屋泥地上铺着的长长踏板那儿传来的刺耳声响，"啪嗒啪嗒啪嗒"，她就这么跑了出去。

境赞吉手足无措地愣在了那儿。

"怎么了？这是怎么回事？"

不多会儿，又有人端着饭菜出现了，不过不是阿米，换了位年纪稍大些的。

"啊呀，这不是老板娘吗，二楼正中间那客房里见过的？"就是在被炉旁，和蔼地挨着行商住客，在一起说着话的那位。

"店主他怎么说？"

"不知道啊。"

"快说来听听。"

老板娘半开玩笑似的压低了声音："你去了？那什么……去

了那澡堂，还真是……

"那真是让您大老板见笑啦。她说里边没人，可您偏说澡堂里有个女子。阿米生来胆小，这澡堂都已好久不用，我家当家的怕有什么不周全。"

"啊，是吗？那我倒是想再去下。"

"没事，去不了澡堂，要不就去客厅坐坐，您说好吧，大老板？"

"不，不用了。"

待斟上酒，境赞吉豪气地喝开了。

长夜漫漫，屋外窸窸窣窣地下起了雪来。铺好被褥后，境赞吉又喝了通酒，想趁着酒意好好睡上一宿。晚饭只草草扒了几口，便让撤了食案。

"啪嗒啪嗒"，走廊里陆续响起错杂的脚步声，似乎汇集着去了盥洗间那边，随后便传来一阵"哗啦哗啦"的水声，还掺杂有男人的声音。待声响甫一消歇，阿米的圆脸便出现在了隔扇门那儿。

"请您洗澡去吧。"

"你没事吧？"

"呵呵。"

见阿米笑了，有些害臊地红着脸，抽身退进走廊，境赞吉赶紧提着毛巾，跟了出去。

顺着桥式过道往下走，到了门口，眼前便现出三张脸来，正凑在一起。脑袋剃得精光的掌柜，昨晚已在账台前打过照面；一个上了些年纪的女人，不知是女仆领班还是掌柜老婆；加上另外一个女仆。只见阿米一路踩着小碎步，脚上穿的短布袜都能看得很分明，踏过桥式过道，跟扑进那三人怀中去似的和他们聚成了一团。

"劳烦您来回折腾啦！"

看着我走出屋去的这几位，想来都已替我察看过那澡堂，所以才这么招呼着我。于是我也便整整衣着，冲他们点头致意了下，随后便踏过茅草屋顶的堂屋里铺着的长长踏板，继续往前走去。走到一半，跟杂烩粥团似的聚在一起的那四个人，便已隐没在了暗地里，正赶上稀稀疏疏的电灯，突然间奄奄一息似的，变得又暗又红，只听得"啪"的一声，桥式过道那边还有盥洗间这边的灯，便全都熄了。

刚喘了口气，便听到三道水声，"哗啦啦、哗啦啦"地流淌着，击打着盥洗间的那水流的下面，之前便见过的那盏灯笼上，溟溟蒙蒙，半明半暗，映着一道旋涡状家徽，恍若墨笔画出的一抹火焰，又跟蹦跃而起的一尾鲶鱼似的。

不知道这会儿还有没有电灯？境赞吉打算提着这灯笼去澡堂，刚猫腰想取过灯笼，不料灯笼却"噗"地熄灭了，消失不见了。

灯笼并未消失。只是跟原先那样，点在了澡堂的门口。

脚下铺板让水滴弄得湿漉漉的，待眼睛稍稍适应些，但觉前面似乎晃着个影子。一开始，灯笼并不是挂在这儿的，好没道理啊。境赞吉斜着伸出手去，摘下那盏嵌在阴影里的灯笼，恍若水中捞月一般。

他指尖摸索着往上走去，小心翼翼挨近到门口，阒寂得都叫人不敢喘气的，可还是听到了"啪嗒"一声，不由得汗毛直竖，打了个哆嗦。不像是澡堂热气冷凝后从天花板上滴落下来，而是屋顶上积雪融化了掉落下来，似乎是这气势。

"啪嗒！"澡池水微微晃动了下。是个女子！美艳绝伦，芬芳扑鼻，跟裹在雾中的紫茉莉似的，一时间，肌肤馥郁萦绕在了肩膀上，正神情淡然地抚弄着颈项。

只见她攥住了本该脱去的掩襟，问了声："是阿米吗？"

"不、不……"听到她在澡堂里面发问，境赞吉隔了片刻才这么回道。不用说，心狂跳得几乎把耳朵都给震聋了，连"不是阿米"这话都说不成声。

盥洗间的水声彻底消停了下来。

境赞吉不由得惊恐地呆立着，打量了下周遭，这才豁了出去似的说了声："我这就进来啦。打扰了。"

"不，不行。"清丽的说话声，虽让水蒸气给濡湿了，可仍能听得很真切。

"那就随你便吧！"迷迷糊糊说出这话时，境赞吉已折返回自己客房。

电灯亮着。映着旋涡纹家徽的灯笼黯然消失在了这电灯光下。只是三道水流，"哗啦啦、哗啦啦"，越发激湍地流淌着。

"未免也欺人太甚了！"

他倒不是受了惊吓，觉得瘆人，是莫名其妙地遭人作弄了，觉得反感，于是仰面躺下，重又钻回了被炉。

没过多久，境赞吉又一骨碌重新爬了起来，跟跳起来似的。他听到了声响，就紧挨着窗外，先是"扑通"一声，随后"哗啦、哗啦、哗啦""哗啦""哗——"，是池水掀动、搅翻时弄出的动静。

"怎么回事？"

"哗啦、哗啦、哗啦""哗——"，随后是一阵脚步声，"沙沙、沙沙沙沙"，有人沿着池塘朝这边走了过来，估计是大厨。为什么这么说？因为一听便明白，只有像他这样爱惜这池塘里的鱼的人，才会这么蹑手蹑脚。

"怎么啦？出什么事了？"境赞吉推开挡雨板，冲着雪色稍稍单薄些的地方扬声问道。那池塘都已变白，池水一下少了许多。

三

"您挑拣吧，是要白鹭呢，还是要苍鸹？"

"该挑哪个好呢？很想两个都要，可就怕……"

厨师伊作跑了来，伫立在窗下，傍着挡雨板，抄起两只粗壮胳膊，背对境赞吉，说道：

"都是对面山口那边的大林子里刚飞下来的。"

周遭景物也在这说话声中渐渐呈露了出来。雪已经消停，彤云密布的那边是一大片黑黪黪的森林。

"奇怪……您瞧，大老板，就这么直直瞄住了这快见底的池水。鲤鱼、鲫鱼已露出半个脊鳍，都快挪不动窝啦，准是瞄着这才赶了过来的。"

"好狡猾的家伙。"

"人蠢啊，都对付不了它们。明知道鱼可怜，可只会说上声'是吗？'却不愿替它们守上哪怕一夜。老板，天冷，您把窗板合上。我这是来听您吩咐菜单，要有哪儿不周到，这就替您去补上。"

"你要方便了，就过来一起喝上一杯，聊聊天，好吗？晚上就是再晚我也不在乎。一起就在这儿喝，说不定还能顺便当上回稻草人，吓唬吓唬那些鸟。"

"那敢情好。我这就去厨房拾掇拾掇，回头再来伺候您。倒想看看这帮饿死鬼还敢不敢来撒野。"说着，转过身去，口中喋嚅着，觑了眼天空，"唰唰唰"地穿过树丛，走远了。

境赞吉后来也没把窗板合死，特意留了道窗缝。说实话，几只白鹭飞来这覆盖着雪的池塘，叼走了鱼儿，境赞吉反而觉得跟在被炉里读着童话故事插画似的。待他回过神来，"哎呀！"惊叫了声，正待上前去吓唬、撵走那些白鹭时，却好没来由地，突然想起了都已听到过两回的那澡堂里的水声，也不知是从哪道缝隙里传了出来，和落雪声搅拌在一起。对了，说不定便是白鹭来这儿叼走池鱼时，在池塘里洗濯玩闹给弄出的声响哩。

境赞吉就这么呆呆地窥视着白鹭。"咔嚓咔嚓"，传来踏雪而行的脚步声。伊作衣袖旁点了盏映着旋涡纹家徽的灯笼，飘然行走在薄暮中。咦，似乎没见他提着灯笼一下出现在窗下，而是走远了，好像已穿过庭院，顺着窗板外那道窄廊，正待踏进门去，人影早已变远变小，随后似又突然折回，稍稍变大了些。大概想到了什么吧？不知不觉便进了屋，映着三合土地面的暗黑堂屋，从桥式过道一路来到了边上是盥洗间，尽头则是澡堂的地方。待"哎呀"一声惊醒过来，这才发觉那盏一路映着的灯笼并没有折回屋里去，恰好相反，打在头里，从窗下去了庭院那边。

随后便熄了。境赞吉打了个寒战，僵直着脖子扭头望了眼，还以为是白鹭，客房里竟现出个女子背影，后颈皓洁如雪。

她端坐在橱架边，十帖榻榻米大小客房东南方位，面对穿衣镜，背对着这边，俨若澡堂水汽熏蒸过的山茶花，湿漉漉的，有些发蔫。她穿着深灰中泛着些蓝的细花纹和服，腰里系着红白相间的格子纹伊达腰带，和服下摆轻柔地披拂在纤细的腰肢间，一只膝盖稍稍支起，友禅染[1]纹饰图案漫溢至下摆两端。她的发髻

1　在绸缎上印染以花鸟、草木、山水、人物等精美图案。

恍若摇摇欲坠的露珠，桔梗色头绳显得有些苍白。她正微微弓身望向穿衣镜，在那儿梳妆打扮，裹在淡青色贴身衬衣里的白皙、妩媚的纤手，优雅地摆弄着刷子。

境赞吉站也不是，坐也不是，紧张得气都不敢喘。

可怜见的，下雪天，穿这么单薄，反倒让人误以为她那洁白肌肤是裹在身上的单薄织物的色泽哩。后颈衣领处大敞着，待将脑后的秀发利索地梳起、扎好，随手从膝边取过张怀纸[1]，团作一团，拭拭掌心，便有粉状物掉落到榻榻米上，似乎是香粉残屑。

随衣衫发出轻柔的摩挲声，以及在澡堂里曾闻到过的，当时还以为是肌肤馨香的一股薰香木的气味在客房里弥散开来。只见她稍斜着身子，口含烟袋，烟嘴洁白，烟杆光润漆黑。

"啪！"她叩了下烟灰。

瓜子脸惊艳地美，从对面径直望向境赞吉。眼睑丰润，鼻梁高挺，肤色白皙。笼着愁容的两道秀眉，倏地掩在了怀纸的背后，两只大眼睛直直地盯着境赞吉。

"这打扮还得体吧？"说着，她微微一笑，绽出一口黑牙。随后一边微笑着，一边将和服下摆两端掖齐整了，迅捷站起身来，脸一下伸到了门框上方。

但觉胸部飞升而起，腰肢悬浮，肩膀蹿至半空。境赞吉还以为自己被那女子隔着衣袖轻轻抱了起来。不，是榻榻米被她横着衔在了口中，正悬在空中。

就在山变得黑咕隆咚，不，是视线让庭院里白雪给遮断了的当儿，境赞吉倏地跨出窗去，手脚不知什么时候变成了鱼的尾鳍，活蹦乱跳着。透过门楣上方的亮窗望去，那女子的身影则恍

1　旧时日本人习惯外出时随身携带的纸张，用以起草或书写和歌、俳句等。

若天仙，正飘浮在屋檐旁。

雪白的森林、雪白的屋舍尽收眼底，还以为自己正"嗖嗖"地从那耸立在高空中的松本城天守阁上飞过，却不料传来了水声，不由得一个筋斗栽进了池塘。被炉里的境赞吉蓦然惊醒，这才重新回过神来。

池塘里传来夸张的振翅声。

是想吓跑我这稻草人吗？

就跟见到常春藤攀缘着松本城城垣上绑缚着的铁丝，绽放出殷红如血的细小花蕊那会儿一样，境赞吉叹了口苍白的气，显得筋疲力尽。

走廊里隐隐传来了人的声响，他敛声屏气着一骨碌爬了起来，原来是大厨，跑来替食案添上把烫酒壶。

"呀，伊作大厨。"

"嗯，大老板。"

四

"去年正好也是这个时辰。"厨师挨近过来，紧抱着肩膀，说道，"今年是今儿早上下起的雪。可去年我记得很清楚，下雪要早上一天，积雪也厚得多。有个住店的女客，好像凌晨两点就起来了，孤身一人出了门。起来后也不梳妆打扮下，艳丽妩媚中似乎透着些孤寂，二十六七岁的样子，绾着考究的丸髻[1]，仪态和身材都优雅、姣好得无可挑剔，可叫她声夫人，似乎又嫌哪儿妖

1　旧时日本已婚女性发型之一，一种椭圆稍平的发髻。

媚了些。我虽出生在这乡下，不过来来往往的客人倒也经见过不少，所以心里清楚，马上便会有一大众人找上门来。后来知道，这姐儿是柳桥[1]那边过来的，名叫簀吉，客栈账簿上记着的，是"风流女"这个词。

"在账台上，老板吩咐人把这女子给安置进了这间客房。

"我喜欢泡澡（当然啦，没见有谁不喜欢泡澡），都去泡了两回了，这晚间马上还得去泡上一回。新宅扩建不巧暂缓，为了泡温泉，我便在这儿用石头垒了个澡池，还挺得意的，只是对老屋二三楼那边的住客说来离得偏远了些。因为您说您想住这边，所以想事先和您透露下——说实话，这儿有时会闹出些怪事来，这间客房也因为这缘故，都已闲置了好久，要是有老板您这样的客人愿意住这边来，说不定怪事也就不会闹起来了，您觉得如何？都已好久没像今天这样了，我这就去吩咐仆人，替您准备洗澡水。

"可是风流女，就是那女子，白天就跑去泡了回澡。她跟人打听了土地神庙在哪儿，顺着贽川大道，上山参拜去了。那是祭祀山神的庙堂，传说早年还曾用活人祭献，是座阴森、荒寂的山神庙。村里虽说还有别的神社，可因为她打听的是土地神庙，所以账台上也就跟她说了这儿。待打听到了上那儿去的路，她便独自上了山。因为听人说起雪会把眼睛晃得生疼，是这么个地方，于是便事先买好了黑黢黢的眼镜，这会儿便戴上了，手中挂着洋伞权当拐杖，就这么出了门。这不，参拜土地神，就跟是在彬彬有礼地和自己投宿的奈良井客栈寒暄致意似的。

"平安无事地回到了客栈。吃晚饭时，一口气就把食案里的

---

1   地名，位于今东京台东区东南部。江户时代起，即以花街柳巷而闻名。

饭菜全吃完了。不瞒老板您说，她还很周到，特地来厨房给我赏钱。我去跟她道谢时，她这么跟我打听：我买了柿子，还有小竹签，去给土地神庙上了供。石阶下那家小店的老媪告诉我说，山神庙往里走，本是片幽深的森林，里边有个名叫桔梗原的去处，有个湖，就叫桔梗池，那里有个美貌的夫人。真有这事？

"净胡编哩！谁都没听说有这事的。我这么回她道。

"不是有'事实胜于雄辩'这一说吗？我不知道该不该说，我倒是亲眼看见过一回。"

"……"

"被人叫作桔梗原，可那儿秋花秋草才最美。不光桔梗，还有那一大片湖水，泛着湛蓝，是正宗的桔梗花的色泽，桔梗盛开的倒是很美的白花。

"四年后，一天正午，就在这座山的对面，薮原宿那边闹起了山火。又赶上是正午，火势来得很猛，漫山遍野，全都燃起了熊熊大火。

"待爬上山神庙，一眼便能看到，足足有七道火势，四处蹿奔，燃爆声噼啪作响，清晰得伸手就能触摸似的。咦，还以为是山间瀑布，可人家说了，那是按压式消防水枪喷射出的水柱。火势如此凶猛，加上正南风发威助力，一大众人担忧着要不了多久，山火便会蔓延到这边山麓，于是有人东跑西颠，有人大喊大叫，土地神庙前挤满了我们这些上这儿来观光的客人。

"九月初，本是台风频频肆虐的前夕，也是秋老虎闹得最凶的时候，就这么目睹着这场山火，不知不觉地踏进了这山神庙森林深处，要放在平日，这可是绝不会有人来的地方。火势和群情激奋的人们，中间隔了道很深的山谷，但相距不到百米。想来应该不会有事。我生性不喜热闹，本就少有年少玩伴，自然也邀不到愿意和我一块儿出行的旅伴。待走进这片密密匝匝的杉树、桧柏的森林深处，这才发现倒也不像想象中那样深不可测。那里遍地花草，一个足有百来帖榻榻米大的湖泊出现在了眼前，水湛蓝得都有些泛紫，周边镶着洁白的桔梗花。湖里有个小洲，不到二十平方米，有个人，是个美艳无比的女子，斜对着置放在那儿的镜台，正梳妆打扮着。

"那头秀发，那身衣衫，一见之下，当时倒也说不上害怕和惊惧，只是至今回想起来，仍像喝了杯冰酒，直沁心胸，忍不住打了个寒战。尽管是这样，可那份美艳，至今仍令我无法忘怀。说来不胜惶恐，因为我知道，这便是那个无家可归的人映在佛龛上的情影，于是便天天上湖边来，望着这湖水，一心想要再见到她那面影，哪怕隔上一天都不行。哎呀，当时我根本顾不得瞻前顾后，只想着能像折断翅膀的鸟儿从空中垂直跌落的那样，穿过森林，从石阶高处一口气奔下山去。听人说，当时我脸上都未曾绽露出丝毫胆怯。仿佛雪崩一般，挤在山神庙前看山火的一大众人纷纷逃下山来。森林深处刮来一阵足以吹熄山火的寒风，就跟身后有条大蛇在穷追不舍着似的，据说当时我撒腿逃跑的样子活像一只蹿起落下的野兔。

"我把这些有趣的事都告知了那女子，那风流女。该怎么称呼她呢？又不能称她女神、公主，那就称她夫人吧，好，就这么办。我只觉得一阵头晕目眩，自己多年前就一直在仰慕、崇拜着的这个人，在桔梗池这边，据说早已剃净秀眉，涂黑皓齿，嫁作人妻。"

境赞吉边打着寒战，边将被炉推至一旁。

"也不知嫁给了谁？我不知不觉地这么问了声。这么问过那风流女后，便一直在等着她回话。随后又说了声，总觉得那夫人的芳容曾在别的地方见过。是哩，山月初升的山口，绽满花卉的山麓小径，萤火虫的光影里，黄昏骤雨中的灯笼下，积雪未消的河岸上……我在数不胜数的乡陬村落都曾惊鸿一瞥似的瞥见过她的芳容。风流女听闻此言，放下手中酒杯，不知何故，有些沮丧地低下了头去。

"可是，老板我跟您说吧，这女子独自一人，特地来到木曾，住进这山野客栈，那是因为有事。"

五

"嗯，当时，这村里，万万料想不到闹起了男女风波，出了桩离奇的通奸案。

"说起住在村里人叫作岔道口的村头，被人戏称为'代官婆'，也就是身兼村长职责的那个老太婆，名儿听着倒还有趣。'代官婆'这诨名一听便明白，她家在当地该是如何有权有势，而她又偏爱把这挂在嘴边，逢人便夸耀'俺家可是世袭代官哩！'说第二遍时还有意抬高嗓门。就因为这德行，她中年时便已丧夫守寡，硬是一手拉扯着儿子，要他出人头地，送他去了东京，直至成了学士先生。因为这么个缘故，一度住在了东京。可她又放出话来，说是非要把老家落魄了的家业重新振作一番不可，好替村里挣上份脸面，于是变卖了徒有其名的老宅，从两三年前起，便带上她那学士先生儿子的媳妇，如今时兴叫作少奶奶的，两人先回了老家。日子过得节俭，连烹煮萝卜、茄子时用上些酱油都嫌太费。她俩在空地上栽种通常会招人嫌厌的大葱、韭菜、大蒜、薤头，还腌渍起来，从很远的地方都能嗅到她们家那股刺鼻的怪味，就是这么个大蒜宅邸的代官婆。

"而少奶奶，那儿媳，是福岛那边商家的千金，进过学堂，却似乎丝毫未曾沾染上当今世道躁进、势利的习气，性格稳重、谦和，甚至都嫌谦让、克制得过了头。本来，若不是这性格，自然也就无法和那代官婆同住一幢宅邸。既能对大蒜之类的饭食安之若素，又能在操持锄头、铁锹及背负箩筐时，一步不落地紧随在婆婆身后，她的吃苦耐劳连旁人都看着心疼。

"霜月刚过半程，从东京突然来了客人，踏进这大蒜宅邸。是学士先生的朋友。这人没什么正业，原本似乎是个画师，不耐烦过那种朝九晚五的刻板日子。学士先生呢，是东京某中学受人尊崇的校长。

"就这样，这么个画师突如其来地闯进了大蒜宅邸，说是身上连份像样的川资都没带，就这么从东京逃了出来。我就不卖关子了，直截了当跟您说了吧，他已有妻室，却又在别处跟人纠缠不清，所以无论结果还是道义，他都输给了这俗世，弄得狼狈不堪。走投无路之下，他想让妻子拿个主意，遭到妻子呵斥：'你到底想干什么？'还挨了她一巴掌。这也便罢了。当着列祖列宗还有父母的牌位，自己确也该遭斥骂，挨上几巴掌。眼看在家中佛坛前也都待不下去了，便当即夺门而逃，离家出走。至亲好友，甚至妻子都觉得他无处可去，据说正因为这样，他才逃到了这木曾山谷，好歹先对付过这一夜。再说他那妻子，听说最初似乎还是她先爱上画师的，正式结为夫妻则端凭学士先生从中作梗，竭力撮合，这才让她心想事成。因为有这么个缘故，才偏偏躲到了这儿来，还真是绝了。

"对了，和生性孱弱的画师有染的那个，不知怎么称呼才好，就叫她风流女吧，就是眼前这个独自一人住进客栈的女子，跟您说吧，她是打探画师行踪来的，并不是过来踏雪赏景。一住就住了半个月，这中间，就像我刚才跟您说起的，便闹出场通奸风波来。"

大厨稍稍歇了口气，又赶紧往下说道："可是，代官婆还有个怪癖。说是怪癖，还不如说是病。我曾请教过熟人，据他说，她好像是得了一种叫诉讼狂的病。大葱枯死了，便去村公所告状。又说有小孩朝她瞪眼，告到警察那儿。一会儿派出所，一会儿法庭，什么事都要去官府评个理，有错的总是别人。客人您瞧，代官婆就只相信她自己。

"大蒜宅邸就坐落在村里人叫岔道口的村头。大道在最前边那个十字路口被拽进了一段洼地，仿佛一头钻进了岩洞里去似的。有个叫石松的猎师，平日里守着一堆嗷嗷待哺的小孩，都不大出门。听说这已是年届四十的做父亲的人，早年还没能挣上份微薄俸禄时，曾在代官婆手下当过一阵下仆，他媳妇也是。虽说让老婆子当家丁使唤，可石松为人忠诚信实，伺候主人绝无二心。

"雨在傍晚时转成了雪，没想到，到了半夜，这一年的这一场初雪都已积得很厚，连山里的野猪、野兔也都一时慌起了神。这可是狩猎的好时机。夜深人静时，猎师慢悠悠起了身，点检过猎枪后，又在灶边热了碗茶泡饭吃下，然后裹上猴皮的手缝头巾，撩开门口挂着的草帘，走出门去。他白发散乱，兜裆布跟荞麦面一样颜色，蹑手蹑脚着，不时裹裹严实又秃又红的脑袋。他身后的雪地里，六十九岁的代官婆光脚站着，只见她脸色铁青，手哆嗦着，都快喘不上气来似的，大声嚷嚷道：'家里闹鬼啦！快来人哪！'这时候，手攥猎枪的石松自然不甘示弱，'咔嚓'一声，子弹便上了膛。一见这有头有脸的寡妇老主人都光着脚，石松连忙蹬去了脚上的鞋袜。眼看那鬼怪越过大道，穿过种着韭菜、薤头、大葱的田地，很快消失在了远处，他便潜身进了储藏室的门，因为刚才代官婆就是从这道门里出来的，敛声屏气地来到宅邸中央那个客厅，随指尖透过板窗上的节疤孔眼，朝里窥了一眼。说是六折屏风的背后，并排摆放着一对枕头，只是看样子还未曾被枕过。身穿一袭深红贴身长衬衣的少奶奶，听任薄棉睡衣的衣领从削肩上滑落下来，白皙的手搁在那画师腿上，半截身子正俯向画师。那画师呢，正摩挲着她的后背。平日里这儿媳总是穿着山裤[1]和无袖棉褂，现在突然换了这身装扮，又和画师亲昵成这模样，自然让石松大感震惊，比见了鬼怪都要惊骇。'这小子，忘恩负义！简直不是人，是畜生！'代官婆蜘蛛似的贴近过来，语含霸蛮地这么说道。'哎哟，千万碰不得！现在这情形，稍碰下都会崩。这可是猎枪哩，膛里已上了子弹。'石松忙拦住代官婆。仅能侧着身子进出的屏风端头，倏地冒出支猎枪来，石松恍若长了身毛发的蟾蜍，两眼放光，枪口瞄住了眼前的他俩。

"这神情，这场合，随时都会被挨上一枪，画师惊慌失措，不知如何是好。'这不是老天爷有心要在这儿惩罚你俩吗？快替我绑了这四条腿、四只手、两张脸的，拉出去示众！'代官婆跑遍邻近的四个村子，挨家挨户叩着门把人都叫了过来，他俩就这么让石松用枪口押着当众受辱。天色快亮时，连派出所巡警、菩提寺和尚也一并喊齐了，都气急败坏到了这地步。于是，学士先生家的少奶奶和那好色的画师便被用稻草秸换下红纹缬腰带，拦腰捆绑着，脸色苍白地瘫倒在雪地上，模样恍若色彩斑驳的海参。

1　日本农村女性劳作时穿的一种裤子，用于御寒。

"男的自然不用说了，连儿媳都被巡警一边叱骂着一边掏出细绳反绑起双手，儿媳则对叱骂报以大喊大叫。很快，法庭、村公所会同派出所和村议会，决定以通奸罪起诉他俩。群情激愤之下，判决他俩哪儿都不准去，等于被监禁了起来。先是被拽去菩提寺那边，硬说证据确凿，当场人赃俱获。要儿媳穿上衣服，她不从，巡警只得替她披上沾了雪的外套。哎呀，还真是的，连村上的小女孩也都跟在她身后，络绎不绝地来到了这寺庙。"

境赞吉听着，只是一迭声地叹气。

"结果给跑了。当天夜里，画师便从这寺院里不见了人影。本来就该是这样。若是追问起来，这位来客本是少东家情同手足的好友，是吧？自然也就不见外，当作少东家一样款待。少奶奶子然一身，守了大半年空房，自然思念少东家，那边少东家也一样，想必都积下一肚子话想跟对方诉说。于是又是梳洗打扮，换上和服，又是到了就寝时辰，笑吟吟便把被褥铺到了一处。这人又通情达理，跟自己亲弟弟似的，少奶奶还真是想槌着他的腿，跟他哭诉上一番哩。而画师呢，很可能还在为艺妓的事沮丧不已，这才有了无意中摩挲着少奶奶的后背这举止。应该是这么回事哩。

"代官婆有多愤恨，想必您也都知道。她拍电报把学士先生叫回老家，怎么劝都劝不住，铁了心要把这事办成通奸罪，哎呀，哪还顾得上什么羞耻和脸面。她觉得自己既是代官婆，好歹也算是个佩了官刀的，惩处不义，事关武士的名声与体面，是不是？事已至此，容不得再有闪失，不然还要难办。告不成通奸，还不如让她去死，朝喉咙开上一枪，或者冲肚子扎上一镰刀，还有，谁不知道奈良川上有个深渊？要不，干脆去桔梗池投水自尽。您瞧，这老婆子心肠这么硬，手段这么狠，像是会去桔梗池投水的人吗？真要投水，只怕连桔梗池都会被她掀个兜底朝天。"

厨师说着苦笑了下。

"再说眼下时间这么金贵，学士先生在学校里既要研究伦理、道德、修身，还得给学生讲授这方面课程，本来就是乡里早有定评的至孝儿子，故而在旁人眼里也指望不上他会去体恤、怜悯自己媳妇，左支右绌之下，学士先生只得这么去请求画师：实在万分抱歉，我是厚着脸皮前来和您商量，请您无论如何来我老家一趟，诸事再作计议。

"这可比下决斗书还要可怕。不用说，到了村里，自会有一大众人围上前来，打着维持世道人心的旗号，大声喧嚷着冲他吐口水、掷石块。让画师再次来奈良井露面，真不知会有多大的羞辱在等着他哩，您说是吧，老板？"

"看这情形，可万万来不得哩。"

"话是这么说，单凭他与学士先生那份情谊，却又不得不来。那您觉得这画师当时会藏身在哪儿？种种迹象表明，这人生性孱弱，就是在被家中妻子叱骂为'混账东西'，脸上还挨了巴掌的时候，还直往她衣袖底下躲去，觉得自己辱没了祖先，在祖先牌位前深深埋下头去，一个劲儿地抖着屁股和腿。'我一定带他过来！'学士先生当着代官婆的面，这么发誓赌咒道，随后便去了东京。

"学士先生去了东京的这段日子，柳桥的蓑吉姐儿，这风流女便来到这儿，住进了客栈。"

六

"到了夜晚，待周遭安静下来，风流女说是想趁着这个时候去跟人请教什么事，要打听下代官婆家住哪儿，见她孤家寡人一个，账台那边就没告诉她。她又说，只要告诉她怎么走就行，要是直接带她进去觉着不方便，可以带她到墙角或侧门边，只要暗中陪着就行。她跟账台这么商量道，可万万没想到，她会挑上生性鲁莽的我陪她过去。

"'您要是收拾好了……'我就这么手提灯笼，候在这间客房外，准备陪她出去。"

"啊，是两道旋涡纹家徽那灯笼吧？"境赞吉似乎一下被"灯笼"二字吸引住了，脱口说道。

"嗯。"昏暗中，厨师比画着下巴，含糊其词地回道，"您好熟悉哩。"

"见过两回，在澡堂那儿点着，所以知道。"

"嗯，澡堂那儿好像没点灯笼啊？不过，反正，嗯……"

见他这么说，境赞吉也便没再提刚才上庭院里去时，看到厨师提着这灯笼走了过去的话头。

境赞吉催促厨师往下说："那后来呢？"

"觉得有些怪异。嗯，待梳妆停当，洗过第二回澡后，略施了下粉黛。碗具的灰蓝映在她脸颊上似乎变成了淡紫，那肤色在穿衣镜前都白皙得有些离谱。"

境赞吉忍不住下意识地扭头朝身后看了一眼。

"金吸嘴，紫铜烟管，牙齿好像也稍稍染过，怀纸呢，挡在眉前，一张瓜子脸望向我，问道：'这打扮还得体吧？'"

"嗯，嗯。"境赞吉发出的声音，就好像两颊塞满了冰，喉咙被卡住了。

"榻榻米包边用的是桔梗花饰，看着洁白一片。

"'嗯，太得体了，都般配得难以置信！'听我这么说，她便挪去了怀纸，眉毛刚剃去，眉头此刻发青。'您和桔梗池上那位夫人？''是姐妹呀。哎呀，她可比我美多了，所以……'不得不这么说，所以也就遭了报应。

"您听我往下说。"

那风流女又是怎么回事呢？

"雪夹着雨，淅淅瑟瑟地下着。画师妻子打着把破旧的蛇眼伞[1]，身穿褴褛的短褂，神情憔悴地走在雪地里。我不是存心要贬低跟人家男人有染的风流女，可人家是明媒正娶的妻子，你是跟人私通的情妇，首先在名分上就矮了一头。这风流女呢，因为患了眼病，回娘家借住了一段日子，闷在楼上一间跟堆置货物的杂屋差不多的屋子里，临时给小女孩们弹弹三弦，哼哼小曲，挣上些钱，还想着重新出去漂泊，就在这时，做妻子的找上门来了。

"'风流女，事情原委我都清楚。我要有你这美貌，早就把那口口声声要惩办通奸的老太婆给戗回去了。娶这么个老婆，换了谁做丈夫，还不都得去木曾大道那边另找女人的？可不是吗，比家里那位要漂亮多啦，瞧瞧人家做小妾的都这么美貌……背后这么看我的这些人，台面上虽还会叫你声夫人，到了没人的地方，就是遇见了也都不会理你的。'背着家里妻子和我这样的风流女有染，这在乡里乡下，最多也就算是馋猫贪嘴吧？'你就这么回

1　伞面红色或蓝色，带一白色圆环，撑开时呈蛇眼状，故名。

掉那老太婆好了，也好替那少奶奶……

"随后呢，她便留下字条，上面写着'风流女，不是好惹的主'等字样。见事情闹成这样，她也豁了出去似的赶了过来。倒是想见识下，木曾这边人到底有多乡野。只是出于谨慎，打算先观察下当地女子风俗再说。上土地庙去祭拜山神，或许正是出于这个考虑。而打听桔梗池上美艳凄绝的女子的消息，得时不时地跟人打照面，自然少不了还得去会会那代官婆。想来她心里也早已有了底，自己姿色相形见绌，比不上风流女，可手上毕竟攥着把西洋剃刀，实在不行，先杀了这老太婆，也算是替人行善，免得她再胡搅蛮缠，叫人不得安宁。她把这些也都写在了那留言纸条上。

"她顺着雪中的路来到了村头岔路口，拄着拐棍，踏上奈良川汉流处银装素裹的堤岸。月亮洒下清寒料峭的皎洁月光。笼在夜雾中的山气、岩石、因寒冬枯水而变得潺湲的浩荡山溪。啊，就在这时，那声响……盥洗间传来了那声响。"

"咦，是那水龙头开着没关上吧，丝丝缕缕地，似乎直往人身上洇渗过来。"

"我也这么觉得，嗯，可是，总觉得有点……"

"孤零零一个人，只怕受不了哩。"

"你是说……"

"哎呀，这可怎么办？然后……"

"岩石间架了座土桥，对面有棵大槐树，枯萎着矗立在那儿。颤颤巍巍走上桥去，就跟水中摇曳的月影似的，就在这时，手上提着的灯笼，蜡烛一下燃尽化开，灯光暗淡下来。'灯一暗，家徽的两道旋涡便叠合成了一道，走在黑地里，跟荧荧鬼火似的。'风流女这么说，我朝她稍稍窥了眼，没想到竟会这么美，简直难以置信，一时间仿佛慌了神，加上灯笼又没替换的蜡烛，顺带着告诉您吧，因为是月夜，我脚下又没什么大碍，灯笼上映着的本客栈的家徽，又是当地挺有信誉的，我想着去替您核实下菜单，反正也就五十来米的路，去一下就可回厨房，谁知根本不是这么回事。"

周遭的声响、说话声，一时间都偃息了下来。

"我绕过屋后那垛土筑墙，朝厨房走去，还没等踏进厨房，便听到'砰'的一声，就跟天上砸了颗天狗星下来似的，随后又是'砰'的一声，那是回声，是有人开了一枪！"

"……"

"我受了惊吓，慌忙逃到了河堤那边。河岸上没见有银装素裹的人影。灯笼啦什么的全让我给扔了。我哇哇乱叫着一路狂奔，竟和住处走岔了，便枕着河岸的雪，倒在了溪里的石头上。'好冷啊。'似梦似醒地，'啊，好冷。'这么说着，唇边夺拉下几缕血来。

"好啦好啦，这下好啦！正待掖齐整和服下摆两端，却发现友禅绸凌乱着被冻在了岩石上，用手摸去感觉就跟带霜的秋草一般。要是有人路过，把我抱起，只怕冻住的绉绸会噼啪作响着碎作一地，仿佛旧隔扇上剥落下来的锦绘，还以为自己身子都崩裂了哩。只是滴落在胸前、仍在流淌着的血，还温暖着。

"是石松开的枪。老爷子迫于生计，带着年糕去给山神上供，祈求今夜无论如何也要让他捕获上些猎物。拿在手上的午糕抹了大酱，穿上竹签，在火上烤过，据说恶魔喜欢趋近这吃食。刚来到土桥，被人叫作'嘎吱嘎吱桥'的这座桥，风流女见有人过来，不想被撞见，溪水又很浅，便将一条腿搁在溪中一块岩石上。于是石松呢，便将这位桔梗池上形迹诡秘的夫人，当作是横在水面上漂流过来的什么东西，赶紧趴下，瞄准开了一枪。'这下我把恶魔给制服了，也算替村里除了祸害。'他说，直到这时还在欣喜若狂。

"老板，老板，老板，灯笼去了那边，从澡堂的那座桥那儿……啊，啊，啊，老板，对面走来的是我，他跟我长得一模一样。呀，边上站着的是风流女。"

境赞吉咬紧牙关，说道："撑住！不要怕！别怕！又没招谁惹谁！"

灯泡化作旋涡，一道黑黢黢的旋涡轻轻浮现了出来。悬挂在被炉上方的灯笼，看上去则很模糊。

"我这装扮还得体吧？"

客房水泱泱一片，恍若洁白桔梗花绽放在水滨岸边。雪，凌乱地铺陈在榻榻米上。

（1924 年）

[全书完]

泉镜花

日本跨越明治、大正、昭和三个时代的浪漫主义作家。
擅长描写妖异鬼神，也喜爱讲述人情故事。

代表作：《妇系图》《照叶狂言》《草迷宫》《歌行灯》《犬守物语》。

草迷宫

作者 _ [日] 泉镜花　　译者 _ 李振声

产品经理 _ 徐羚婷　　装帧设计 _ 肖雯　　产品总监 _ 夏言

技术编辑 _ 顾逸飞　　责任印制 _ 梁拥军　　出品人 _ 吴涛

营销团队 _ 毛婷　阮班欢

果麦

www.guomai.cn

以 微 小 的 力 量 推 动 文 明

图书在版编目（CIP）数据

草迷宫 / （日）泉镜花著；李振声译. -- 成都：
四川文艺出版社，2024.4
ISBN 978-7-5411-6761-4

Ⅰ.①草… Ⅱ.①泉… ②李… Ⅲ.①中篇小说—小
说集—日本—现代②短篇小说—小说集—日本—现代
Ⅳ.①I313.45

中国国家版本馆CIP数据核字（2024）第016726号

CAO MI GONG

草迷宫

［日］泉镜花 著　　李振声 译

出 品 人	冯　静
责任编辑	王思鈜
装帧设计	肖　雯
责任校对	段　敏
出版发行	四川文艺出版社（成都市锦江区三色路238号）
网　　址	www.scwys.com
电　　话	021-64386496（发行部）　028-86361781（编辑部）
印　　刷	河北鹏润印刷有限公司
成品尺寸	140mm×200mm
开　　本	32开
印　　张	10.25
印　　数	1-8,000
字　　数	239千
版　　次	2024年4月第一版
印　　次	2024年4月第一次印刷
书　　号	ISBN 978-7-5411-6761-4
定　　价	58.00元